Christoph
Poschenrieder

Die Welt ist im Kopf

Roman

Diogenes

Umschlagillustration (Ausschnitt):
John Singer Sargent, ›A Gust of Wind‹,
ca. 1883–1885

Für Daniela: vbb

www.diogenes.ch
250/10/44/1
ISBN 978 3 257 06741 5

Inhalt

In diesem durchweg zweideutigen Leben

Alles was man schriftlich ins Publikum bringt
gleicht einer Arzenei die man Jemanden eingiebt:
bisweilen wirkt sie gleich, bisweilen gar nicht,
geht ab ohne Wirkung, bisweilen wirkt sie sehr spät,
und zeigt bisweilen ihre Wirkung an Theilen
wo man es nicht vermuthete und auf eine Art
an die man nicht dachte.

Arthur Schopenhauer

Ein höchst interessanter Kopf

Schopenhauer war wütend. Einen Veitstanz hatte er aufgeführt; am Ende hatten ihn die beiden Druckerlümmel verlacht und ihm mit schwarzen Pfoten eine lange Nase gedreht. Nachdem er das Haus des Verlegers verlassen hatte, war er losgelaufen, ohne Ziel, der Doktor der Philosophie, zum glimmenden Fünkchen verrauchter Kugelblitz, als welcher er hatte einschlagen wollen.

Es war himmelschreiend. Den ganzen Sommer hatte er wie ein verhungerter Lohnschreiber an der Reinschrift des Manuskripts gearbeitet, um nur ja den Termin zu halten. Der Verleger hatte versucht sich herauszureden, ihn lange vertröstet und schließlich alle Schuld auf die Druckerei geschoben.

Schimpfend stapfte Schopenhauer zwischen den Buden umher, die seit dem Morgen errichtet wurden; windige Gestelle, schnell gezimmert, mit Segeltuch überzogen. Zweirädrige Karren und Schlitten mit eisenbeschlagenen Kufen schlingerten über das Pflaster; Träger, Kärrner, Zimmerleute, alle plärrten durcheinander, dazu Gehämmer und Sägen, Streitereien zwischen Markthändlern und Messeadjunkten, die Ordnung ins Chaos zu bringen versuchten.

Ein Stofffetzen verfing sich an seinem Stiefel. Schopenhauer begann wie auf einen unsichtbaren Gegner einzutreten.

Mit der Hand zog er den Lumpen endlich ab und schleuderte ihn auf das Pflaster. Ein paar Handwerker ließen ihre Werkzeuge sinken und besahen das Schauspiel mit Interesse. Die Aufmerksamkeit war ihm unangenehm. Es reicht, dachte er, es reicht jetzt.

Eine Uhr schlug neun, zehn, elf und – drei dünne Schläge der Viertelstundenglocke folgten. Drei viertel zwölf.

Er ließ eilends das Budengewirr des Marktes hinter sich und trat auf die Straße hinaus, die geradewegs zur Leipziger Hauptpost führte. Mit etwas Glück entkäme er noch vor dem Zwölfuhrläuten dieser von Stunde zu Stunde enger und lauter werdenden Stadt. Wie würde das hier in wenigen Tagen aussehen, wenn all die Buden bestückt waren, dazwischen Käufer, Verkäufer, Schaulustige, Musikanten, Bettler und bewegliche Viktualienhändler sich tummelten? Hier ließ sich ein Bauersmann einen Zahn ausreißen, dort, im Abnormitätenkabinett, erschauerten Bürgerstöchter beim Anblick missgestalteter Säuglinge, die still in gläsernen Zylindern trieben. Rostbratwurst, Kasperltheater, Affen-, Floh- und Hundezirkus für die Plebs, ein Konzert im Gewandhaus, ein Gelage bei Alippi oder Pimavesi für die bessere Welt. In den Kellern und Handelshöfen lag die Ware hoch gestapelt: Stoffballen, Rauchwerk, Seide, Leder, Spielkram, Irdenware, Porzellan, Musikalien, Kunsthandwerk und Gemälde, Uhren, Werkzeuge, Maschinen, Wolle und Baumwolle, Schuhe, Hüte, Hosen, Jacken, Mäntel, Kleider, Handschuhe, Erden und Drogen, Glas und Gläser, Papiere, Druckerpressen und Druckfarben, Schrifttypen und Bücher, Bücher, Bücher. Nur seines nicht.

Schopenhauer zwängte sich zwischen aufgetürmten Kisten und einem Ochsengespann durch, passierte den Naschmarkt, auch Auerbachs Keller, aus dem fröhlich blinzelnde Gestalten ins Licht tasteten.

Tags zuvor, frühmorgens halb fünf, war er aufgebrochen, hatte die erste Fahrpost gerade noch erreicht und war mit dieser gegen zwei Uhr morgens in Leipzig angekommen. Den Rest der Nacht hatte er in der Poststation auf einer Bank ausgestreckt zugebracht. Die Hotels in der Nähe waren belegt und er zu müde, um noch auf Herbergssuche zu gehen. Ochs und Esel hatte er ohnehin zur Gesellschaft – zwei stinkende und furzende Tabuletkrämer, die am anderen Ende der Stube über ihre Bauchläden gefaltet schliefen. Drei Stunden später polterten die beiden aus dem Raum; Schopenhauer folgte ihnen bald. Im Wirtshaus nebenan trank er dünnen Kaffee und aß zwei Brötchen, die dampften, als er sie aufriss und eine dicke schwarze Konfitüre in die Höhlung tropfen ließ.

Der Verleger musste über einen Hintereingang in sein Büro geschlichen sein; vorne hatte Schopenhauer seit Anbruch der Dämmerung gewartet. Ein Wort, ein Wort nur hätte er gebraucht von ihm – aber die zu seiner Bändigung ausgeschickten Drucker ließen ihn nicht aus den Augen, schon gar nicht, nachdem er begonnen hatte, auf Kisten zu schlagen und wütend nach dem Verleger zu schreien, er solle gefälligst seinen Teil des Kontrakts einhalten, so wie er das getan hatte.

Der Geruch von Pferdeäpfeln kündigte die Poststation an. Ein Gespann stand auf dem Hof, vier abgekämpfte, nass geschwitzte Pferde. Durchs Stadttor rauschte eine weitere Kutsche herein. Der Postillion produzierte ein Krächzen auf dem Horn und zog die Zügel an. Steifbeinig ließen sich sechs Passagiere einer nach dem anderen vom Trittbrett herab.

Schopenhauer stieß das Tor zum Postbureau auf. Am anderen Ende des niedrigen, von mächtigen Säulen gestemmten Gewölbes thronte ein Postbeamter hinter einem brusthohen Pult.

Wann geht die nächste Post nach Dresden?, fragte Schopenhauer.

Gewöhnliche oder Eilpost?

Pardon? Schopenhauer beugte sich vor und hielt die Hand hinter sein linkes Ohr. Sogleich nahm er sie wieder weg; er hasste diese Angewohnheit; als ob sie zu viel über ihn verriete.

Egal.

Der Beamte blickte auf die Wanduhr und sagte: In sechs Stunden planmäßig. Retourkutsche, für Sie, früher. Vier Taler, achtzehn gute Groschen und neun Pfennige, Trinkgeld für den Postillion inklusive. Dieser dort.

Ein kursächsischer Postillion im gelben Rock mit blauen Kragenaufschlägen, nicht mehr weißen Lederhosen und hohen Stiefeln lehnte an der Wand, rauchte eine Porzellanpfeife und nickte seinem prospektiven Fahrgast verbindlich zu.

So viel?, sagte Schopenhauer und dachte: Egal, nur raus, nur weg von hier.

Vor der Station stand eine leichte sechssitzige Kutsche. Der Postillion öffnete den Schlag und warf einen verplombten Postsack hinein. Schopenhauer kletterte hinterdrein und legte die Füße auf die Sitzbank. Wie gerne hätte er jetzt ein druckfrisches Exemplar seines Buches in der Hand gehalten: die gefalzten und gebundenen Bögen einen nach dem anderen sorgfältig getrennt, jede einzelne Seite gleichsam abgenabelt, Papier und Druck geprüft, das Titelblatt immer wieder betrachtet, sich an der Wahl des bei Goethe gefundenen Mottos erfreut: *Ob nicht Natur zuletzt sich doch ergründe?*

Wie gerne hätte er das Buch gewogen, seinen Geruch in die Nase eingesogen und mit unendlicher Befriedigung darin geblättert. Dass der Verleger ihn um dieses Vergnügen gebracht hatte, ihn zwang, die Reise mit einer großen Ungewissheit anzutreten – das war das Übelste an der ganzen Angelegenheit.

Zuwarten hieße den Winter in den Alpen herausfordern, anstatt ihn im milden Süden hinter sich zu lassen. Nein, es war schon richtig: jetzt oder erst sehr viel später. Freund Quandt übernahm den Versand der Vorzugsexemplare, und der Verleger – nicht aus Sympathie, aber aus kaufmännischem Interesse – würde die eine oder andere Rezension in eigenen und anderen Journalen lancieren. Alles andere würde geschehen, wie es geschehen musste: Aus dem italienischen Frühling würde der Philosoph Arthur Schopenhauer zurückkehren in ein spätwinterliches Deutschland, die Philosophieprofessoren als verschlafene Wespen in ihren Nestern aufstochern, sie mit grundfesten Argumenten erschlagen und von da an mit starker und lauter Stimme ein gewichtiges Wörtchen mitreden.

Ist er weg?, fragte der Mann hinter dem Schutzwall von Akten auf seinem Schreibtisch.

Der Sekretär schlich an die Tür, lauschte hinaus und nickte.

Beim heiligen Maculatius, keine größeren Toren als Autoren, stöhnte Friedrich Arnold Brockhaus, Verleger des überaus erfolgreichen Konversationslexikons, das soeben in fünfter Auflage über die Pressen ging.

Er rückte seine Brille zurecht, zwei kreisrunde Gläser in einer Hornfassung. Brille, runde Backen, rundes Gesicht mit knolliger Nase, alles auf ein wulstiges Doppelkinn gelagert: Dies gab dem Verleger ein weiches, nachgiebiges Aussehen. Doch Brockhaus war ein zäher Geschäftsmann; musste es wohl sein, um Autoren wie diesen Philosophen ertragen zu können. Obwohl er bitter bereute, den Kontrakt unterzeichnet zu haben, würde er ihn erfüllen; bis zum wahrscheinlich ebenso bitteren (und in der Tat etwas verzögerten) Ende.

Dabei hatte es vielversprechend begonnen. Der junge Mann war von einem gemeinsamen Bekannten als *höchst interessanter Kopf* empfohlen worden, *welcher vielleicht an Denkkraft und ernstem Willen und Tiefe des Studiums von keinem Lebenden überboten wird*. Und, auch nicht reizlos, auf großes Honorar mache er angeblich keinen Anspruch. Er stammte aus gutem Hause (die Teegesellschaften seiner Mutter hatte Goethe regelmäßig besucht) und trug einen nicht unbekannten Namen. Brockhaus hatte gefällig geschriebene Reiseberichte der Johanna Schopenhauer verlegt und ordentliches Geld damit verdient.

Ein philosophisches Werk also: warum nicht?

Hegel (anderen Verlegern verpflichtet), Fichte (tot) und Schelling (jüngst wenig produktiv) – diesem Dreigestirn stand in der zeitgenössischen deutschen Philosophie nichts entgegen, niemand, der Unruhe stiftete, die Großen herausforderte.

Da war der höchst interessante Kopf gerade recht gekommen.

Im März hatte Brockhaus frohgemut unterschrieben.

Anfang August begann der Autor den Verleger mit Briefen in durchaus gereiztem Ton zu drangsalieren: Die ersten sechs Aushängebogen seien nicht eingetroffen, wohl weil Brockhaus nicht genügend Setzer beschäftige; deswegen sei der Druck des Werkes gefährlich in Verzug. Ein paar Tage später schrieb der Philosoph: So könne man mit ihm nicht umgehen, er sei keiner von Brockhaus' Konversations-Lexikons-Autoren und ähnlich schlechten Skriblern, mit denen er nichts als den Gebrauch von Tinte und Feder gemein habe.

Als endlich der erste Aushängebogen einging, zählte der Verfasser fünfunddreißig anstatt der verabredeten dreißig Zeilen pro Seite und schrie sofort Zeter und Mordio: Inzwischen fühle er sich zum Narren gehalten. Wort und Tat, Versprechen und Einlösen seien bei Brockhaus wohl zweierlei, er verlange unverzüglich sein Honorar, denn er könne ihm nicht länger trauen. Er brauche es (im Betrag ohnehin nur symbolischen Charakters) für seine Reise nach Italien, vor allem aber zum Beweis, dass es Brockhaus ernst damit sei, das Werk zu drucken. Überdies habe er von mehreren Seiten gehört, der Verleger lasse sich mit dem Honorar viel Zeit – wenn er überhaupt bezahle.

Das Lexikon, murmelte Brockhaus, bringt das Geld ins Haus, und natürlich geht es, verdammt noch mal, mit Vorrang in Druck, und nicht ein obskures philosophisches Werk.

Die vereinbarten vierzig Dukaten hatte er gezahlt, als er die letzten Manuskriptseiten erhielt, so, wie es im Kontrakt stand. Dann herrschte für eine Weile Ruhe. Bis zum heutigen Morgen.

Einen Brief noch, sagte der Verleger, den allerletzten.

Der Sekretär ging an das Stehpult, hob die Schreibfläche und zog aus dem Fach einen Bogen Papier, überprüfte den Sitz seiner Ärmelschoner und tunkte die Feder ein.

Allerknappste Anrede, sagte Brockhaus.

Mein Herr –, schrieb der Sekretär.

– ich hatte in Ihrem letzten Brief vor allem einen Beweis für Ihre beleidigenden Behauptungen oder einen Widerruf derselben erwartet, – Brockhaus holte tief Luft – und da sich weder das eine noch das andere darin befindet, und ich Sie also fortan für keinen Ehrenmann halte, so kann künftig kein Briefwechsel zwischen uns stattfinden. Punkt. Daher werde ich Ihre etwaigen Briefe, die ohnehin in ihrer … göttlichen Grobheit – wie ist das? –

Treffend, sagte der Sekretär.

– und Derbheit eher auf einen Lohnkutscher als auf einen Philosophen schließen lassen, gar nicht annehmen, wenn ich Ihre Handschrift auf der Adresse erkenne. Punkt.

Der Verleger blies eine Wimper vom Brillenglas.

Ist er wirklich weg?

Der Sekretär ging hinunter in die Eingangshalle und kehrte grinsend zurück.

Gedankenstrich.

Ich hoffe nur, dass meine Befürchtung, an Ihrem Werke bloß Makulatur zu drucken, nicht in Erfüllung gehen werde.

Punkt.

Nach zwölf drei viertel kursächsischen Postmeilen, gegen zwei Uhr morgens, kam Schopenhauer in Dresden an – mit ihm der Postsack, der von Kutsche zu Kutsche weitergereicht worden und sein liebster, weil schweigender Begleiter gewesen war. Zwischen Zwinger und Schlosskirche hing tief die Mondsichel, ein schönes Bild und einen Moment des Verweilens wert, doch Schopenhauer sah nicht hin.

Auf der Schwelle seiner Tür fand er den Brief, den er seit langem erwartete. Er öffnete vorsichtig, ohne das Siegel zu beschädigen, den Umschlag und zog ein zweifach gefaltetes Blatt heraus. Eine beigelegte Karte fiel zu Boden. Er hob sie auf, überflog die Zeilen und las sie noch einmal.

Was, dachte Schopenhauer, hat Goethe nur auf diese Idee gebracht? Und warum hat dieser Brief so verdammt lange von Karlsbad nach Dresden gebraucht?

Auf einmal fühlte er sich klein, sehr klein.

Vielleicht machen Sie von einliegender Karte Gebrauch

Nun wäre eigentlich Zeit, sich der unerledigten Korrespondenz zu widmen, dachte Goethe.

Den ganzen heißen Sommernachmittag hatten er und Stadelmann Mineralien gesucht – der Kammerdiener natürlich nichts gefunden, wohl wissend, dass er die Ausbeute in einem schweren Korb aus der Gegend um den *Hügel des ewigen Lebens* zu Tal schleppen würde. Goethes Ertrag fiel umso reichlicher aus. Vom Finderglück berauscht, hatte er die ersten Anzeichen missachtet; bald aber hinkte Goethe mit seinem immer stärker schmerzenden Fuß dem Kammerdiener hinterher, missgestimmt vom Hügel des ewigen Abstiegs grummelnd. Dabei war das feste Paar Schuhe mit den genagelten Sohlen bestens bewährt, es hatte schon manche Expedition in die Schluchten und Felsbrüche um Karlsbad mitgemacht.

Goethe ruhte in seinem Zimmer auf dem Diwan, die Wade durch ein Polster unterstützt, damit die wundgeriebene Ferse keinen Druck litt. Er überlegte kurz, ob er sich von Stadelmann Schreibzeug und Unterlage bringen lassen solle, knuffte dann lieber einige Kissen zurecht und langte von der Konsole Madame de Staëls *Über Deutschland* herüber.

Er öffnete das Buch, sah hinein und schlug es gleich wieder

zu. Gut, wenn schon keine Korrespondenz jetzt: Dem Doktor Schopenhauer würde er zuerst antworten. Sein Brief lag immerhin schon zwei Monate unbeachtet. Und war darin nicht die Rede von einer Reise gewesen? Morgen, in aller Frühe schreibe ich ihm, dachte Goethe und suchte sein Lesezeichen.

Die Staël unternahm hier eine Exkursion in die deutsche Philosophie. Nicht, dass Philosophie ihn sonderlich interessiert hätte, aber solcherart präsentiert war sie erträglich, bisweilen amüsant. *Der philosophische Geist*, schrieb Madame, *kann seiner Natur gemäß in keinem Lande allgemein verbreitet sein. Indes gibt es in Deutschland eine solche Neigung zum Grübeln, dass die deutsche Nation vorzugsweise als metaphysische Nation betrachtet werden kann.*

Goethe überflog die Zeilen nur, hoffend, das eine oder andere Satzbild möge ihn packen, kurz unterhalten und weiterziehen lassen.

Die Philosophie ist die Schönheit des Denkens, sie beurkundet die Würde des Menschen, der sich mit dem Ewigen und Unsichtbaren beschäftigen kann, wiewohl alles Rohe seiner Natur ihn davon entfernt.

Er legte das Buch einen Moment nieder. Schönheit des Denkens? Tat und Wort würde er dem jederzeit vorziehen. Er gähnte, setzte ein Glimmerblättchen als Lesezeichen und klappte das Buch zu. Stadelmann würde ihn schon rechtzeitig wecken.

Paul?

Angelica Catalani erhielt keine Antwort. Ihr Agent und Ehemann, Paul Valabrègue, stellte sich taub. Wie immer.

Paul.

Valabrègue saß ein Zimmer weiter behaglich auf dem Sofa und rauchte eine Pfeife.

Paul!

Wenn die Catalani schrie, dann schrie sie mit der Kraft einer ausgeformten Stimme. Und bevor die Dienstboten zusammenliefen und die Menschen auf der Straße vor dem Hotel stehen blieben, trat sogar ein Phlegmatiker wie Valabrègue ohne weiteren Verzug an.

Was ist, meine Liebe?, fragte er, als er in der Tür zu Madames Zimmer erschien. Seit je rollte sein linker Augapfel lose in der Höhle, kullerte herum wie eine Murmel in einer Schüssel, ohne Verständigung mit dem anderen Augapfel aufs Geratewohl in die Welt zielend. Die meisten Menschen wussten nicht, wo sie bei Valabrègue hinsehen sollten, die Catalani aber blickte ihm zwischen die Augen, auf die Nasenwurzel und ignorierte die senkrechte Falte, die dort aufstieg.

Was soll sein? In einer Stunde singe ich beim Fürsten, und du sitzt in deinem allerschäbigsten Anzug und bläst Rauchkringel.

Valabrègue hasste diese Auftritte.

Sie sang – und keiner bezahlte für das Vergnügen. Doch, einer – er selbst, Valabrègue, jedes Mal, wenn er Konversation machen musste mit den herablassenden Durchlauchtigstkeiten, hochwohlgeborenen Von und Zus und Um und Aufs, die für den Gegenwert einiger Gläser Champagner, eines Essens und eines schlecht gestimmten Klaviers den Auftritt einer weltberühmten Diva allzu billig einkauften. Valabrègue musste auf die Stimmbänder der Sängerin achten (wohl bedenkend, dass sie im achtunddreißigsten Jahr stand): Ein reguläres Konzert, bitte sehr!, aber ein Fürstenvorsingen, nur weil sich alle

Welt in Karlsbad zur Kur traf? Zu besseren Zeiten hätten sie hier allenfalls für die Dauer eines Pferdewechsels verweilt. Oder selbst gekurt. In diesen Zeiten aber zogen sie von Stadt zu Stadt, Dorf zu Dorf, Valabrègue klebte seine Zettel, *Catalani la diva* sang auf knarrenden Bühnendielen vor rülpsenden, immerhin zahlenden Biertrinkern. Und leider viel zu oft vor adligen Champagnerschlürfern, die ihre Titel als Eintrittsbillett vorzeigten. Doch nicht mehr lange: Ein paar Monate, dann könnte das Geld reichen für das Gut in den Marken und eine lange Pause; oder sogar für das Ende einer Tournee, die vor bald zwanzig Jahren einmal in Venedig begonnen, in Neapel, Lissabon, Paris und London zu Ruhm und nunmehr in diese Niederungen geführt hatte.

Dosen, dachte Valabrègue, wenn ich die Stimme meiner Catalani in Dosen oder Flaschen füllen könnte, so wie es die Karlsbader mit ihrem Sprudelsalz machen, wenn sie das Heilwasser eindampfen.

Paul.

Paul-Punkt. Valabrègue kappte den Gedankengang und zog sich unter Andeutung einer Verbeugung zurück.

Angelica Catalani begann mit Stimmübungen.

Natürlich hatte Stadelmann ihn zu spät geweckt, und wegen der schmerzenden Ferse war er von seinem Quartier ins Pupp'sche Grandhotel viel zu lange unterwegs gewesen und entsprechend düsterer Laune, als er den Saal betrat und kurz innehielt.

Einen Raum voller Menschen benutzte Goethe wie eine Bibliothek – so wie er ein Buch aus dem Regal zog, nach Belieben darin blätterte und es, bereichert oder gelangweilt, zurückstellte. Ein Goethe konnte sich das erlauben; selbst aber ließ er sich von niemandem lesen, wenn er es nicht wollte. Die Bibliothek war nicht schlecht sortiert. Gut, die Gräfin Bombelles, die vor allem redete wie ein Buch, die war zu meiden; dort den Grafen Paar, den kannte er in- und auswendig; beim Erdöd-Palffy fand er immer eine Pointe; die beiden Prinzessinnen Reuß-Köstritz, reizend illustriert und koloriert, ein wahrlich zierliches Format, das stets das Blättern lohnte; drüben, beim Podium, die Gewichtigen in Goldschnitt: Klemens Fürst Metternich, österreichischer Staatsminister, neben dem Gastgeber Fürst Schwarzenberg, einem der Sieger der Völkerschlacht von Leipzig, und dem russischen Außenminister Capo d'Istria. Und ein düster vor sich hin stierender, schlecht rasierter Mann, der einen Stoß Notenblätter unter den Arm geklemmt trug.

Als Goethe zu der Gruppe um Metternich trat, die seidig raschelnden Prinzessinnen im Schlepptau, erwachte Valabrègue aus der Starre und ließ sein loses Auge über die Mädchen rollen. Das ruhige heftete er auf Goethe, der dem Fürsten Metternich einen fragenden Blick sandte.

Wir sprachen zuletzt von Byron, sagte Metternich mit einer leichten Verbeugung.

Byron!, quiekten die Prinzessinnen und wurden trotz erheblicher Puderschichten rot um die Nasen. Goethe sah zu Capo d'Istria.

Von wegen der Unruhen in Norditalien, erklärte der Außenminister, nicht der Unruhe wegen, die der Dichter in den Herzen junger Damen stiftet, verehrte Hoheiten.

O ja, seufzten die zwei Reuß-Köstritz.

Es liegt uns ferne, diese niederzuschlagen, sagte Metternich galant, jene anderen jedoch – nach Kräften.

Goethe war nicht entgangen, dass sein höchstpersönliches Erscheinen bei den Prinzessinnen nicht annähernd den Effekt gehabt hatte wie die bloße Nennung des anderen. Er nickte Metternich zu.

Byron, sagte der Fürst, agitiert ein wenig, seitdem er im Palazzo wohnt, für die Griechen, die Italiener im Allgemeinen, die aufständischen *Carbonari* im Besonderen.

Valabrègue stieß Luft zwischen zusammengepressten Lippen aus:

Agitation? Ich sah ihn im Winter in Venedig. Ist dick und feist geworden. Als Poet ist er durch, meine Meinung. Skandale im Dutzend. Nur noch hinter den Röcken her.

Ich muss doch bitten, zischte Goethe und hielt eine Hand hoch, zwischen Valabrègue und die Prinzessinnen, als könnte er sie gegen die groben Worte schützen. Was redete da dieser armselige, bestoßene Pappband denn drein? Den Valabrègue hatte er gar nicht aufgeschlagen. Dessen fixer Blick klebte nach wie vor an Goethe, und der rollende tastete weiter die Prinzessinnen ab, die nicht sonderlich schockiert schienen von einem Dichter, der sich nicht der Dichtung allein widmete. Sie kicherten und zirpten und raschelten mit ihren Seidenkleidern und ihre Gesichter leuchteten wie frisch entzündete Lampions, sie warfen Verse Byrons in die Runde und aus Illustrierten zusammengelesenen Klatsch, den die Gräfin Bombelles eifrig ergänzte.

Zwischen all dem konnte Goethe dem Metternich noch ein paar Einzelheiten über das venezianische Dasein des englischen Dichters entlocken, dann wurde es ihm zu lästig, den immer wieder aufklappenden Valabrègue mit kurzen Worten und scharfen Blicken zuzuklappen. Die Ferse schmerzte von neuem und vom Auftritt der Catalani hatte er nur die letzten Takte mitbekommen. Höchste Zeit, die Bücher ins Regal zu stellen, fand er, das Goldschnitt-Folio eines Fürsten Metternich genauso wie das eselsohrige Duodez eines Valabrègue; Zeit, das Licht in der Bibliothek zu löschen und zu Bett zu gehen.

Aber noch hing ein Misston in der Luft. Ihn mit Wohlklang zu überlagern, das konnte wohl nur Madame Catalani gelingen. Goethe räusperte sich und sagte:

Würden Sie uns, gnädige Madame Catalani, vielleicht noch einmal die Ehre geben wollen, ein Lied zur guten Nacht?

Sie schloss die Augen und sang. Es war still im Saal, im ganzen Haus, still in Karlsbad. Catalanis Stimme trug weit durch die geöffneten Fenster, und manch einer, der sich am Morgen die Augen rieb, fragte sich verwundert, was ihn traurig, aber köstlich und tröstlich im Schlaf besucht hatte:

Lascia la spina, cogli la rosa;
tu vai cercando il tuo dolor.
Canuta brina, per mano ascosa,
giungerà quando nol crede il cor.

Ein Windstoß bauschte die Vorhänge und blies einige Kerzen aus. Die Damen rafften die Tücher um ihre bloßen Schultern etwas enger. Man schloss die Fenster und die Gesellschaft zerstreute sich bald.

Die verkleckten Wortanfänge, verursacht von erst übersättigt tropfender, dann so lange übers Papier geführter Feder, bis sie nur mehr einen dünnen, aussetzenden Strich hergab, dann eiligst ins Tintenfass eingetaucht, kaum abgestrichen und mit Nachdruck den unwillig unterbrochenen Schreibfluss fortgesetzt, dazu eine Spur feiner Tintentröpfchen, die den Weg an die Anschlussstelle verriet; zwischendrin wenige, ungeniert und heftig ausgestrichene Wörter, das Blatt vom linken bis zum rechten Rand genutzt: Die Schrift eines jungen Mannes, die ausgreifenden Bögen und Schleifen, die krummen Haken der Kommas, die auskeilenden Gedankenstriche – eine einzige Geste der Ungeduld.

Der Brief datierte vom dreiundzwanzigsten Juni des Jahres.

Er, Schopenhauer, habe lange nichts hören lassen; auch nichts zu vermelden gehabt. Er kündige mit diesem Schreiben seine bevorstehende, längst überfällige Reise nach Italien an, nachdem das Werk der vergangenen vier Jahre vollbracht sei, jenes nämlich, das zur Leipziger Michaelismesse unter dem Titel *Die Welt als Wille und Vorstellung* erscheinen werde und von dem Goethe baldmöglichst ein schönes Exemplar erhalten werde. Es sei nichts weniger als die Frucht seines ganzen Lebens, und er glaube nicht, jemals Besseres oder Gehaltvolleres zustande bringen zu können.

Goethe schüttelte den Kopf. War das der Ungestüm eines Dreißigjährigen oder schon der Rausch ersehnter Größe?

Es folgten Bemerkungen zur Farbenlehre, zum Ausbleiben jeglicher Resonanz auf Schopenhauers eigene kleine Schrift – *so wie der Stein, den man in einen Sumpf wirft, keine Ringe macht*. Dennoch sei er guter Dinge, weil er glaube, das Echte und Wahre schaffe sich zu guter Letzt immer Recht und Platz.

Das hat es bereits, und zwar in *meiner* Farbenlehre, verehrter Doktor, brummte Goethe mit säuerlicher Miene – dass der junge Mann keine Ruhe geben wollte in der Sache. Er setzte an:

Endlich einmal wieder von Ihnen zu hören war mir sehr angenehm: Sie gehen rasch Ihren Weg mit Freudigkeit, wozu ich Ihnen Glück wünsche. Das angekündigte Werk lese ich gewiss mit allem Anteil. Möge die italienische Reise glücklich sein!

Goethe nahm den Brief Schopenhauers zur Hand. Er erlaube sich anzufragen, stand da, ob der Geheimrat ihm nicht über das in der *Italienischen Reise* Beschriebene hinaus irgendeinen Rat erteilen möge oder Bücher empfehlen könne, ihn gar durch ein Empfehlungsschreiben würdigen wolle, eine Empfehlung, die ihm eine interessante oder wichtige Bekanntschaft auf der Reise verschaffen werde?

Goethe knetete ein Stückchen Siegelwachs, bis es weich zwischen seinen Fingern klebte, und erinnerte sich an den Abend bei Schwarzenberg.

Dem Manne kann geholfen werden, dachte er: Wenn du dich schon messen willst, Arthur, dann mit den Besten. Einen wahren Sesam-öffne-dich werde ich dir geben.

Er griff nach einer Karte aus steifem Papier und schrieb einige Zeilen in schöner, schwingender Schrift und unterzeichnete sorgfältig. Dann vollendete er den Brief in zwei Sätzen –

Vielleicht machen Sie von einliegender Karte Gebrauch.
Das Beste wünschend,
Goethe.

– und mit einem breiten Grinsen im Gesicht.

Etwas später packte der Kammerdiener Stadelmann die Sendung zuoberst auf den Stoß der Korrespondenz. Als er die Tür öffnete, fuhr ein Luftzug zwischen die Umschläge, einige fielen zu Boden; der Brief an Schopenhauer glitt unbemerkt unter einen Schrank. Nach Wochen, zum Ende der Goethe'schen Sommerfrische in Karlsbad, suchte Stadelmann die Räume noch einmal ab, fand den Umschlag und gab ihn in aller Stille zur Post, die ihn innerhalb zweier Tage nach Dresden trug.

Poeta inglese stravagante

Lord Byron lag bäuchlings auf dem Billardtisch und sandte eine Kugel über die kurze Bande von der linken in die rechte Hand, von der rechten in die linke, wieder und wieder. Das Haus war still, nur der Wolf heulte ab und an ein ängstliches Liedchen. Die letzte Kerze war vor einiger Zeit erloschen, der Kanal spiegelte ein wenig Mondlicht durch die beiden Fenster an die Decke. Hier und da schimmerte ein Fleckchen Gold ins bläuliche Weiß der Mondbeleuchtung.

Was für ein Tag.

Gegen drei Uhr nachmittags – als Byron gerade aus dem Bett gekrochen war – stürmte Percy Shelley herein, der alte Freund, keineswegs mehr der heitere Poet, sondern ein aufgelöstes Bündel, mit nassen roten Augen, wirrem Haar; Shelley, der halb schreiend, halb weinend erzählte: Von Byrons Sommervilla in Este seien er und seine Frau im Gewitter aufgebrochen, sie hatten keinen Gondoliere gefunden, der sie in dem wütenden Wetter über die Lagune rudern wollte; die Frau hielt all die Zeit das immer stiller werdende Kind in dem beschmutzten Tuch an der Brust geborgen, das Kind, das leichter und leichter zu werden schien; und dann, als endlich ein williger Gondoliere bereitstand: ein Eklat, da ein Militärposten sie wegen fehlender Papiere nicht übersetzen ließ – und Percy Shelley dem unverständigen Manne bald an die Gurgel gegangen wäre, und dann doch mit Geld erreichte, was irgendeine Vorschrift vereitelte; und als er, der Hysterie nahe, in den Palazzo Mocenigo eindrang – an der tobenden Menagerie vorbei, vorbei an dem zähneblecken-den Wolf, durch Gestank und Staub, der aus den Käfigen stieg, heiser verbellt vom Fuchs und beschimpft von keifen-den Affen – da erhoffte er sich Hilfe von Byron, der die Stadt und ihre Menschen kannte, dem aber, schlaftrunken am frühen Nachmittag, nur einfiel, einen Gondoliere erst zu seinem Arzt zu senden, und dann alle beide, Shelley und den Doktor, in das Hotel zu bringen, in dem Shelleys Frau wartete – nein, auf nichts mehr wartete, denn das Kind war tot, gestorben, kurz nachdem Shelley zu Byron gehastet war, auf der Suche nach einem, der die Ruhr kurieren könne.

Byron gab die unbequeme Stellung auf (die Kinnspitze hatte zu kribbeln begonnen) und setzte sich auf die Kante des Billardtisches. Er stellte die Arme seitlich aus, um seinen wie ein Metronom pendelnden Oberkörper zu stabilisieren.

Er zündete ein paar Kerzen an, genug, um eine Flasche Wein aufzustöbern, nahm einen tiefen Schluck und ging auf die Tür zum schmalen Balkon zu. Er blieb kurz vor einem der wandhohen Spiegel stehen.

Zu hell, sagte er und löschte die Kerzen.

Das Wasser roch stärker nach Meer als sonst; und wenn er genau hinuntersah an die blau-weißen Pfähle, dann konnte er um sie herum kleine Wirbel entdecken, von der einströmenden Flut in die Wasseroberfläche gerührt. In keinem der Häuser gegenüber brannte Licht, nicht im Palazzo Dolfin, nicht im Giustinian Persico. Die Laternen neben den Wassertoren leuchteten kläglich wie müde Glühwürmchen auf einem schmutzigen Blatt Papier. Eine Gondel strich träge vorüber. Der Wolf unten im Durchgang begann wieder zu heulen.

Bei meiner Seele! Was war das?, rief eine Frau, unter der niedrigen Gondelkabine unsichtbar. Der Ruderer beugte sich herab und sagte halblaut: Hier wohnt der verrückte englische Poet, *poeta inglese stravagante*.

Byron lauschte. Übers Wasser trugen Stimmen weit. Der Gondoliere flüsterte weiter: Er verwandelt sich in solchen Nächten in einen Wolf. Mein Bruder hat gesehen, wie er über die Dächer und in einem gewaltigen Satz über den Rio di Ca' Santi sprang …

Byron hörte die Frauenstimme ungläubig *Ma dai!* ausrufen, und es wurde so still wie zuvor. Schön, dachte er, wieder eine Legende. Wie lange läuft der Wolf, über die Alpen und den Ärmelkanal, bis er in die englischen Zeitungen findet?

Er verließ den Balkon und machte ein paar Schritte in den Mittelsaal, blieb unschlüssig stehen. Gleich links hinter der ersten Tür schlief Margarita Cogni, genannt die Fornarina.

Er ging zurück an den Billardtisch und schob lustlos ein paar Kugeln herum. Vor ein paar Tagen hatte er den ersten Teil einer neuen Dichtung vollendet, ein Werk, wie ihm zuvor noch keines gelungen war, und das vielleicht sein bestes bleiben würde. Es würde einschlagen, einigen Herrschaften auf der Insel gehörig in den Ohren dröhnen. Sein Verleger würde jammern: Das dürfe er nicht drucken, dieses wolle er nicht und jenes schon gar nicht. Seine Freunde würden seufzend ihre Bedenken vermelden – wenn sie sich überhaupt um ihn kümmerten.

Den ganzen Sommer hindurch hatte er Brief auf Brief nach England gesandt, bittende, betrübte, zürnende Briefe. Aber sie antworteten nicht, oder mit großer Verspätung, oder sie vergaßen das dringend gewünschte Zahnpulver, das Macassar-Öl, Magnesia und Soda mitzusenden.

Jeden Tag musste Nachricht von seinem Advokaten eintreffen, dem Mann, der sich so zierte nach Venedig zu reisen, um die Verträge über den Verkauf des Byron'schen Familienschlosses vorzulegen. Nun nahte der Winter; die Passage über Simplon oder Gotthard war bald unmöglich. Der Lord hatte jüngst ernstlich zu vermuten begonnen, dies alles sei eine Verschwörung, um ihn nach England zu zwingen. Aber keine zehn Pferde würden ihn aus Venedig zerren – wie auch? In dieser Stadt gab es nur acht: Byrons vier, eingestallt auf dem Lido, und die vier bronzenen Renner über dem Portal der Markuskirche.

Das Geld, am Ende geht es immer ums Geld, murmelte Byron.

Er versuchte eine Kugel in eines der Kugelsäckchen zu blasen. Sie rührte sich nicht von der Stelle, und von dem angestrengten Blasen wurde ihm schwindlig.

Ohne den Erlös aus dem Verkauf wäre sie zu Ende, seine venezianische Existenz, wäre Schluss mit der komfortablen Residenz am Canal Grande, der Landvilla, wäre es aus mit der Horde von Dienstboten, den Gondolieri, dem luxuriösen Haushalt, der exotischen Menagerie, den Pferden, den Frauen, dem Glücksspiel, Wein und Rauch – dahin wäre das Privileg zu leben als George Gordon Noël, sechster Lord Byron, Baron von Rochdale, Mitglied des Englischen Oberhauses; er wäre nicht länger frei zu tun, was immer ihm beliebte – ob das die Freiheit war, ein freches und anzügliches Gedicht zu publizieren, oder die Freiheit, mit seiner auserwählten Geliebten zu schlafen.

Er ließ die kühlen Billardkugeln und tappte hinüber in das Schlafzimmer der Fornarina, die schlaftrunken die Finger ausstreckte, sobald *milordo* unter dem Leintuch fühlbar wurde. Was zu beweisen war, dachte Byron und wehrte doch ihre Berührungen sanft ab. Er fühlte sein Herz schwer pumpen, als ob es nassen Sand durch das Aderngeflecht zu pressen hätte, Sand, der sich im Kopf zu einem Stein verdichtete. An einem anderen Tag wäre er nun an den Schreibtisch gegangen. Dies war die Zeit, in der ihm das Schreiben am leichtesten fiel, die Ideen schneller flossen, als er die Feder nachtränken konnte.

Reden, dachte er, kann es sein, dass ich jemanden zum Reden brauche?

Die Welt ist meine Vorstellung

Zum Proviant für die Lebensreise
gehört auch ganz vorzüglich
ein guter Vorrath von Resignation,
den man erst (und zwar je früher je besser für den Rest der Reise)
aus fehlgeschlagnen Hoffnungen abstrahiren muß.

A. S.

Gleichmut

An den Beginn der Reise konnte sich Schopenhauer später kaum mehr erinnern. Um so vieles früher war er in Gedanken bereits fortgegangen, hatte die Stadt, das Land, die Menschen hinter sich gelassen, als dass er sich des Zeitpunktes und der eigentlichen Abreise im Nachhinein entsinnen konnte oder mochte. In stoischer Haltung wollte er es überstehen, sich mit Gleichmut wappnen, Widrigkeiten, Gefahren, Verdruss und unvermeidliche Langeweile abperlen lassen: so wie die Regentropfen von seinem Filzhut rollten.

Er gähnte und streckte sich, lehnte sich an die Postsäule und ließ die Sonne wirken. Die Pferdeknechte spannten gemächlich aus. Auf der anderen Seite des Platzes trat der Wirt der Weißen Rose aus dem Tor, um lautstark seinen Mittagstisch anzupreisen.

Er schloss die Augen. Wäre jemand vorbeigegangen, er hätte einen Mann von dreißig Jahren mit dunkelblonden, gelockten Haaren gesehen; in einem Schnitt, der die Ohren frei ließ und auch den hohen Haaransatz auf der Stirn und seitlich nicht verdeckte; ein glattes Gesicht ohne die Schattierung des Bartes; die Augenbrauen im selben hellen Ton des Haarschopfs, schmal und mäßig dicht, von der Form flache Achtelkreisbögen; auf der Stirn die Andeutung einer senkrechten Falte in Verlängerung des Nasenrückens, die

Haut dünn und weiß, jedenfalls ohne eine Spur von Sonnenbräune, dafür über den hohen, gewölbten Wangenknochen eine leichte Rötung; die Nase lang, schmal, im Profil betrachtet zeigte sich ein leichter Höcker. Die Lippen voll, geschwungen – der Beobachter hätte sich vielleicht mangels treffender Adjektive an die F-Löcher einer Violine erinnert, um die Kurvaturen des Mundes zu beschreiben. Markant war die kleine, vertikale Vertiefung, die unterhalb der Nase in eine V-förmige Einbuchtung der Oberlippe mündete; sie gab seinem Gesicht etwas Kindliches. Dies verschwand nicht, wenn er die Augen öffnete, aber das helle, blasse Blau der Iris minderte die Weichheit, und es war durchaus möglich, sich auch einen durchdringenden, zornigen Blick vorzustellen. Die Figur stämmig; die Hände wiederum waren auffallend schmal, hellhäutig. Er trug eine graue Wollfilzhose über den Stiefeln; ein Leinenhemd, ein dunkelgrünes Seidenhalstuch, eine schwarze Weste mit Perlmuttknöpfen, darüber einen Reisemantel nach englischer Art mit hohem Kragen und Schultercape; und, zusammengerollt in einer der Manteltaschen, einen Filzhut. Der silberne Knauf seines Stockes war drehend zu entriegeln und fest verbunden mit einer blanken, scharfen Klinge.

In der linken Innentasche der Weste ruhten Karte und Brief von Goethe, im Umschlag wieder sorgsam verschlossen. Das Dokument lag wie ein Schild über seinem Herz; und obwohl er allen Aberglauben verabscheute, gefiel ihm die Vorstellung, es könne ihm auf der Reise ein Talisman sein.

Pünktlich auf den Glockenschlag war die Kutsche losgerollt, immer elbaufwärts und bald in weitem Abstand vom

Fluss auf Pirna zu. Er hatte sich nicht umgedreht, nicht ein einziges Mal, nicht aus dem Fenster geblickt, nicht an der Unterhaltung teilgenommen, kerzengerade hatte er gesessen, die Arme verschränkt und nicht gewillt, die Stadt, die vier Jahre verschiedene Annehmlichkeiten, darunter eine Art Heimat und vor allem eine ordentliche Bibliothek geboten hatte, von seiner Abreise durch Winken oder seufzende Wehmut in Kenntnis zu setzen. Es gab niemanden, der ihn zur Poststation begleitet hätte, ihn zurückgehalten hätte, außer, vielleicht – aber Karoline hätte ihm keine Träne nachgeweint, warum auch; genauso wenig, wie er zu ihr gegangen war, um sich zu verabschieden. Ein Leben war zu Ende, ein anderes begann; und es würde nicht derselbe Mann zurückkehren, der an diesem Herbstmorgen Dresden hinter sich ließ.

Adele

Schopenhauers Schwester war gewandt, empfindsam und klug, nur hübsch nicht; manche fanden sie hässlich: viel zu große schwarze Augen, wie zwei Stückchen Kohle von frechen Buben ungeschickt ins Gesicht eines unrunden Schneemannkopfes gesetzt; auch die etwas krumme Nase steckte nicht am richtigen Platz, ihre Stimme klang schneidend; in Haltung und Bewegung erschien Adele Schopenhauer alles andere als pläsierlich und zierlich.

Das erleichterte es vielen Männern, auf sie hinabzublicken; wenn auch der wahre Grund des Unbehagens, das sie in ihrer Nähe spürten, mit ihrem Äußeren wenig, mit ihrer Klugheit viel zu tun hatte. Sie träumte vom Heiraten, aber auf dem Weimarer Heiratsmarkt war Adele kaum nachgefragt; selbst wenn sie ab und an mit diesem oder jenem Kavalier in Verbindung gebracht und viel getuschelt und geklatscht wurde, selbst wenn man glaubte, ihre Mutter sei wohlhabend und ihre Mitgift werde anständig ausfallen. Sie hätte auch nicht jeden genommen.

An den Liebschaften ihrer Freundinnen nahm Adele Schopenhauer mit Leidenschaft teil. Ihr konnte man sich anvertrauen, ihre Aufmerksamkeit war gesucht und stets parat. Niemand nahm es übel, dass ihr Rat aus Romanen angelesen war und zusammengetragen aus dem, was sie als Zaungast erlebte. Nur wenn es um Enttäuschungen ging, sprach sie mit der Autorität eigener Erfahrung. Sie fühlte die Widerwärtigkeiten, die nahestehende Menschen ertragen mussten, als würden sie ihr selbst zugefügt. Waren handfeste Nachrichten spärlich, glich die Vorstellungskraft den Mangel aus und flößte ihr Furcht und Sorge ein. Oft griff sie nach Dingen, die sie nicht halten konnte oder durfte, die Liebe (oder was sie im Schwärmen dafür hielt) das bedeutendste darunter.

Vom Aufbruch ihres Bruders hatte sie erst am Morgen von Quandt gehört, der auf dem Weg nach Frankfurt in Weimar Station machte. Quandt, ein wohlhabender Kaufmann, lebte in Dresden, wo er Schopenhauer häufig getroffen hatte, in der Hofbibliothek, in den besseren Gasthäusern. Das, dachte Adele, musste ein seltsames Paar gewesen sein: der gutmütige, weltgewandte, redselige Quandt und ihr ungeduldiger, spöttischer, eigenbrötlerischer Bruder.

Der Kaufmann, ein schwerer, quadratisch gebauter Mann, hielt Adeles Hände, als sie unten in der Toreinfahrt sprachen – der Kutscher stand wartend neben den Pferden –, und sagte mit viel Pathos, wie es seine Art war:

Die Menschen sind ungeschickt mit ihm umgegangen, liebe Adele. Schwache haben ihn, den Starken, leiten wollen, Egoisten haben mit seinem arglosen Herzen grausames Spiel getrieben.

Eigentlich hatte Quandt nur wenige Minuten bleiben wollen, und Adele hätte ihm in der Stube gerne ein Frühstück bereitet. Nun sang er das Lob ihres Bruders und wollte gar nicht mehr aufhören.

Argloses Herz?, dachte Adele, alles, nur das nicht; Dummheit allerdings will Arthur weder ertragen noch übergehen.

Endlich ließ Quandt ihre Hände los und trat einen Schritt zurück.

Adele, glauben Sie nicht auch: Arthur wird so leicht keinen Freund finden, weil er nicht leicht einen Menschen achtet.

Hast auch du das spüren müssen, du guter Quandt, wen hat Arthur denn nicht verletzt? Sie unterdrückte einen Seufzer.

Quandt wandte sich zum Gehen, hielt inne und setzte seine Eloge fort:

Soll unser Freund zu den Menschen zurückkehren, so müssen wir einen Magneten finden, der ihn in den Kreis des Lebens herüberzuziehen und festzuhalten vermag.

Vielleicht kann ja Italien dieses Wunder wirken, sagte sie und hob die Hand ein Stück, kraftlos, hilflos, und dann ein wenig höher, um Quandt zuzuwinken.

Sie sah dem Wagen eine Weile nach. Dann ging sie die Treppe hinauf, in die Wohnung. Ihre Mutter stand am offenen Fenster.

Meiner Treu, dieser Quandt ist allzu sentimental, sagte Johanna Schopenhauer. Nach Italien also?

Ja, sagte Adele, ich weiß nicht warum, mir ist bang um ihn.

Johanna blickte weiter aus dem Fenster und flüsterte: Dein Bruder hat nur Händel, keinen Handel mit der Welt, er nimmt nicht, also gibt er nicht.

Sein philosophisches Buch ist vollendet, sagte Adele, es soll Michaeli bei Brockhaus erscheinen.

Philosophisch, dachte Johanna, so wie das erste, die Doktordissertation, das Werk mit dem unaussprechlichen Titel, der irgendetwas von einer vierfachen Wurzel verhieß. Sie hatte ihn damit aufgezogen, aber er verstand oft keinen Spaß, besonders nicht auf seine Kosten, schon gar nicht zur Erheiterung der Mutter, und es war wieder einmal zu einem furchtbaren Streit gekommen, den Adele, nach einem zaghaften, von beiden barsch zurückgewiesenen Vermittlungsversuch mit erlitt, die Hände auf die Ohren gepresst, in ihrer Kammer, für beide Streitenden fühlend. Adele fürchtete sich vor diesem Buch.

Mit uns hat er gebrochen, und jetzt bricht er mit allen anderen, sagte sie.

Johanna wandte sich um, und Adele erkannte in der Miene ihrer Mutter eine allzu bekannte Spottlust.

Auf Arthurs Buch, sagte sie, hat die Welt gewartet, sie wird es ihn jedenfalls wissen und spüren lassen, dessen bin ich mir sicher.

Vom Ende des Platzes kam eine Kutsche gefahren. Als sie das Schopenhauersche Haus passierte, sah Johanna einen Mann aus dem Kutschfenster herauslugen: einen mächtigen Schädel, einen Schopf fransiger Haare. Sie kannte ihn nicht, hatte aber eine vage Ahnung, zumal der Wagen Richtung auf den Frauenplan nahm, wo Goethe wohnte.

Der Geheimrat war kürzlich aus Karlsbad zurückgekehrt, schon sehnlich erwartet, denn nur mit ihm lief die Gesellschaftsmaschine Weimars richtig rund und brummend, um die alltäglich-behagliche Aufregung im Städtchen zu produzieren, die nicht nur die Damen Schopenhauer liebten. Man war einander alsbald im Hoftheater begegnet und nochmals den Abend zuvor – und als sie sich die gestrige Konversation ins Gedächtnis rief, fiel Johanna ein, wer der Mann in der Kutsche sei.

Adele, rasch, komm her, rief sie.

Wen zeigst du mir da?

Das, meine Tochter, ist das Gesicht der Philosophie, mit der sich die deines Bruders wird messen müssen.

Aber Adele sah nur einen Mann, der genauso gut ein Vieh- oder Weinhändler, ein Buchhalter oder Bergbauingenieur hätte sein können.

Am Nachmittag erschien Goethe ungewöhnlich früh zum Tee. Sein Gast, der durchreisende Philosoph Hegel, habe sich gar nicht mehr aus dem Sofa erheben wollen und sei erst gegangen, als er, Goethe, erklärt habe, er müsse nun einer dringenden gesellschaftlichen Verpflichtung nachkommen.

Adele Schopenhauer hatte gerade einen Bogen schwarzen Papiers und ihre Scheren zurechtgelegt. Sie schob die Utensilien von sich, um Goethe ihre Aufmerksamkeit zu zeigen.

Diesem Hegel, sagte Goethe heiter gestimmt, stehe große Zukunft in Berlin bevor, auf dem lange verwaisten Lehrstuhl Fichtes, er frage sich aber ernsthaft, ob der preußische König diesen Mann ernähren könne – wenn man zum Maß nehme, was der Philosoph an der Mittagstafel verdrückt habe. Überhaupt sei der Professor sehr den irdischen Bedürfnissen zugetan, über Philosophie habe man kaum gesprochen, kein Schaden im Übrigen. Hegel habe berichtet, wie froh er sei, dass das Berliner Ministerium seiner Familie den Umzug bezahle, dass es Einrichtungs- und Bücherzuschüsse gewähre, dass man ihn ohne lange Anwartschaft in die Witwen- und Waisenkasse der königlich-preußischen Beamtenschaft aufnehme. Für das und die anderen Freundlichkeiten würde er sich schon mit der Antrittsvorlesung revanchieren; in ihr würde er das *geistige Leben als Grundmoment des Staates* rühmen; jenes preußischen Staates, *der mich nun in sich aufgenommen hat*, und ihn an der *Universität des Mittelpunktes* lehren lasse, er würde den vor drei Jahren siegreich beendeten Befreiungskampf der Deutschen und mithin die *Vernichtung fremder gemütloser Tyrannei* der *sittlichen Macht des Geistes* zuschreiben, er würde die *allgemeine Schalheit der Interessen* geißeln, die *Oberflächlichkeit der Meinungen* bloßstellen. Und er würde behaupten, die Philosophie habe sich zu den Deutschen geflüchtet und lebe allein noch in ihnen fort, denn derlei höre man gern in Berlin.

Goethe sprach mit Begeisterung, er ahmte sogar den schwäbischen Dialekt des Professors nach, aber Adele hörte nicht richtig zu, obwohl sie ihn aufmerksam ansah, hin und wieder lächelte und nickte, ganz mechanisch. Was wäre ihr Leben, wie hätte das Leben aller drei verbliebenen Schopenhauers ausgesehen ohne diesen Mann, um den sie, die beiden Frauen, im Schwarm aller anderen Trabanten so verlässlich kreisten; und selbst ein Komet wie Arthur war einmal durch sein Kräftefeld geflogen, hinausgeschleudert worden und nun auf dem Weg – wer weiß wohin; jedenfalls nicht nach Berlin und nicht in eine Witwen- und Waisenkasse, wie Adele klar, so sonnenklar wurde, als sie langsam zurück in Goethes Erzählung glitt, der gerade den Abschied des Professors beschrieb und wie er ihn gefragt habe, ob er und seine Frau die Weiterreise nicht verschieben wollten, da die berühmte Sängerin Catalani letztmals am Hof auftrete, und wie Hegels Frau in Aufregung geraten sei, der Professor aber abgewinkt habe, man hoffe heute noch Jena zu erreichen, und überhaupt bekomme seine Frau in Berlin so viele Opern zu sehen, wie sie wolle – wenn es ihm denn gelänge, dem Minister ein Abonnement abzuluchsen, gratis natürlich.

Ja, so ist das mit den Philosophen, sagte Goethe, unseren jungen Mann natürlich ausgenommen; aber der wird wohl lange schon die milde Luft Italiens atmen, nicht, Adele?

Blaurot steht seinen Mann

Schopenhauer fuhr gerne im Cabriolet, eine Art Balkon an der Rückseite des Wagenkastens. Er hatte die ganze Breite der Sitzbank für sich und genoss die Fahrt wie den Besuch eines menschenleeren Theaters, dessen Bühnenarbeiter andauernd neue Kulissen von links und rechts in die Szene schoben; die Mondsichel machte den sparsamen Beleuchter dazu. Im Cabriolet reiste man rückwärtsgewandt, nicht auf ein Ziel hin, sondern fort von wo man gekommen war, und es gefiel ihm, dem Abstand beim Wachsen zuzusehen.

Vor einer Stunde hatte er die Grenze ins Böhmische passiert. Der Zoll von Peterswalde lag unten in der Senke, ein paar kaum erkennbare glimmende Lichter. Bald würde man auf der alten Salzstraße zwischen Sachsen und Böhmen die Passhöhe erreichen. In kleinen Vertiefungen des Geländes floss der als feiner Schleier über den Wiesen liegende Nebel zu Tümpeln verdünnter Milch zusammen. Es war eine kalte, stille und schöne Vorstellung.

Und Sie, mein Herr? Sie sind noch jung! Nicht vielleicht einer unserer stolzen Freikorpskämpfer?

Eine geschlagene (durch einen Batzen Trinkgeld erkaufte) Stunde hatten die drei Männer, Handlungsreisende wohl, ein paar Flaschen Wein kreisen lassen und ihrer gefallenen preußischen und österreichischen Helden gedacht, Attacken, Retraiten und Scharmützel grölend besungen. Die Nollendorfer Höhe, das ehemalige Schlachtfeld, lag schwach erhellt im Mondlicht, eine nach Süden hin abfallende, nach Osten und Westen leicht ansteigende Fläche, wie ein aufgeklapptes, nach vorn geneigtes Buch, die staubweiße Straße wie ein Lesebändchen mitten hindurch. Ihre ganze Ausdehnung war kaum zu ermessen; sie endete dort, wo der Sternenhimmel begann.

Drei schwankende Gestalten sahen den Passagier im Cabriolet erwartungsvoll an, einer der drei wiederholte seine heiser ausgestoßene Frage. Schopenhauer hatte geglaubt, dass es nun endlich weitergehe, wollte sich ins Cabriolet schwingen. Er fühlte einen Unwillen aufsteigen, das Verlangen, sich in einer groben Antwort zu erleichtern. Freikorps, gar die *Teutsche Sache?* Als hätte es damals nichts Wichtigeres gegeben: so wenig wie heute.

Pulverdampf macht mir kataplektische Anfälle, sagte Schopenhauer bemüht entschuldigend, und seitdem ich im Knabenalter gezwungen war, die Schlachtung eines Bullen anzusehen, versetzt mich der Anblick rinnenden und geronnenen Blutes in absolute Starre. Im Felde hätte ich kaum von Nutzen sein können – die siegreiche Erledigung des Krieges wusste ich zum Glück in geeignetere Hände als die meinen gelegt.

In Wahrheit: Unerträglicher, aufwuchernder Patriotismus hatte ihn im Frühsommer von der Universität und aus Berlin vertrieben; unterwegs erschreckten ihn Greiftrupps preußischer Rekrutenausheber; in Dresden verschanzten sich gerade die Franzosen; in Weimar stichelte der Hausfreund seiner Mutter – nur ein paar Tage, doch genug, dass Schopenhauer weiterzog nach Rudolstadt; ein Ort, den er vergaß, sobald er dort angekommen war. Er las keine Zeitungen und hörte nicht hin, wenn der Wirt mit den Mahlzeiten die Neuigkeiten vom Befreiungskrieg der Deutschen auftischte.

Die drei Handlungsreisenden blickten unsicher. Schopenhauer holte mit dem Arm weit aus:

Über die vierfache Wurzel des Satzes vom zureichenden Grunde, dies ist der Titel meiner Doktordissertation, die ich schrieb, als alles zu den Waffen eilte. Lassen Sie mich nun die vierundzwanzig bedeutendsten Paragraphen daraus erläutern, welche allesamt im Verhältnis stehen zu der allgemeinsten Form des in Frage stehenden Satzes: »Nichts ist ohne Grund, warum es ist und nicht vielmehr nicht ist«, was wohl jedem von Ihnen, meine Herren, unmittelbar einleuchtet –

Ach – es ist – wir sollten doch – rasch weiterfahren, sagte einer der Vertreter und schritt stracks auf die Kutsche zu.

Vierfach gebrannter was für ein Wurz?, murmelte ein anderer.

Nach einem leichten Schnalzen der Peitsche zogen die Pferde an. Bald stemmten sie sich gegen den Schub des Wagens. Immer wieder sprang der Conducteur ab, um den Hemmschuh vor das rechte Hinterrad zu setzen; funkenschlagend und kreischend rutschte das Eisen über Felsplatten.

Schopenhauer lachte in sich hinein und spähte noch ein Weilchen in die Wiesen der Nollendorfer Höhe. Die stumpfweißen Flecken, die man leicht für kopfgroße Steine halten konnte, hatte einer der drei Passagiere erzählt, seien nichts anderes als die gebleichten Schädel der Gefallenen, die die Einheimischen zwar ausgeplündert, aber nicht in die Karstlöcher geworfen hätten.

Und während er sich im Cabriolet einer von den Höhen des böhmischen Gebirges krachend ins Kulmer Becken abstürzenden Kutsche verspreizte, träumte er einen zerrissenen Wachtraum, in dem eine sanft nickende Gondel auf ein hell erleuchtetes Casino hinglitt.

Die Reise durch Böhmen und Mähren verbrachte Schopenhauer im Zustand stumpfer Teilnahmslosigkeit, ganz wie er es sich vorgenommen hatte. Solange die Kutschen über die baumlosen gewellten Ebenen rollten, an kühlen Morgen und Abenden, in kalten Nächten und an warmen Tagen, saß er unbewegt am Fenster und sah hinaus. Die Tage zerfielen unter dem Klacken der Hufe in unzählige Teile, das Kläffen der Köter, welche die Kutschen auf die Straße hinausjagten, wurde das Kläffen der Hunde, die sie im nächsten Dorf begrüßten. Die Glockenschläge der Turmuhren entlang des Weges, jede in ihrer eigenen Zeit, warfen die Reisenden vor und zurück. Das Zu- und Absteigen der Passagiere zerriss und begann Gespräche, vertrieb und brachte Gerüche und Geräusche.

Obwohl die Distanz nach Wien nur zweiundvierzig Postmeilen betrug, verbrachte er eine ganze Woche auf den wohl schlechtesten Straßen Europas, in Kutschen geschüttelt und geschliffen wie eine Murmel in der Kugelmühle. Für die Nächte bestand stets die Aussicht auf ein Wirtshausbett, das Prokrustes höchstpersönlich gerichtet haben musste, da es

Pein aller Art bot, Ungeziefer und üble Dünste aus Strohsäcken, die den Schläfer in schmerzhafteste Verkrümmung zwangen.

Zwischen Collin und Czaslau brach ein Rad. Wie ein Schiff, das auf eine Sandbank läuft, legte sich die Kutsche auf die Seite und stürzte in den Graben. Schopenhauer tat rechtzeitig einen Sprung aus dem Cabriolet, die Insassen des Wagens wurden übel durcheinandergewürfelt, standen danach schimpfend da und betasteten ihre blauen Flecken. Die stundenlangen Versuche, die zersplitterten Speichen zu schienen, beobachtete er, warm in den Mantel gewickelt, seitlich von der Sonne beschienen, unter einem Baum sitzend, halb dösend, halb blassen Gedankenbildern nachhängend, denn er kannte die Straße und einige der Wirtshäuser, in denen er aß, schlief oder auf den Pferdewechsel wartete. Und er erinnerte sich daran, wie ihn die Verlockung einer Reise fast um seine Zukunft als Philosoph gebracht hätte.

Ich biete dir einen Handel an, sagt Heinrich Floris Schopenhauer, der Kaufmann, zu seinem fünfzehnjährigen Sohn:

Entweder du gehst mit mir und deiner Mutter auf eine lange Reise (sie wird über ein Jahr dauern, du wirst London und Paris sehen, die Küsten des Mittelmeeres, Berge und Seen der Schweiz, die Pracht von Wien und Dresden) – oder du beziehst noch in diesem Monat das Gymnasium und schlägst im Ferneren die Gelehrtenlaufbahn an der Universität ein, so wie du es zu wünschen scheinst.

Arthur steht vor dem Vater, in dem dunklen Büro des Hamburger Kontorhauses. Er sieht den Köder, er sieht den

Haken. Geradeheraus, wie es seine Art ist, nennt der Kaufmann seinen Preis:

Wenn du aber die Reise wählst, bei der du alle Freiheiten genießen sollst, die dir in deinem Alter und von deinen Fähigkeiten und Kenntnissen her zustehen, dann versprichst du mir jetzt und hier, nach unserer Rückkehr den Beruf des Kaufmanns zu erlernen, damit ich dir einst mein Geschäft übergeben kann.

Auf dem Schreibtisch steht ein kleiner Globus; es wartet der Alte, den Sohn mit forschender Miene betrachtend. Mit Daumen und Zeigefinger versetzt er den Globus in sausende Drehung.

Der Junge schnappt nach dem Köder. Vom Haken ist nichts zu spüren.

Fünfzehn und ein halbes Jahr später saß Arthur Schopenhauer, Doktor der Philosophie, unter einem Baum in Mähren inmitten eines immer größer werdenden Feldes orangegelber Blätter und sah eine dunkelrote Sonne in einem schönen Farbenspiel untergehen, gelb die Wolken, der Himmel blau bis rot in allen Schattierungen. Ihm fiel eine Worttabelle aus Goethes *Farbenlehre* ein:

Blaurot, Rotblau, Hellblau, Grün, Hellgelb, Rotgelb
machen *Hellblau*
Blaurot, Rotblau, Hellblau, Grün, Hellgelb
machen *dunkler Blau*
Blaurot, Rotblau, Hellblau, Grün
machen *noch dunkler Blau*
Blaurot, Rotblau, Hellblau
machen *rötlich Blau*

Blaurot, Rotblau
machen *Rotblau*
Blaurot
steht seinen Mann.

Goethe, dachte er, nachdem die Sonne verschwunden war und einen Himmel irgendwo zwischen violett und schwarz hinterließ, bei aller ihm gebührenden Verehrung, er lässt niemanden neben sich gelten.

Herrn Doctor Schopenhauer wünsche ich um elf Uhr, lieber jedoch um halb elf Uhr, bei mir zu sehen, um den ersten klaren Sonnenschein zu benutzen.

An einem Januarmorgen überbringt der Dienstmann die Nachricht. Johanna Schopenhauer steht an der Tür mit dem Billett in der Hand, als Arthur die Treppe hinabeilt.

Du korrespondierst mit Goethe? Oder doch: er mit dir?

So ist es, sagt Schopenhauer, unfähig, den aufwallenden Stolz zu unterdrücken.

Sieh nur zu, dass du Sperling nicht den Adler überflügelst, sagt Johanna, das mag der Adler nämlich nicht.

Im flachen Licht der Wintersonne hantieren der Dichter und der junge Philosoph mit allerlei Linsen, Prismen, Spiegeln, Milchglas, transparenten Schirmen und Pappen, auf die schwarzweiße, geometrische Figuren getuscht sind. Manche der Pappen lassen sich rotieren wie Windräder. Die zwei Männer, der junge und der alte, lugen durch die Prismen, um das Erscheinen der Farbsäume an den Übergängen von Hell zu Dunkel zu Hell zu konstatieren und mit den Tabellen und kolorierten Tafeln zu vergleichen, die Goethe seiner *Farbenlehre* beifügt. Danach legen sie die Instrumente beiseite, trinken Tee und philosophieren. Schopenhauer fühlt sich wie im Himmel, oder besser: im Olymp, mit einem leibhaftigen Olympier, er, der nunmehr Auserlesene der Teegesellschaften seiner Mutter, bei denen er sonst nur mürrisch und schweigsam herumsteht. Goethe, der mit Wohlgefallen in Schopenhauers Dissertation geblättert hat, prüft, ob der Philosoph als Jünger und Verkünder gegen die verderbliche, ganz und gar falsche Newton'sche Theorie der Farben tauge.

Johanna behält recht. Bald nach dem vielversprechenden Anfang empfindet der Adler das von echtem Eifer erfüllte Flattern des Sperlings (der in einigen Punkten der *Farbenlehre* – zur Entstehung des Violetten und insbesondere des Weißen – nicht beistimmen kann und will) nicht länger als schmeichelhaft und steigt auf in seine einsamen Höhen.

An einem Tag im Mai spricht Schopenhauer bei Goethe vor. Die stets fragile Konstruktion, die sich Familie Schopenhauer nennt, ist ihm gerade um die Ohren geflogen, in einer letzten großen Eruption. Von dem Dichter erhofft er sich ein schönes, insgeheim ein tröstliches Geleitwort, damit seine Ausfahrt nach Dresden, wo die Aufgabe seines Lebens bevorsteht, glücklich begänne. Er wird vorgelassen, freundlich empfangen und präsentiert der Sitte gemäß sein Album.

Farbe wird aus dem Dunklen, dem Hellen und dem Trüben auf oder an dem Objekt gemacht, das vom Licht beschienen wird, sagt Goethe, als müsse er den unveränderten Stand der Dinge anzeigen.

Aber, widerspricht Schopenhauer, ohne ein Auge, das diese Objekte erkennt, gäbe es überhaupt keine Farbe, keine Objekte, kein Licht.

Da seufzt der Dichter, zieht das Album zu sich und sagt: Das meinen Sie: Das Licht ist nur da, insofern Sie es sehen?

Schopenhauer, mit dem unguten Gefühl, zu forsch gesprochen zu haben, nickt verhalten und verkneift erneuten Widerspruch.

Nein, nein, nein, sagt Goethe und blickt ihn aus strahlenden Jupiteraugen an: *Sie* wären nicht da, wenn das Licht *Sie* nicht sähe.

Noch im Torbogen öffnet Schopenhauer das Album und fühlt wie einen leichten Schlag in die Magengrube, was er liest:

Willst Du Dich Deines Wertes freuen;
So musst der Welt Du Wert verleihen.

Kalenderspruch, murmelt er unbehaglich. Aber das, was Goethe ihm gerade in seinem Arbeitszimmer gesagt hat, ist gleichsam spiegelbildlich der Satz, mit dem der Philosoph sein großes Werk beginnen wird – *die Welt ist meine Vorstellung*.

Saure Gurken machten die Berühmtheit der mährischen Stadt Znaim aus; und sonst konnte Schopenhauer auch nichts erblicken, was der Erwähnung wert gewesen wäre. Ein Mitreisender kaufte ein Gurkenfässchen, das den Erschütterungen der Fahrt nicht standhielt und seinen Deckel verlor, sich in den Fußraum, über die Stiefel der Passagiere ergoss. Spätabends, nach Stunden im sauren Dunst (wie sehr hätte er sich ins Cabriolet gewünscht; nur besaß diese Kutsche keines) beehrte Schopenhauer das Hotel Kaiser von Österreich in Hollabrunn. Vor dem Schlafengehen übergab er

Mantel, Rock und Weste, in Tagen und Nächten der Kutschfahrten zerknittert und zuletzt durch Essigaromen übel parfümiert, einer Kammerzofe. Am Morgen wollte er die Stücke wiedererhalten, durchlüftet und aufgedämpft. Er leerte alle Taschen und barg Brief und Karte Goethes aus der Weste. Der nächstsichere Platz schien ihm die Brieftasche zu sein; mit dieser unter dem Kopfkissen legte er sich nieder.

Woher, wohin?, fragte der Zollbeamte, der an der ersten Wiener Linie Dienst tat.

Einer nach dem anderen hatten die Reisenden in die Stube unter dem Torbogen eintreten müssen. Ein wenig Tageslicht sickerte durch ein kleines Fenster, den Rest des Gewölbes beleuchteten schwächlich ein paar Öllichter unter einer verrußten Decke. Verschanzt hinter einem brusthohen Pult saß oder stand der Beamte, für Schopenhauer sichtbar nur von der Nasenspitze bis zum fünften Uniformknopf, eigentlich nur ein vom Schnauzbart überdachter Mund, denn das Schild der Kappe verschattete die Augen und den größten Teil der Nase.

Schopenhauer reichte seinen Pass hinauf. Der Zollbeamte entfaltete das Papier und ergriff ein Öllämpchen mit Reflektor. Schopenhauer sah den Lichtkegel durch das Papier scheinen; wie mit einem Pinsel ging der Zollmann darüber, ließ keine Stelle unbestrichen.

Er ist ein Doktor?

So ist es.

Was kuriert Er denn?, fragte der zum Grinsen verzerrte Mund.

Die Dummheit und die Unwissenheit der Menschen, sagte Schopenhauer, so gut ich kann.

Oh, dann wird Er immer viel zu tun haben auf dieser Welt, freute sich der Mund und zeigte braune Zähne.

Ich erbiete mich, hier und auf der Stelle eine Probe meiner Kunst zu geben, sagte Schopenhauer mit seinem besten Kaufmannslächeln.

Ha, wen – ? Da hielt der Mund inne, presste seine Lippen aneinander und formte eine Sichel, mit den Enden nach unten, sagte dann grimmig:

Was erlaubt Er sich? Was für ein Doktor ist Er? Doch nicht der Medizin?

Nein. Der Philosophie, sagte Schopenhauer. Er überlegte, ob er die Wurzelbehandlung probieren sollte, die bei den Handlungsreisenden auf der Nollendorfer Höhe so vortrefflich angeschlagen hatte.

Also, wo will Er hin?

Schopenhauer seufzte vernehmlich.

Über Wien, Villach nach Venedig und weiter. Wie im Pass ausführlich beschrieben.

Nun werd Er nicht frech. Leer Er doch einmal die Tasche auf dem Tische aus. Hat Er verschlossene Briefe bei sich?

Da fiel es ihm wieder ein. Dennoch legte er eine tastende Hand auf die Westentasche.

Etwas später zog der Beamte das Dienstbuch aus der Schublade. Er konnte die Sache nicht leichtnehmen – sie war delikat und ihre Einordnung blieb ultimativ eine Aufgabe höheren Orts.

Er schrieb:

Heute an der k. k. Zollbarriere Stockerau; gegen 1 ½ Uhr nach Mittag ist auffällig geworden ein Doctor der Philosophie Arthur Schopenhauer*; mit dem Postkursus aus Dresden* *via Prag und Znaim eintreffend; gab an, über Wien und Villach nach Venedig reisend zu sein; Besagter führte ein –*

Hier stockte der Beamte. Niemand durfte die kaiserliche Post umgehen. Das Empfehlungsschreiben im verschlossenen Kuvert konnte er kaum erwähnen, denn von Recht und Vorschrift wegen hätte er es konfiszieren müssen, und da dies gegen einen durchaus willkommenen halben Dukaten unterblieben war – im Handumdrehen hätte ihn die Zensurhofstelle am Schlafittchen. Er strich die beiden letzten Wörter gründlichst aus. Dann setzte er fort:

Besagter erklärte, in Venedig mit mündlicher Empfehlung des Geheimrats von Goethe einen gewissen – potztausend, wie schrieb sich der? – *Lord v. Beiron aufsuchen zu wollen, einen Engländer, der sich dort aufhalte. – Im Übrigen konnte weder an dem Passe noch sonst etwas beanstandet werden.*

Erleichtert klappte der Beamte das Buch zu.

Vorschnell!, schalt er sich.

Und öffnete es wieder, denn natürlich fehlte noch der würdige Abschluss des Verfahrens, der herrlich dumpfe Zweiklang eines kraftvollen und ordnungsgemäß ausgeführten Stempelstoßes. Er tippte zärtlich mit den Fingerspitzen an die Knebel der verfügbaren Stempel. Sodann: Erst mit dem Mittel- und Ringfinger der stempelführenden Hand den Deckel des Stempelkissens aufgeworfen (mit hell blechernem Klang schlägt er auf der Tischplatte auf); ein aus langer Erfahrung (hier zu berücksichtigen: Saugfähigkeit des Papiers, Füllgrad des Kissens) bemessener Druck auf die samtschwarz glänzende Prallfläche, das Zurückfedern des Stempels, der gleitende Übergang dieser einleitenden in die vollendende Bewegung (idealerweise eine Parabelbahn), das Niedersausen des Stempels auf die angezielte Stelle im unbedingt lotrechten Aufprall – und dann das sofortige Abheben ohne seitwärtiges Rutschen, Drehen oder Ziehen, was den gestochen scharfen Abdruck nur verdorben hätte: So sollte es sein, so gelang es.

Carbonari und Satelliti

Klemens Fürst Metternich gähnte, tauchte Daumen und Zeigefinger kurz in ein Schälchen Wasser und zog einen Stoß Papier zu sich: Vom Apparat destillierte Meldungen der Grenzkommandos, Zollbarrieren, Listen über ausgestellte Pässe und was seine Beamtenställe sonst so produzierten – meist einen Haufen unbedeutender Mist; aber oft genug fand der Staatsminister Perlen darin. Er wusste doch zu gern, wer dieser Tage die Grenzen nach Österreich und seinen vielen Provinzen überschritt, wer in die Städte einpassierte, wer in den Wirtshäusern logierte; außerdem: wer mit wem in welchen Kreisen verkehrte, wer welche Bücher las, schrieb oder verlegte, wer welche Zeitung redigierte; wer sie druckte, expedierte, wer sie las; wer gegen Steuerlasten aufbegehrte; wer Botschaften unter Umgehung der kaiserlichen Post und somit an der mitlesenden Zensurhofstelle vorbei transportierte; wer am Geburtstag des Kaisers durch Pöbeleien oder Ignoranz auffiel; wer Polizisten den Respekt verweigerte, kaiserliche Beamte beleidigte, wer sich nicht gehörig untertänig aufführte – es interessierte ihn jedermann, der im besten Sinne des Wortes merkwürdig erschien.

Metternich zog ein Blatt aus dem Stapel.

B. hat am Mittwoch spätnachts dem Café Florian am Markusplatz einen Besuch abgestattet und wurde belauscht, wie er in einer Runde teils amtsbekannter Aufrührer aus dem Kreise der Carbonari das italienische Volk, besonders dasjenige von Lombardo-Venetien, als das am meisten unterdrückte Volk Europas bezeichnete.

Merkwürdig war in ganz besonderer Weise natürlich Byron. Der österreichische Polizeichef Venedigs, Anton von Vogel, Herr der *satelliti*, der bezahlten Spitzel, verfasste eifernde Dossiers über das Tun und Treiben des englischen Lords; und diese machten ohne Fehl den allwöchentlichen Höhepunkt Metternich'scher Dienstlektüre.

Dass B. nicht gewillt ist, seine ungebührlichen Affären auf die vier Wände seines Palastes zu beschränken, ist deutlich geworden, als eine frühere Favoritin B.s einen Tumult vor dem rückwärtigen Tore des Mocenigopalastes aufgeführt hat, der viel Volks angelockt hat. Besagte Favoritin, eine als ›Fornarina‹ (sie ist die rechtmäßig angetraute Frau eines Bäckers aus dem San Polo Viertel; ergo *die Anspielung auf* forno, *das ist der Backofen) bekannte Frau aus dem Volke, hat sich wohl nicht abfinden können, dass B. ihrer Dienste überdrüssig geworden war, und darob mit den Fäusten an das genannte Tor gehämmert, dabei lauthals geplärrt und Rotz und Wasser geheult; hat sich die Kleidung zerrissen und aufgedeckt, was* in publico *zugedeckt gehört. Gegen Mitternacht ist unverhofft die Türe aufgetan worden, und die* dama *rasch hineingeschlüpft.* – In summa *zeigen die Vorfälle der Woche, wie B. nicht allein in sittlicher Hinsicht, aber insbesondere als Agitator eine Gefahr in Venetien darstellt. Es ist aus Sicht der Polizeibehörden dahier mehr als bedauerlich, dass – noch – keine Handhabe besteht, gegen B. mit aller Härte des Gesetzes einzuschreiten.*

Metternich schob die Öldochtlampe auf die Seite und starrte eine Weile durch den schwach erleuchteten Raum. Byron, dachte er, zieht jetzt wohl durch die Nacht, vielleicht schreibt er an einem neuen Versepos, vielleicht liebt er seine *dama*. Er weiß sicher, dass wir ihn beobachten.

Was musste der Mann sich auch in die garstige Politik einmischen. Der Fürst blies das Licht aus und erhob sich. Es dauerte eine ganze Weile, bis seine Augen das fahle Licht der Laternen vom Ballhausplatz registrierten. Metternich tappte los, vorsichtig den Aktenstapeln ausweichend. Zu anderen Zeiten hatte er seinen Byron anders gekannt, oft und gern vor Publikum aus den Werken des Lords deklamiert. Er versuchte sich irgendeines Verses zu erinnern; früher hatte er sie parat gehabt, jetzt fielen ihm nur Vogels Plattitüden ein.

Das war wohl der Preis, wenn man versuchte, Europa, so wie es war, zusammenzuhalten, die gute alte Ordnung, das fein austarierte Gleichgewicht der Mächte, die Berechenbarkeit ihrer Absichten. Wer daran rüttelte, oder auch nur sachte antippte: der war ein Feind, egal ob Dichter oder Bauer.

Don Juan

Byron blinzelte auf das Manuskript.

I want a hero, an uncommon want,
When every year and month sends forth a new one,
Till, after cloying the gazettes with cant,
The age discovers he is not the true one.

War das gut? *A new one – the true one – Don Ju-an.* Reimte sich jedenfalls gut auf den Helden: Don Juan, der zum Teufel ging, vielleicht verfrüht, wenngleich nicht unverdient.

Er hatte sich die Bögen des ersten Gesangs zur Überarbeitung vorgenommen; nun starrte er mit zusammengekniffenen Augen auf seine von später Stunde, Wein und überstürzenden Einfällen gehetzte und entstellte Handschrift. Hier und da, dachte er, sollte ich ein wenig nachlegen, wem nützt denn all die vornehme Zurückhaltung? Nicht mir.

Der Brief musste längst in London eingetroffen sein. Zu dumm, dachte er, dass ich bei diesem Schauspiel nie dabei sein kann. Ort: ein Arbeitszimmer in Albemarle Street; unter dem Porträt des Lords und Dichters in griechischer Tracht die *dramatis personae:*

Verleger Murray, geht ständig auf und ab, mit sorgenzerfressenem Gesicht, nervös gemacht durch die Andeutungen: ein neues Versepos, begleitet von leisem Zweifel selbst des Autors, ob es nicht ein wenig zu freizügig für diese allzu bigotten Zeiten sei. Und die Freunde, dampfenden Punsch im Glas, ermattet von der Anspannung, schon tief in den Sesseln versunken: hier Hobhouse, bereit, den Freund gegen jedermann zu verteidigen (und ihn nötigenfalls vor sich selbst zu schützen); dort Kinnaird und Moore, soeben eintretend, den gefürchteten Brief des Dichters schwenkend. Worauf in Murrays Gesicht nun diese Mischung aus Furcht und Gier spielt.

Ach Murray, dachte Byron, du ärmste Haut unter euch vieren, du in deinem exquisiten Zwiespalt: Du musst das Kunststück vollbringen, deine ergiebigste Quelle zu munterem Sprudeln anzuregen – und den (bei dieser Quelle) stets mit aufsteigenden Schwefeldunst maßvoll so desodorieren, dass einerseits die Auflage gedeiht und andererseits nicht die Zensur ihr hässliches Haupt erhebt.

Der Gedanke bereitete ihm Vergnügen. Und Vergnügen, nebst Verzweiflung und Wut, brachte stets die besten Verse hervor.

Er blätterte und blätterte und entschloss sich, mit der Widmung zu beginnen: Eine ordentliche, raspelscharfe Abreibung in einer Stanze nach Art der *ottava rima*: zunächst sechs Zeilen über Kreuz gereimt, zum guten Abschluss zwei aufeinander, im schönen Schwingen eines jambischen Pentameters, gleichmäßig zweihändig wie ein Faustkämpfer den Sandsack bearbeitet. Byron fand nach wenigen Zeilen in den Rhythmus und die Wut, die diese Verse hatte entstehen lassen: links, rechts, links, rechts, links, rechts, zwei mitten hinein: hinein in die Visage Bob Southeys.

Denn dieser dummdreiste Denunziant (und räudige Reimschmied: sonst hätte man ihn nicht zum Hofpoeten ernannt) lief dieser Tage in London herum und fabulierte mit wichtiger Miene über einen *inzestuösen Bund*, den Byron, Shelley und die beiden Frauen zelebriert hätten, als sie in der Villa Diodati am Genfer See gehaust hatten. Southey musste unter den Reisenden gewesen sein, die zum Tee auf der Terrasse des Hôtel d'Angleterre ein Teleskop kommen ließen, um das Geschehen am anderen Ufer zu observieren. Was nicht zu sehen war, ergänzte die Phantasie: den Harem Byrons, das kreuzfidele und verquere Treiben unter den Bewohnern. Wenn man die Zutaten zu kennen glaubte, musste man das vollendete Gericht abwarten, um schon seinen Geschmack auf der Zunge zu kosten?

Warum denn hat der Lord die Insel verlassen müssen?, flüsterte Southey so, dass es jeder hörte: Doch nicht allein der Schulden wegen. Was war denn an den Gerüchten um seine Halbschwester? Dass er mehr Zeit bei ihr als bei seiner Ehefrau verbrachte, welche ihm deswegen die Hölle heißmachte und mit Advokaten, enttäuschten Geliebten Byrons und anderen Intriganten die Trennung betrieben hatte? Doch verblasste dies alles gegen die andere, die unaussprechliche Sache; die in Anspielungen und Auslassungen, peinlichen Pausen und bedeutungsvollen Blicken so herrliche Konversation machte und jeder Gesellschaft das gab, was die perlenden Blasen dem Champagner. Ein gebildeter Snob mochte es so ausdrücken: Wenn sich für den Lord dereinst das Tor zu Dantes Inferno auftut, dann wird man ihm einen Platz im dritten Ring des siebten Kreises zur Verbüßung seiner Schande zuweisen. Nicht jeder wusste, welche Sorte Sünder dort schmorte, aber Southeys Hinweis genügte: Sie erinnern sich doch? Als die königliche Polizei den Weißen Schwan rupfte und im Hinterzimmer ein Dutzend Kerle, alte und junge, aufstöberte? Sechs von ihnen wurden im Haymarket an den Pranger gestellt.

Wenn das nicht reichte, fügte einer an: Leutnant Hepburn und sein zarter Trommler endeten am Galgen.

Während Byron den vermaledeiten Southey mit Gemeinheiten im Rhythmus der *ottava rima* abfertigte, packte ihn erneut der Zorn auf seine Freunde. Erwarteten die im Ernst, dass er auf die Insel zurückkehrte und mit Wohlverhalten um Aufnahme in die Gesellschaft bettelte, die ihn verstoßen hatte? Absurd. Dazu waren allzu viele Rechnungen offen, nicht wahr, Southey, nicht wahr, meine Lady Byron? – nein, sie hatten ihn, den Verstoßenen, gefälligst zu trösten.

Er schrieb schnell. Gelegentliche Verbesserungen, Präzisierungen, Pointierungen gelangen aus dem Handgelenk. Oktave für Oktave kopierte er, bald musste er sich bremsen, denn seine Schrift wurde fahrig im fieberhaften Schwung.

In sechsundzwanzig Versen, die auf die Zueignung folgten, erstand der Aufriss einer zertrümmerten Ehe, das Zerreißen eines wohl im Wahn geknüpften Bandes mit befreiendem Knall. O ja: Diese Strophen würden sie in England wie Peitschenknall vernehmen, und manche sich getroffen fühlen, zu Recht.

Nach zwei Stunden hatte Byron fast vier Dutzend Verse kopiert und drei Federn verschlissen. Er hielt den Kopf in den Händen und schaute aus dem Fenster. Eine Katze saß still auf der vorgeschobenen Balustrade; er bemerkte sie erst, als sie die Ohren stellte, auf die Schreie der Affen horchend. Rauchschwaden schlichen seitwärts weg von den Kaminen und flochten sich in die träge treibenden Nebelfetzen ein. Die Palazzi am anderen Ufer waren kaum zu erkennen.

In dem Brief an die Londoner Freunde hatte Byron nicht nur den *Don Juan* angekündigt. Moore würde seinen Freunden sicher nicht die anderen, die unterhaltsamen, Passagen vorenthalten – das Rühmen der Fornarina, des venezianischen Mädchens mit den großen schwarzen Augen und der Figur einer Juno, rank und kraftvoll-geschmeidig wie eine Python, ihre blitzenden Augen, ihr dunkles Haar fließend im Mondlicht, und so weiter und so fort –, schön und gut, diese Dinge kursierten weithin, das erwarteten sie, er lieferte. Aber da waren immer noch *et cetera, et cetera,* jenes andere, das Moore niemals laut auszusprechen wagte, bestenfalls innerhalb der vier Wände von Murrays Arbeitszimmer: Verbitterung, Verdruss eines Dichters, der auf dem besten Wege war, seinen Ruhm und sich selbst zugrunde zu richten, obwohl ihm doch Venedig für zwei gute Jahre die grünste aller Inseln gewesen war.

Die Katze sprang in den schwarzen Nebel. Byron schrak auf.

Meine Heimkehr nach England? Vergesst es. Ich schicke euch den *Don Juan*.

Kein Glück ohne Freiheit

Schopenhauer hüllte sich fest in den Mantel und zog den Hut in die Stirn und über die Ohren. Um die Beine legte er eine Wolldecke, die er auf dem Sitz vorgefunden hatte. Die Straße war leidlich gut, der Staub durch einen nachmittäglichen Regenschauer gebunden. Wolken trieben schon den ganzen Tag, dichter werdend, von Westen heran. Es roch nach Schnee.

Schade, dachte er, eigentlich hätten mir zwei Tage Wien gut gepasst. Die Orientalische Akademie wäre einen Besuch wert gewesen; den dritten Band der *Asiatick Researches,* der in der Dresdner Hofbibliothek nicht greifbar gewesen war, hätte er dort studieren können. Doch die ärgerliche Affäre am Stockerauer Zoll und ein weiteres Verhör im Fremdenbureau hatten ihm die Laune verdorben. Auch eine andere Lokalität hätte er – vielleicht – aufgesucht, um ihren gegenwärtigen Eindruck gegen ein Bild der Erinnerung zu setzen.

Der Vater hatte ihn damals, als man auf der großen Reise in Wien Station machte, zu Linser's Caffeehaus in der Grünangergasse geführt, recht geheimnisvoll tuend, obwohl dem Jungen dieses Etablissement nicht anders schien als die anderen Wiener Kaffeehäuser, voller seltsamer Gestalten, die als Schemen im Tabakqualm und hinter ihren Journalen kaum zu erkennen waren. Doch Linsers Geschäft lag in Nachbarschaft der Börse und war bevölkert von Händlern und Spekulanten, die sich die Zeit vor und nach dem Parketthandel vertrieben, und jenen, denen die Börse verboten war: Frauen, wohlhabende Minderjährige, zertifizierte Bankrotteure und gerichtsbekannte Verschwender, allesamt den Lockungen des Geldes und den Verheißungen des Marktes erlegen – und allesamt eifrige Börsenteilnehmer über einen Schwarm diensteifriger Botenjungen, die zwischen Linser's und dem Parkett pendelten, Kurse vermeldeten und Order an die Börsensensale weitergaben – gekritzelt auf Zettelchen, versteckt unter Kaffeetassen.

Der Vater hatte in einer seltenen körperlichen Annäherung seinen Arm um die Schulter des Jungen gelegt und ihm etwas erklärt, das ihm wichtig schien:

Wie ein und dasselbe Gut seinen Wert im Laufe einer Handelssitzung ändern könne, ohne dass auch nur ein Jota in seiner Beschaffenheit verändert wäre, wie zum Beispiel der ungarische Weizen allein durch das konkurrierende Angebot des mährischen Weizens im Preis sinke, ohne dass auch nur einer der Händler eine Ähre desselben geprüft habe; wie die Händler auf das Einlaufen von Schiffen wetteten, auf feuchte oder trockene Sommer, oder, bisheriger Höhepunkt der Börsennarretei, das Aufsprießen von Tulpenzwiebeln. Und wenn ein Händler so und so kaufte oder verkaufte, tat es ihm der Nachbar sofort nach, und dessen Nachbar auch, mit einiger Verspätung, und sogar deren Kollegen in den anderen Börsenstädten des Reichs, als hätten sie keine Zeit gehabt zu überlegen.

Ein Schwarm Sperlinge, sagte Heinrich Schopenhauer, sie

balgen alle um denselben Krumen Brot. Einer fliegt auf, alle fliegen auf; einer zetert, alle zetern.

Wie anders trieb der Vater sein Geschäft; als Solitär in einem Netz von Beziehungen, ausgeworfen über den ganzen Kontinent, ein großes Geflecht an Dankesschuld, Verpflichtung und Gefälligkeit, Kommissionen und geteilten Profiten, aufrechterhalten und gepflegt durch Briefwechsel und Besuche, Empfehlungen, Boten und Treffen zu den großen Mustermessen. Ein Kaufmann blieb der Herr seiner Entschlüsse, nicht der Narr eines Marktes, sein Ehrenwort die härteste Münze. Ein Handelsherr, der diesen Namen verdiente, konnte niemandem Untertan sein.

Verstehst du nun, hatte der Vater gesagt, warum unser Wappenspruch *Point de bonheur sans liberté* lautet: *Kein Glück ohne Freiheit?* In Linser's Caffeehaus ließ er damals eine Tasse Schokolade bringen, einen öligen Trank, den der Junge durch löffelweise Zucker genießbar machen wollte. Doch der bittere Geschmack verging nicht. Er dachte daran, was ihn am Ende der Reise erwartete.

Ein heftiger Schlag. Ein schriller Schrei und das Röhren einer Bassstimme, erneut ein Schlag, Klirren, der Aufprall eines weichen Gegenstandes auf der Chaussee, das ruckartige Anziehen des schnaubenden Gespanns, sofort gezügelt vom Postillion, noch ein kurzer Wortwechsel aus dem Inneren des Wagens, dann Stille und wieder das Knirschen der eisenbereiften Räder.

Schopenhauer wurde aus dem Halbschlaf gerissen.

Ein dunkler Klumpen lag am Straßenrand. Nach wenigen Sekunden entfaltete sich daraus eine Gestalt, zwei Hände betasteten den Rumpf, die Schenkel und die Füße, zuletzt den Kopf, wie um Vollzähligkeit und Funktion zu prüfen. Die Kutsche rollte ruhig weiter, und die Figur verlor sich in der Dunkelheit. Eine halbe Minute später hörte er leichte, schnelle Schritte, dann ein Atmen, und er sah einen Menschen laufend herankommen. Er griff nach seinem Stockdegen.

Ho, hilf mir hinauf, Freund!

Vier, fünf Schritte lief der Mann so neben der Kutsche her, bis Schopenhauer zugriff und kräftig an dem ausgestreckten Arm zog.

Heda, was geht denn da hinten?, rief der Conducteur.

Alles wohl, rief Schopenhauer, nur weiter.

Danke, sagte der Fremde. Er sah Schopenhauer von der Seite an, nickte und machte eine Handbewegung, die sagen sollte: Warte einen Moment, lass mich verschnaufen. Der Stimme nach hatte er Schopenhauers Alter, vielleicht etwas jünger, für einen Augenschein reichte das Licht nicht.

Dieses dumme, dumme Gör, sagte der Mann schließlich, und der alte Bock gehört in einen Sack gesteckt und ordentlich verprügelt.

Er setzte sich gerade, zog eine Tasche, die um den Hals hing, nach vorne auf den Bauch, kramte darin herum und fand ein Fläschchen, das er entkorkte. Nach zwei oder drei Schlucken lehnte er sich zurück, bot die Flasche an und sagte: Der Alte hat mich doch glatt aus dem Wagen gestoßen.

Einer der Gründe, warum ich das Cabriolet bevorzuge, sagte Schopenhauer, man reist meist allein.

Jetzt hast du Gesellschaft, sagte der Mann, ich heiße Fidelis, Fidelis von Morgenrot, bin ein Student und auf dem Weg nach Italien.

Schopenhauer sah aus der Körperhaltung des anderen, dass dieser ihm die Hand bot. Er wischte unsicher durch die Luft, bis er die Finger spürte, sagte seinen Namen.

Gut, Arthur, sagte Fidelis, du hast eine Erklärung verdient: Das ist ein nun wirklich reizendes Gör dort vorn, und sie saß neben mir, der Alte gegenüber, der sieht mich aus blutunterlaufenen Augen an, alldieweil mir das Blut in den Adern wärmer und wärmer wird, erhitzt durch die ständige Nähe, Schulter an Schulter, Arm an Arm und Bein an Bein mit diesem herrlich properen Mädchen.

Fidelis erzählte ruhig mit leiser Stimme; ein Lachen lag in seiner Intonation.

Ich stelle mich vor, mit Titulatur und allem, nützt nichts, der Alte glotzt weiter wie ein Ochse. Ich versuche Konversation, das Mädchen schweigt, gebannt vom Blick ihres Basilisken. Die Chausseenverwaltung hilft mir, indem sie diese Straße in einem liederlichen Zustand hält, und das Schleudern und Schwanken des Kutschwagens ermöglicht mir – und auch ihr, will mir scheinen – unwillkürliche, unvermeidliche Berührungen. Gegenüber ist in der Mitte ein Spiegel angebracht, über den das Mädchen mir Blicke zuwirft, da gibt es gar kein Zweifeln.

Mag vorkommen, sagte Schopenhauer.

So geht's ewig dahin, öd und öder. Da greife ich nach meiner Tasche über mir im Netz, will mein Album hervorholen, die Tasche, sie hängt fest, ich verdrehe meinen Rumpf auf akrobatische Weise, und da kommt ein wirklich niederträchtiger Stoß, die Kutsche scheint umzustürzen –

Ist mir gar nicht aufgefallen, sagte Schopenhauer.

– ich suche verzweifelt nach Halt und Stütze – und es passiert –

Fidelis machte eine Pause für den Effekt.

– eine unschuldige Hand auf ihrem Schenkel, die andere auf ihrem Busen. Wie der Zufall will.

Die Art von Zufall, die gelegentlich ein Bündnis mit der Absicht eingeht?, fragte Schopenhauer.

Sie kreischt, er brüllt, packt mich am Kragen, tritt gegen die Tür, und draußen bin ich. Er schreit mir nach: Fass Er meine Frau an, und ich bring Ihn um!

Der Student schüttelte den Kopf: Seine Frau! Ist das möglich. Sage mir einer, was die an den alten Säcken finden.

Das, dachte Schopenhauer, könnte ich dir erklären, aus meiner Philosophie, aber auch weil ich Augenzeuge davon geworden bin:

Ein Kaufmann, der das Alter fühlt, nimmt ein um zwanzig Jahre jüngeres Mädchen zur Frau. Sie ist annehmbar hübsch, er nachweisbar wohlhabend. Weder verspricht sie glühende Liebe, noch erwartet er dies. Er will einen Nachfolger, sie kommt ihm entgegen, zumindest so lange, bis dieser Teil der Abmachung erfüllt ist. Sie schenkt ihm gar noch ein Töchterlein, aber nein: Es gibt nichts geschenkt. Dann beginnen die Tage jenseits der guten und der schlechten, es sind einfach nur Tage, die vorübergehen, im stillen Einverständnis zweier Menschen, die auseinanderstrebende Wege gehen, so dass sie einander die Hände bald nicht mehr reichen können, weil die Entfernung zwischen ihnen zu groß geworden ist. Dann werden sie taub füreinander. Irgendwann ist dem einen der Verlust des anderen eine Befreiung. So war es für meine Mutter, als mein Vater in Trübsal verging. Nur der Kammerdiener pflegte ihn noch. Sie ging auf die Gesellschaften, er auf den Dachboden und öffnete die Tür unter dem Ladenbalken.

Aber Schopenhauer sagte nichts, und Fidelis hatte aus seiner Tasche längst eine Pfeife geholt und gestopft. Nach einem halben Dutzend Schwefelhölzchen stieg das erste Wölkchen auf. Er paffte heftig, und im Widerschein der Glut konnte Schopenhauer das Gesicht des anderen mehr erahnen denn erkennen.

Heilige Mutter Maria, stöhnte Fidelis, Morgenrot, jetzt geht die Sonne auf. Er stemmte die Stiefelabsätze gegen die Brüstung des Cabriolets.

Zieh einmal kräftig ein, sagte er und reichte die Pfeife herüber. Schopenhauer sah nur das schwache Glimmen im Pfeifenkopf und roch den fremden Duft. Er winkte ab.

Nun trau dich.

Er nahm die angebotene Pfeife, schloss die Finger um den Pfeifenkopf, um die klammen Finger anzuwärmen. Er schob das Mundstück vorsichtig zwischen die Lippen und zog. So süß der herübergewehte Rauch gerochen hatte, so scharf war sein Geschmack. Schopenhauer zog noch einmal. Und nun fühlte er, als ob ihm inwendig ein Pelz wüchse, ein feines Haarkleid über Zunge und Gaumen sprösse.

O ja: Die Sonne ging auf. Es wurde so hell, dass er die Augen zukniff, nur tat dies dem hellen Strahlen überhaupt keinen Abbruch. Er zog noch einmal, tiefer. Er öffnete die Augen. Das Strahlen war nicht verschwunden.

Die Augen öffneten sich: Den Augen entsprang ein Blick, und aus dem Blick entstand die Sonne.

Wie bitte? Hatte Fidelis das gesagt? Donnerwetter, der Mann kannte also die *Upanischaden*. Die Pfeife ging von Hand zu Hand. Schopenhauer blickte sich in einer veränderten Welt um. Wo zuvor das mattweiße Band der Chaussee in der düsteren Landschaft gelegen hatte, floss ein mattschwarzes Band durch eine weiß strahlende Gegend. In schwarzen Bäumen schliefen weiße Raben. Zwischen schwarzen Wolken leuchteten die Sonne und der Mond um die Wette, der eine suchte die andere aus dem Horizont zu drücken. Schopenhauer zwinkerte und sah das gleiche Bild, nur war im einen dort Schwarz, wo im anderen das Weiß war. Ein blauer Fuchs, dem ein glühender Kauz in wilden Angriffen die im Maul getragene Beute, einen jungen Hasen, streitig machen wollte, kreuzte die Straße – von links nach rechts. Oder umgekehrt, oder wieder umgekehrt, je nachdem ob Schopenhauer die Augen öffnete oder schloss. Er erhob sich vorsichtig im Cabriolet und stieg auf die Sitzbank, um über die Koffer hinweg nach vorne, zum Conducteur zu schauen. Der, und auch der Postillion, legten sich mit Macht ins Zeug, das Sattelpferd auf dem Bock sparte nicht mit der Peitsche. Nicht zu viel, wollte Schopenhauer rufen, aber das Pferd bleckte die Zähne und legte die Ohren zurück, als wolle es ihm drohen. Er rutschte wieder auf den Sitz. Der Wagen fuhr in einem rasenden Tempo und überholte Dutzende Kutschen, die schnell zurückblieben und, weiß wie sie waren, in der strahlenden Milchsuppe untergingen. Wundert mich nicht, rief er und beugte sich zu Fidelis hinüber, sieh dir die müden Schnecken an, die sie eingespannt haben.

Richtig, gab Fidelis zurück, wir müssen nur achtgeben, nicht auf ihren Schleimspuren auszugleiten. Pass auf, wenn du absteigst.

In der Tat war die Kutsche zum Stillstand gekommen, man befand sich in einem großen, schöngebauten Dorf, in dem alle Häuser grazil auf ihren Firsten balancierten. Fidelis und Schopenhauer folgten den Käfern, die aus der Kutsche fielen, in eines der Häuser. Dort riss man ihnen ohne Umstände die Beine, alle sechs, und die Fühler aus, steckte alles auf einen Bratspieß, brachte die Speise, eingewickelt in ihre eigenen Flügelchen, eine gesegnete Mahlzeit wünschend, an den Tisch.

Fidelis fabulierte schon wieder: *Den Augen entsprang ein Blick, und aus dem Blick entstand die Sonne;* und er wiederholte es einige Male.

Jawohl, das sind doch meine Worte, jubelte Schopenhauer, ihr kennt weder eine Sonne noch eine Erde, ihr kennt nur ein Auge, das eine Sonne sieht, und eine Hand, die eine Erde fühlt. Das alles hier ist nur eure Vorstellung. Nur Vorstellung. *Alles Vorstellung!*

– und Vorstellung vorbei. Schopenhauer und Fidelis von Morgenrot im Goldenen Löwen, Wiener Neustadt. Die Gäste großartig unterhalten, mit Schwänken und rasenden Possen über Käfer, Schnecken und kutschierende Rösser. Der Alte mit der jungen Gemahlin verzichtet auf die Ermordung Fidelis'. Fidelis gibt sein großes imperiales Käferehrenwort. Schwört, sich der Schönen niemals mehr auf weniger als eine Fühlerlänge anzunähern.

Im Tageslicht erschien Fidelis zierlicher und leichter, als Schopenhauer zunächst den Eindruck gehabt hatte. Sein Alter schätzte er nun auf sechsundzwanzig, tatsächlich stand er im neunundzwanzigsten Jahr und hatte mehr gesehen, als man ihm ansah. Fidelis sprach viel mit den Händen, er streckte die langen Finger aus und deutete und malte Kreise, Buchstaben und Zeichen in die Luft. Er kleidete sich ganz nach der bei den Studenten so beliebten romantischen Mode, trug Stulpenstiefel und Hemd ohne Halsbinde und die dunkelbraunen Haare sorgsam gekämmt, mittig gescheitelt und langwellig auf die Schultern fallend. Alle paar Momente schob er ein paar in die Stirn und über seine dunkelbraunen Augen wehende Strähnen nach hinten über die Ohren zurück.

Im vergangenen Jahr, erzählte Fidelis, sei er von einer ausgedehnten Reise durch den Fernen Osten zurückgekehrt, die er in Gesellschaft eines venezianischen Handelsmannes begonnen hatte. Die Reise habe ihn auch in den Norden des indischen Subkontinents geführt, wo er in abgeschiedenen Dörfern weise Männer kennengelernt habe, die nach der altindischen Philosophie dachten, sprachen und handelten. Unglücklicherweise sei ihm eine Neigung zu allerlei Produkten erwachsen, deren Ausgangsstoffe der rote Mohn, auch die Hanfpflanze seien. Unter dem Einfluss der Substanz habe er Dinge gesehen und Einblicke erhalten, die ihn auf Stufen der Erkenntnis befördert hätten, die sonst nicht zu erlangen gewesen wären. Die Brahmanen hätten ihn geradezu gedrängt, gewisse Teile der *Veda*, insbesondere die *Upanischaden*, unter dem Einfluss des Rauches zu hören, denn nur so entschlüssle sich die heilige Bedeutung der geheimen Lehren.

Ach ja?, dachte Schopenhauer und verließ Fidelis' Erzählung für einen Moment, in dem er sich selbst in der Dresdner Hofbibliothek sah, am Lesetisch neben dem Indischen Schrank, der die obskuren, unberührten Bücher enthielt. Ihm war die Lektüre des *Oupnek'hat* (so hieß die in Europa einzig erreichbare Ausgabe der *Upanischaden*) berauschend genug gewesen; egal wie spröde der heilige Text vom Sanskrit über das Altpersische zum Lateinischen geraten war. Er besorgte sich bald ein eigenes Exemplar des *Oupnek'hat* und hielt es seitdem stets in Reichweite: auf dem Schreibtisch oder dem Stuhl neben dem Bett, und nun in der Reisetasche, eingewickelt in eine wollene Weste, von allen Seiten gut gepolstert.

Bei den Indern habe er jedenfalls gelernt, sagte Fidelis, sich aus der Welt der anderen nicht viel zu machen – denn die Welten der anderen bestanden meist aus Zumutungen und Einschränkungen – sie waren (um im Bild der weisen Inder zu bleiben) in der Sonne getrocknete Frösche: die Haut für den schönen Schein gespannt über ein Knochengestell als Gerüst vorgeblicher Regeln, keines Sprunges fähig, voller heißer Luft.

Das erste Gespann war schon ausgetauscht, bei der Post in Neunkirchen, als er seine erste Frage in Fidelis' sprudelnden Vortrag einschieben konnte, die Frage, die er sofort hatte stellen wollen, aber aus bekannten Gründen nicht hatte stellen können: Woher Fidelis den Ausspruch zu zitieren vermochte, denjenigen, mit dem er den Abend zuvor den ersten Zug an der berauschenden Pfeife kommentiert hatte: *Den Augen entsprang ein Blick, und aus dem Blick entstand die Sonne?*

Ach, sagte Fidelis, dies habe er, gequält von der Langeweile, während einer endlosen Flaute, auf dem Schiff, das ihn von Indien nach Genua bringen sollte, in einer in der Schiffsbibliothek herumliegenden Zeitschrift zur alten Religion der Inder gelesen.

Siehe da, dachte Schopenhauer, wenn das nicht die *Asiatick Researches,* der achte Band, erschienen in Kalkutta 1805, gewesen sind: Ich werde irr, außer mir hat kein halbes Dutzend Menschen in Deutschland die *Upanischaden* studiert, und einer von diesen springt mir ins Cabriolet.

Am Anfang, sagte Fidelis, habe er gerne glauben wollen, dass in seinem Blick die Sonne entstehe (und er sage sich den Spruch noch gerne vor, wenn er sich ein Pfeifchen bereite, denn was habe sein auf den Siedepunkt erhitzter Verstand nicht alles an Sonnen und Milchstraßen, auch an Höllenfeuern und Abgründen produziert).

Ich weiß, was dich bewegt, rief Schopenhauer dazwischen, überhaupt ist dies alles, was du sagst, der Gegenstand meines Denkens all die letzten Jahre gewesen: Du willst wissen, ob diese Welt nichts weiter als Vorstellung ist, und ja: Die Welt *ist* Vorstellung, aber wenn das *nur* so wäre, sie müsste an uns vorüberziehen wie ein wesenloser Traum oder ein gespensterhaftes Luftgebilde, unserer Beachtung nicht wert – oder ob sie noch etwas anderes, noch etwas außerdem ist, und was dieses sei, und das habe ich gefunden, indem ich sage: Die Welt ist mein Wille –

– und der geschehe, sagte Fidelis, das sind nun wieder herrlich dunkle Sätze, die kein blutwarmer Mensch versteht, lachte Fidelis, nur ihr abgekühlten Philosophen!

Schopenhauer hätte nun gerne das *Oupnek'hat* hervorgeholt, um seinen Gefährten zu einem ernsthaften philosophischen Diskurs zu animieren. Aber Fidelis schmauchte schon wieder ein Pfeifchen.

Schnippschnapp

Im Zimmer saß Adele und ihre Hände zitterten. Langsam glitt der Briefbogen aus ihren Fingern auf den Tisch, zu den schwarzen Papierresten, zu den unlesbaren, formlosen Schnipseln, die das Negativ eines Scherenschnittes bildeten, wenn man sie nur wieder zusammensetzen könnte. Das Schreiben war kurz, das längste darin noch die umständliche Einleitung, ein Bericht über den Besuch in Frankfurt und die wohlbehaltene Rückkehr nach Dresden, wo ihm, Quandt, tags darauf Sonderbares widerfahren sei – ebenjene Begegnung, die ihn zu diesem Brief veranlasse.

Unten hörte Adele die Mutter mit Müller zanken: ums Logisgeld, über die Pünktlichkeit der Mahlzeiten, ob es drei- oder viermal in der Woche Fleisch geben müsse, um der anschließenden Versöhnung willen. Im Dachboden stritt die Magd mit einem Handwerker, der ein Dutzend zerbrochene Dachziegel austauschen sollte, aber nur ein halbes Dutzend mitgebracht hatte und erst die Woche darauf wiederkommen wollte, ungeachtet des regnerischen Wetters. Drunten auf dem Theaterplatz schlug einer seinen Hund, wahrscheinlich der Sattler, der dies des Öfteren und ausgiebig tat. Es waren Momente wie dieser, in denen Adele schreien mochte, doch niemals schrie.

Sie saß still in ihrer Märchenwelt, Scherenschnitte an den

Wänden, mit den freundlichen Gesichtern der Phantasie: zipfelmützige Zwerge, Feen beim Bändigen von Libellen, Hexen auf Besen, Zauberer in sternenübersäten Gewändern und spitzen Hüten, staunende Kinder, kleine Krabbelwesen auf Blüten, bei näherem Hinsehen geflügelte Menschlein, tanzende Schmetterlinge und wunderliche Käfer, das traute und sittsame Beisammensein von Mädchen und jungem Mann, die sich bei der Hand halten, ein Rotkäppchen, dem der Wolf die Pfote reicht, das ganze orientalische Wunderreich aus *Tausendundeiner Nacht*, die fliegenden Teppiche, Minarette, Turbane, Kamele, die brodelnden Wasserpfeifen.

Goethe hatte einmal, als er sie beim Arbeiten beobachtete, über ihre Kunst sinniert. Der Maler füge hinzu: Blei, Kohle, Öl auf weißen Grund. Im Fortnehmen von Materie aber gleiche Adeles Kunst der Bildhauerei. Das Weggenommene sei nicht ersetzbar, jeder weitere Schnitt begrenze unumkehrbar die Zahl der noch möglichen.

In Ihrer Fertigkeit, Fräulein Schopenhauer, zeigen Sie ernsteren Wagemut als mancher unserer Künstler, hatte Goethe gesagt.

An diese damals bitter empfundene Schmeichelei dachte sie. Wenn die Leute nur die unheimliche Größe der schwarzen steifen Bögen kennten. Sie nahm weg, hier, dort; die Form entstand im Groben, im Feinen, im Detail. Für Adele war dieser quälende Prozess der Vervollkommnung nichts anderes als die gehemmte Vernichtung des Bildes. Wenn der böse Wolf sein Ohr nicht richtig spitzte, musste Adele es stutzen. Wenn das Ohr deshalb zu klein wurde, schien der Wolf zu groß; mit der Schere ging sie an seinen Pelz, und dann an Rotkäppchens Kontur, denn was sollte die Kleine neben einem Wolf von der Größe eines Pinschers? Dies getan, ragte aus dem Proviantkorb eine Wurst von den Ausmaßen eines Wals, ein Laib Brot, groß wie ein Berg.

Adele hätte nie gewagt, ihrem verehrten Goethe von den lächerlichen Qualen einer Silhouettenschneiderin zu erzählen, von den kleinen Sorgen einer törichten, Papier schneidenden Jungfrau.

Schnippschnapp.

Wie immer. Hoffnung auf den Einen? Im Leutnant Heineke hatte sie ihn erkannt, der schwärmte jedoch für Ottilie (wie sie alle immer für Ottilie schwärmten).

Schnippschnapp.

Wenn nicht den Einen, überhaupt noch einen Gemahl? Aber mit jedem Jahr, das vergeht, kleinere Chancen, schlechtere Partien.

Schnippschnapp. Zurechtgestutzt.

Dem musste das Selbstvertrauen angepasst werden, nicht? Mehr Bescheidenheit und Demut, weniger Ansprüche, weniger Verlangen.

Schnippschnapp.

Und Aufstehen gegen die Mutter und ihr sagen, dass man, das ererbte Vermögen genau besehen, nicht so aufwendig leben könne, schon gar nicht, wenn dies auf Kosten ihres Heiratsgutes geschah? Aber wer wollte sie schon heiraten, wozu also eine Mitgift; und so erledigte sich der Aufstand gegen die Mutter.

Schnippschnapp. Und weg.

Aufstehen gegen Müller, der immer schlecht von Arthur sprach, und ihm den Mund verbieten. Dem Sattler das Prügeln seines Hundes austreiben. Den maulenden Handwerker die Stufen hinunterstoßen. Aufstehen und schreien, bis ganz Weimar auf dem Theaterplatz versammelt ist.

Geht nicht. Die Leute. Das Gerede. Schnippschnapp.

Adele fühlte einen Zusammenbruch nahen, einen hysterischen Anfall, eine Nervenkrise.

Nein. Nicht jetzt. Schneide die bösen schwarzen Gedanken weg, bis eine rosenumrankte Laube bleibt, darinnen ein Mägdelein sitzt und ein Gänseblümchen zupft.

Auch das will ich meistern, sagte Adele laut, aber mit schwebender Stimme. *Tapfere Adele.* Wie viele tausend Male hatte sie das gehört? Die tausend Male, da sie unglücklich war, die tausend Male, in denen man ihr Trostworte als Rettungsseil zugeworfen hatte, hier bitte, tapfere Adele, aber zieh dich selbst heraus.

Quandt vertraute ihr; er hatte nie *tapfere Adele* zu ihr gesagt.

Und wer je Vertrauen in Louise Lavinia Adelaide Schopenhauer gesetzt hat, ist nie enttäuscht worden.

Für Quandts Brief brauchte sie ein gutes Versteck. Die Mutter durfte ihn nicht finden. Adele würde sich kümmern, kümmern um das Mädchen, kümmern um das Kind. So wie sie sich immer kümmerte.

Brahmanen

Die Ebene war allmählich in Hügelland übergegangen. In Schottwien, kurz vor dem Posthof, rückten die Felsen eng zusammen; wie durch ein Tor trat man ein, und die Klänge des Posthorns schallten vielfach zurückgeworfen von den Bergflanken zurück. Der bisher überhörte Fluss rauschte drohend.

Eine mit Extrapost reisende Partie wartete ungeduldig bei ihrer eleganten Batarde auf den Vorspann, der für die Passüberschreitung vorgeschrieben war. Bald würde es dunkel sein. Man hörte Passagiere munkeln: Schreckliche Klüfte … der Pfad so steil und schmal … im finsteren Grund … stürzende Brocken und fallende Baumstämme … nun der Regen, die aufgeweichte Spur … auf der Höhe wohl Eis und Schnee … ein Gebet wird nicht schaden … der heilige Christophorus schützt die Reisenden.

Fidelis lachte alles fort: Brennen wir halt ein Pfeifchen, Arthur.

Worauf dieser jedoch keine Lust verspürte – ganz waren die Nachwirkungen noch nicht verklungen; im Kopf ein leises Dröhnen, weich die Knie.

Die Gesellschaft in der Extrapost dort drüben ist interessant, sagte Fidelis beiläufig, als die Pferde wieder angetrabt waren.

So?

O ja, sagte Fidelis, die Dame ist eine nicht mehr ganz junge, aber ungemein hübsche Person. Wir sprachen Französisch, dennoch glaube ich, sie stammt aus Italien. Ein Timbre liegt in ihrer Stimme, eine Gänsehaut hab ich bekommen.

Fidelis zog den Tabaksbeutel aus der Tasche.

Er, der sich als ihr Mann ausgibt, er ist allerdings ein vollendeter Idiot; außerdem schielt er wie ein Plattfisch.

Und der Student zog die passende Grimasse.

Wie zwei eingerollte Teppiche hockten sie im Cabriolet. Fünf Passagiere, denen vor dem Anstieg bangte, fuhren vorne im Wagen. Auf den Conducteur hatte man verzichtet, um Gewicht zu sparen; der Postillion lenkte vom Sattelpferd. Es war kurz nach drei Uhr, der Nebel über dem Talgrund dicht und grau wie die Wolken, die immer tiefer sanken. Das Gespann verlor seinen Schwung nach wenigen Schritten, als die Steigung einsetzte. In immer kürzeren Abständen ließ der Postillion seine Peitsche knallen. Schopenhauer, in der straffen Umarmung der Wolldecke, fühlte eine Beklemmung aufkommen, fand sich aber in der Wärme und unter dem steten Reden seines Reisegenossen eingelullt.

Er sei nun einmal ein Student, erzählte Fidelis, und wenn er es nur irgend einrichten könne, so wolle er dies für den Rest seines Lebens bleiben und immerfort nur Wissen erwerben, wägen und – wo notwendig – verwerfen. Nichts sei beglückender, als den Tag mit dem Abschied von einer liebgewonnenen Hypothese zu beginnen, bald eine neue zu begrüßen und am Abend mit ihr einzuschlafen. Das Nächstbeste sei ein reizend gelocktes Köpfchen auf dem Kopfkissen neben sich; und auch dieses eine Hypothese auf das Leben, welche gründlich probiert werden müsse, aber möglicherweise am folgenden Morgen überholt sein könne und freundlich zu verabschieden sei.

Eine Schneeflocke fiel auf Schopenhauers Stiefel und schmolz ganz langsam.

Der Peitschenknall klang immer öfter anders als zuvor; er war hell und schneidend, solange der Knoten am Ende der Schnur um die Ohren der Zugpferde zuckte, aber scharf und schmatzend, wenn er die Tiere traf.

Die Welt war nun ganz ohne Farbe. Leicht und regelmäßig fiel der Schnee. In der beginnenden Dämmerung ging eins ums andere gerade noch erkennbare Detail an die Dunkelheit verloren: schlafende Vögel auf Ästen, die Äste an den Bäumen, die Bäume im Wald, der Wald im Wolkennebel. Bald gab es für die beiden Reisenden nicht mehr zu sehen als zwei dunkle Linien, die die Räder in das fahle Weiß der knöcheltief beschneiten Straße zeichneten.

Die Kutsche kam kaum mehr von der Stelle, sie hing so steil in der Spur, dass Schopenhauer beide Arme aus der Umwicklung der Decke nehmen musste, damit er sich an dem eisernen Geländer des Cabriolets abstützen konnte. Von unten aus der Klamm drang das Brausen eines Baches. Er starrte in die tiefe Schwärze knapp neben dem Weg. Gerade ein Mensch hätte noch nebenhergehen können, ohne abzustürzen.

Komm herunter, sagte er und kletterte über Fidelis hinweg auf der bergnahen Seite aus dem Cabriolet, die Pferde ziehen es nicht mehr.

Fidelis folgte, Pfeifchen im Mundwinkel. Eine Weile gingen sie schweigend hinter dem Wagen.

Beinahe wären sie auf die Kutsche geprallt.

Vorne musste ein Pferd ausgerutscht sein, Schopenhauer konnte hören, wie es mit den Eisen Halt suchte.

Herrgottsakrament!, rief der Postillion, sprang aus dem Sattel, erklomm den Bock, kurbelte die Bremsen fest. Kruzifixvermaledeites Biest! Du wirst wohl gehen!

Zwischen Kutsche und Felswand lief Schopenhauer nach vorne. Der Postillion stand über dem Tier und schlug mit dem Peitschenstiel auf Hals und Nüstern ein.

Auf! Auf!, schrie er und half mit Tritten in den Unterbauch nach. Schaumiges Blut quoll aus den Nüstern.

Willst du nicht, brech ich dich! Elendes Viech!

Schopenhauer machte drei rasche Schritte, packte den Postillion von hinten an der Schulter und riss ihm die Peitsche aus der Hand.

Sieht Er nicht, dass es so nicht aufstehen kann?, sagte Schopenhauer, hier liegt blankes Eis unter dem Schnee.

Er zeigte auf den Boden, wo das Rinnsal, das auch die Felswand mit einem Eispanzer überzogen hatte, auf dem Weg erstarrt war.

's will nicht, das ist alles, murmelte der Postillion, ein kleiner Mann, an dem die eisenbeplankten Stiefel und der dicke Mantel mehr als die Hälfte des Gewichtes auszumachen schienen. 's wird aber wollen müssen, das elende Viech, sagte er und streckte die Hand nach der Peitsche aus.

Das gestürzte Pferd bebte unter einem Hustenanfall; mit pfeifendem Sausen sog es die Luft ein, die es gurgelnd und rasselnd wieder ausstieß. Der Postillion, dem noch nie ein Mensch das Schlagen seiner Pferde verboten hatte, drehte sich um und versetzte dem Pferd einen Tritt. Es zuckte zusammen und machte einen neuen Versuch sich aufzurappeln.

Schluss jetzt, schrie Schopenhauer und riss den Mann zurück. Dass es aufstehen will, ist offensichtlich, aber es kann nicht, und wenn Er einen winzig glimmenden Funken Verstand in seinem Postillionenschädel hat, dann spann Er aus, jetzt!

Das Gespann trappelte nervös auf der Stelle, eine Armlänge vom Abgrund. Fidelis hielt das vorne rechts laufende Pferd am Zaum und sprach beruhigend auf es ein. Die Passagiere waren aus der Kutsche gestiegen.

Was mischen Sie sich ein, sagte einer, lassen Sie das den Postillion erledigen.

Man muss sie schlagen, wenn sie nicht gehen wollen, sagte ein anderer Passagier. Das gefallene Pferd rollte die Augen. Die Gelenke der Vorderläufe hatte es sich blutig gestoßen. Sein pfeifendes Atmen ließ die Rippenbögen unter dem hellbraunen Fell hervortreten. Die Arme vor der Brust verschränkt, stand der Postillion und starrte Schopenhauer wütend an. Er machte keine Anstalten, das Pferd auszuspannen, und sagte in falsch freundlichem Tonfall:

Erhalt ich nur die Peitsche zurück, mein Herr, binnen kürzester Zeit sind wir wieder unterwegs. Fahre diesen Weg tagein, tagaus, sommers, winters, Jahre schon. Verstehe mich aufs Traktieren der Rösser, das glaube man mir gern.

Die Reisenden murmelten ihre Zustimmung.

Also gehma, gehma, rief einer im wienerischen Zungenschlag, nur nicht sentimentalisch werden.

Ruhig, sagte Fidelis zu den Pferden und zu Schopenhauer, dem die aufkeimende Wut eine zornige Falte in die Stirn schrieb.

Will sich denn niemand dieses Geschöpfes hier erbarmen? Was seid ihr denn so abgestumpft und gleichgültig, dass ihr glaubt, den guten Willen in dieses Tier hineinprügeln zu müssen?

Schopenhauer ließ die Peitsche über den Köpfen der Passagiere knallen. Hui, jetzt aber, rief einer. Erschreckt drängten sie näher aneinander, ein Häufchen Schafe, um dessen Pferch ein Wolf schleicht.

Hat denn niemand auch nur ein weniges an Mitleid für diese Kreatur zu geben?, schrie Schopenhauer. Jetzt hatte ihn der Zorn gepackt.

Was erregen Sie sich denn gar so, ein Tier ist ein Ding, sagte der, der einen Pelzkragen trug und trotz Peitschenknalls näher gekommen war: So wie mein fester, knorriger Stock hier.

Den er drohend gegen Schopenhauer und Fidelis hob.

Das ist ein Pfaffenmärchen, sagte Schopenhauer grimmig, ein ganzes Vokabular haben sie ersonnen, damit nur ja der Schein entsteht, die Tiere seien so sehr von euch verschieden, dass ihr sie nicht achten müsst. Der Mensch, die Krone der Schöpfung, darf eines Tages sterben, dieses Pferd hier wird verrecken, bei euch heißt es essen, bei ihm fressen, bei euch heißt es gebären, bei ihm fohlen, ihr trinkt, es säuft.

Ich saufe auch von Zeit zu Zeit, sagte einer der Passagiere, und nach einer kleinen Pause: Behauptet meine Frau.

Worauf die Männer erwartungsgemäß *Hohoho* machten.

Wie kommen Sie dazu, uns derart zu belehren, piepste die eine Dame unter den Passagieren.

Jawoll, liederliche Studenten seid ihr, sekundierte der Mann im Pelzkragen. Fidelis trat einen Schritt vor.

Wir beide sind Brahmanen, Werteste, sprach er in aller Würde und verneigte sich mit gefalteten Händen vor der Brust. Uns Brahmanen ist das Wohlergehen der Kreatur so viel wert als unser eigenes, denn zwischen uns und diesem Pferd sehen wir nur so lange einen Unterschied, solange der Schleier der Maja über unseren Augen liegt, doch im Grunde sind wir eins –

Gefasel!, brüllte der Pelzbekragte, das ist ein verdammtes Ross und du bist ein Rindvieh! Geh mir doch mit Meiers Schleier!

Lass sein, Fidelis, sagte Schopenhauer. Hilf mir hier.

Er legte die Peitsche aus der Hand und begann das liegende Pferd auszuschirren. Sobald alle Riemen gelöst waren, nahm Fidelis den Hemmschuh unter dem Rad weg und lockerte die Bremse. Der Postillion und die Wagenpassagiere standen leise protestierend daneben, aber sie griffen nicht ein, weder helfend noch hindernd. Schopenhauer nahm das führende Pferd am Zaum und drängte es ein paar Schritte zurück. Er band einen seitlich am Wagen hängenden Hafersack los und streute den Inhalt um das gefallene Pferd, das nun, von den beengenden Riemen und Zügeln befreit, erneut versuchte, sich aufzurichten, ein wenig nach unten glitt und schließlich Halt fand, und zuerst auf den Hinterläufen, dann den Vorderbeinen zum Stehen kam.

Eine Stunde später erreichte die seltsamste Prozession, die der Wirt am Semmering je gesehen hatte, die Höhe: Zuerst ein Gespann von fünf Pferden, an dessen Spitze ein kleiner, schneebedeckter Postillion in seinen riesigen, nicht zum Gehen gemachten Stiefeln mühsam stapfte, dahinter, am Handlauf des Cabriolets angebunden, ein hustendes Pferd, sodann vier Männer, einer im schönen Mantel mit Pelzkragen, und ihnen mit Abstand folgend, Arm in Arm, ein Pfeifchen teilend und offensichtlich guter Laune, zwei junge Männer, deren einer ab und zu eine Peitsche knallen ließ. An dem marmornen Denkmal zu Ehren Karl VI., wo der Semmeringwirt ein paar Fackeln zur Orientierung im dichten Schneetreiben aufgestellt hatte, stiegen drei der Männer in den Wagen, in dem die ganze Zeit die Dame gesessen hatte. Die zwei jüngeren bestiegen das Cabriolet, der Postillion sein Sattelpferd. Der Mann im Pelzkragen holte seine Tasche aus dem Wagenkasten und eilte ins Wirtshaus. Dort wartete schon der Wirt mit einem Krug Wein, gespannt, die Geschichte zu hören.

Zum Abschied blies der peitschenlose Postillion einen kläglichen Zweiklang. Man fuhr ohne Mühe auf dem sanften Gefälle einer ordentlich chaussierten Straße der nächsten Post entgegen. Das Wetter hatte sich gewendet, wie das nach erfolgter Passüberschreitung oft der Fall ist, der Schneefall ließ bald nach. Der Semmering war der höchste Punkt auf Schopenhauers Route gewesen. Bis Venedig ging es nur noch abwärts, von ein paar unbedeutenden Steigungen abgesehen.

Lido

Sprühnebel über salziger Gischt hüllte Pferd und Reiter ein. Die Augen des Reiters tränten, das Bild zerfloss. Links ein mattes Blau, voraus ein lichtes Gelb, kein klarer Horizont, der Oben oder Unten schied. Im Nacken spürte der Reiter die Strahlen der Morgensonne wie eine aufgelegte wärmende Hand, die Hemdbrust nass und kalt im andrängenden Wind, vor dem er sich tief und nah an die Mähne des Pferdes geschmiegt zu schützen suchte. Der oszillierenden Wasserlinie folgend, ließ er die Zügel schießen, ohne Spur im Sand voraus, die hinterlassene von den Wellen rasch blank gewischt.

In Porto di Malamocco genoss er im Windschatten der Mole die Sonne, während der Rappe oberhalb zwischen den Pinien graste. Der Hund, der den Reiter anfangs begleitet hatte, war lange schon, dort, wo das Gerippe eines zerfallenden Fischerbootes tief im Sand steckte, aus dem Rennen ausgeschieden. Dort saß er unbewegt und starrte in Richtung Westen, so lange, bis sein Herr wiederum im gestreckten Galopp vorbeiritt. Dem eingespielten Ritual folgend, bellte er freudig auf und lief, vorsichtig die ausgreifenden Wellen vermeidend, zum Stall unterhalb des alten Forts zurück. Als er ankam, war sein Herr mit seinen Gedanken längst woanders (und das Tier, wohl ein Schweizer Sennenhund, wedelte umsonst, und das auch nicht besonders überzeugend, da es den größeren Teil seines Schwanzes im Kampf gegen einen Eber verloren hatte), oder bereits auf dem Weg zu der Gondel, die am anderen Ufer des Lido wartete. Der Hund hechelte dem Herrn hinterher, der rasch (so rasch es der verkrüppelte Fuß zuließ) der Anlegestelle zueilte. Dort lungerte das übliche Dutzend überwiegend englischer Touristen herum. Der Gondoliere mit dem lockigen Haarschopf und dem dichten schwarzen Bart stand breitbeinig zwischen dem sensationslüsternen Mob und der Gondel, das Ruder in der Hand wie ein Landsknecht den Spieß. Wann immer einer näher kam, senkte er das Ruder und stieß venezianische Flüche und Schimpfworte aus, das genügte schon. Oh!, jauchzten die Touristen erfreut.

Der Hund bellte und knurrte grollend, so tief er es aus seinem mächtigen Brustkorb konnte, und zeigte Zähne, so viele er noch hatte. Mit einem großen Satz schaffte er es knapp in die Gondel und verkroch sich mit seinem Herrn unter dem Baldachin. Der Ruderer steuerte die Gondel mit ein paar kräftigen Schlägen weg vom Steg; augenblicklich rückten die Gaffer vor und starrten wortlos dem schwarzen Boot nach, bis es außer Hörweite war. Dann brachen sie in aufgeregtes Geschwätz aus.

Der Hund leckte das trockene Salz von den Händen und Wangen des Mannes, der dies ruhig über sich ergehen ließ. Tief schnitten die Ringe in seine Finger ein. Er hatte die Hände eines wohlgenährten Kleinkindes, breit und wulstig, ohne erkennbare Knöchel, rosig und schwach im Griff. Sein Gesicht war aufgedunsen, auch jetzt, nach dem schnellen Ritt in kalter Luft, blass und teigig, die Augen rot gerändert. In Strähnen klebte das schwarze Haar auf der Stirn, es fiel in überdehnten Wellen auf die Schultern, was einmal ein wild drehender Lockenkopf gewesen war. Unter dem Kinn, rund und weich, ein zweites. Er zog das Hemd aus. Kein Muskel unter der Haut straffte seine Haltung, schon gar nicht den geschwollenen Bauch; auch die Arme weiß und bleich, weiche Masse an Stellen, die früher hart und sehnig waren.

Nun, sagte Byron, bin ich nicht ein abscheulicher Sancho Pansa geworden?

Der Hund zuckte mit seinem Schwanzrest – und wenn schon.

Tagliamento

Fidelis' umstandsloser Abschied hatte Schopenhauer nicht lange betrübt. Beim Anblick des Exlibris im *Oupnek'hat* hatte der Student erklärt: Bei mir ist es gerade umgekehrt: Keine Freiheit ohne Glück; und in mein Glück gehört eine Menge an glücklicher Fügung, Zufall, wenn du willst.

Dann hatte er sich auf die Fährte der Dame vom Semmering geheftet, der er vor einem Wirtshaus wiederbegegnet war. Der Philosoph setzte seine Reise in die italienischen Provinzen des Kaisers alleine fort.

Bei Resciuto drehte der Tagliamento von Westen kommend auf Süden und nahm, ohne sichtbar anzuschwellen die Fella auf, den hellblauen Streifen im Talgrund, der Schopenhauer viele Meilen begleitet hatte. Das Blau der Fella und das Grün des Tagliamento mischten ein Türkis, das wie von innen strahlte und im grellen weißen Kiesbett sich teilte und vereinte, mal in hundert dünnen Fäden, mal in einem starken Strang floss. Die Dörfer kuschten vor dem Fluss, sie klebten an den Hängen, und die Menschen sprachen mit Respekt von ihm.

In manchen Pausen stieg Schopenhauer hinab an die Ufer, um auf die Stimmen des Tagliamento zu hören. Wo das Wasser flach über die Kiesel rieselte, klang er, als schwenkte jemand getrocknete Bohnen in einer Kupferschüssel. Aber tief unter dem hellen Rauschen der Stromschnellen grollten kollernd die rollenden Felsbrocken auf ihrer Reise zum Sandkorn hin. Der Fluss, nun in einem viele Meilen weiten Tal, holte gemächlich schwingend aus, ein selbstgewiss flanierender Herr, scherte sich nicht um links und rechts, grub hier eine Bergflanke ab, tränkte dort die Wiesen. In der Frühe, wenn die Sonne den Tau verdampfte, stieg von der Erde nicht der modernde Geruch absterbender Natur auf, sondern ein Duft staubtrockener Teeblätter.

Als hätte ich den Winter im Schneetreiben am Semmering überrundet, dachte er, eine Kapriole über dem geraden Lauf der Zeit geschlagen.

Eines Morgens erschien der Fuhrmann nicht.

Schopenhauer gab sein Gepäck in die Obhut des Posthalters und verließ den Ort. Er wanderte durch einen lichten Buchenwald und fand sich plötzlich, gerade einen steilen Abbruch herabgerutscht, mit Steinchen in den Stiefeln, am Rande einer kiesigen Wüste, im kargen Bett des Tagliamento, wo sich Treibholz ineinanderkrallte und zu borstigen Knäueln verknotet lag, dort, wohin es der Fluss geschoben hatte.

Er stolperte durch Gräben und Gumpen, sandige Kuhlen, und kniff die Augen im gleißenden Weiß der Kiesbänke zusammen. Nach einer Stunde ziellosen Umherstreifens setzte er sich am Rand eines Nebenlaufs auf einen angeschwemmten Baum. Von seinem Platz in einer Vertiefung des Flussbettes konnte er nur die zu flachen Dünen aufgeschobenen weißen Kiesel sehen; das Wasser in dem Nebenarm ohne Ausgang stand still und farblos. Rundherum war – nichts, oder zumindest eine Annäherung an Nichts.

Er saß ruhig auf dem toten Baum und machte einen Versuch.

Nichts war zu hören, nichts zu riechen, kein Lufthauch strich über seine Wangen. Ihm blieb das Schauen; aber zu sehen gab es nur weiße Kiesel in der Sonne, von Horizont zu Horizont, rundum. Kein Vogel kreuzte den Himmel. Keine Fliegen, die brummten, keine Eidechsen, die sie jagten.

Eine halbe Stunde, eine Stunde vielleicht saß er da und hielt die Augen offen. Die einzelnen Kiesel sah er nach einer Weile nicht mehr; nur eine flirrende weiße Fläche, Rauschen für das Auge. Er fühlte sich frei und gelassen. Einsam, aber nicht verlassen, wie es überhaupt ein gutes Zeichen für den Intellekt war, wenn einer die Einsamkeit ertragen, gar lieben konnte, das Kommen und Gehen der Zustände geduldig erwartete und abwartete.

Durch starke Regenfälle war, wenige Meilen flussabwärts, eine Furt unpassierbar geworden; der Tagliamento hätte die leichte Kutsche einfach fortgespült. Man bot ihm an, ihn Huckepack über den Fluss zu tragen, aber er lehnte ab, so nah wollte er den Leuten nicht kommen. Schopenhauer saß einen Tag eingesperrt in einem winzigen Zimmer und empfand Einsamkeit und Stille bei anhaltendem Regen und Kälte für dieses Mal als beengend. Nicht einmal das *Oupnek'hat*, in dem er hin und her blätterte, linderte die Trostlosigkeit, die ihn anfiel. So hatte er lange nicht mehr gefühlt; zuletzt vielleicht, da er, als Kaufmannslehrling, alleine in Hamburg zurückgeblieben war – nein, nicht ganz alleine, den Mops hatte ihm die Mutter, Johanna Witwe Schopenhauer, gelassen. Er hatte bald begonnen zu klagen, die lange Europareise zu verfluchen, das Versprechen an den Vater. Die Mutter hatte ihn nach vielen Briefen aus der Enge der Kaufmannslehre erlöst, ihm den Besuch des Gymnasiums ermöglicht, seinen Erbteil ausgezahlt, sobald er großjährig wurde – ihn aber stets auf Abstand gehalten, niemals an sich herangelassen und an das, was ihr in Weimar lieb und teuer geworden war, ihre Unabhängigkeit, ihre Teegesellschaften mit Goethe, die Freiheit, so zu leben, wie es ihr gefiel. Sie hatte es ihm gleich und deutlich gesagt: *Es ist zu meinem Glücke notwendig zu wissen, dass Du glücklich bist, aber nicht, ein Zeuge davon zu sein.* Jahre später, und es wunderte Schopenhauer, dass es überhaupt so lange gedauert hatte, nach dem großen Knall, der das Ende der Familie Schopenhauer bedeutete, hatte sie ihm noch mitgegeben: *Lebe und sei so glücklich, als Du kannst.*

Diesen einen Rat von dir, Mutter, werde ich beherzigen, dachte er in dem engen Zimmer am Tagliamento und wartete darauf, dass das Hochwasser ablief.

Die Gehilfin des Buchbinders

Auf einmal ging alles schief. Karoline war mit dem Zeigefinger der rechten Hand an den Leimpinsel geraten, der vollgesogen auf einem flachen Teller ruhte, in dem Moment, als sie den Buchblock in die Buchdecke einrücken wollte. Sie hielt den sauber angepassten Block mit der Linken fixiert, langte nach einem Lappen und ein dicker Tropfen Leim fiel von ihrem Finger auf das Vorsatz. Sie erschrak, passte nicht auf, der geknüllte Lappen entfaltete sich, ein Zipfel wischte durch die Leimschale, tunkte ein und zog einen klebrigen Faden quer über den Einband und weiter über den ganzen Tisch, als sie das Tuch in eine Ecke des Zimmers schleuderte. Es fiel ihr erst nicht auf, dass der Raum nun dunkel war. Sie hatte mit dem ungezielten Wurf auch die drei Kerzen gelöscht. Jetzt schrie sie auf, nicht ängstlich, sondern wütend.

Sie würde sich nun durch die Gänge und Gewölbe tasten müssen, um irgendwo ein Licht zu finden und es zurück in ihr Kellerzimmer zu tragen. Auf den Nachtwächter konnte sie nicht warten; der begann seine Runden erst in drei Stunden. Ein fahles Rechteck schimmerte weit oben, unter der Decke: das einzige Fensterchen, das sich in einen Schacht öffnete; ein in Leinöl getränktes Papier war über den Rahmen genagelt. Der Falter, der zuvor um die Flammen getaumelt war, flog jetzt gegen das Papier an, wieder und wieder, ein leises Fingertappen auf einem schwach gespannten Tamburin. Der Qualm der erloschenen Dochte füllte den Raum. Langsam, so langsam wie sich ihre Augen auf die Dunkelheit einstellten, erschienen die Konturen der Bücher und Werkzeuge auf dem Tisch. Böse glimmend hockte der Leimtropfen auf dem Vorsatz. Sie saß starr wie eingegipst, und dennoch knarzte der Stuhl leise.

Ich bewege mich nicht, kann das sein, bewegt es sich schon? Das wäre zu früh, aber was weiß ich denn? Nichts. Meine Zimmergenossinnen haben es gemerkt, haben eins und eins zusammengezählt, dass ich über meinen Büchern einschlief, dass ich morgens aus dem Bett stürzte, zum Nachtgeschirr hin. Dass ich sie wechselnd beschimpfte und fröhlich war wie seit Monaten nicht. Dass eins vom anderen kommt. Jeden Abend, wenn ich zurückkehre in Madame Richters Haus, erzählen sie mir nun diese Geschichten. Über Frauen, zu denen man gehen kann. Zauber, die man anwenden soll; und diese sind meist ekelhaft, aber sie bereiten denen Vergnügen, die davon erzählen. Es geschehen keine Wunder. Es passiert, was passieren muss. Aber das kann nicht sein. Noch nicht.

Sie überlegte, wer noch im Haus sein könnte. Krause vielleicht? Am Nachmittag hatte er noch an dem Tisch neben dem Indischen Schrank gesessen, vor einem Stapel Bücher, neben sich einen Korb Äpfel, die er mit Stumpf, Stiel und Wurm aß, und eine Schale Wasser, in der er versteinertes Brot einweichte, das er, sobald es vollgesogen war, zu einem Brei presste und in die Form der Speisen knetete, die allzu selten auf seinem Menü standen: eine Eierschecke, einen

Hühnerschenkel, eine am Spieß gebratene Forelle. Krause schleppte stets einen halbblinden Spiegel an, um Tageslicht auf seinen Arbeitsplatz zu lenken. Die letzten Wochen hatte er den Indischen Schrank für sich gehabt; nur der Kaufmann Quandt war vor ein paar Tagen hier gewesen, mit einem Bündel echter Wachskerzen und einem Lupenglas für den Alten. Quandt hatte eine Weile mit dem Gelehrten gesprochen, lange genug, dass sie ihn bei einem ihrer Gänge erblickte und in eine Nische gepresst auf ihn warten konnte. Als Quandt ging, war sie ihm nachgelaufen, und er hatte sich ihren Ausbruch schweigend angehört.

Er möge verzeihen, wenn sie das Wort an ihn richte, er sei doch ein Freund des Doktor Schopenhauer, er habe sie wohl gewiss des Öfteren gesehen hier im Palais, so wie sie die beiden oft gesehen habe, dort am Indischen Schrank, ob er sie bitte eine Minute anhören wolle? Sie müsse leise sprechen, denn es sei schwierig, ob er ihr Flüstern verstehen könne? Es werde nur kurz dauern, es sei nun einmal so: Sie habe keine Nachricht von Doktor Schopenhauer und wisse nicht, wo er jetzt sei, noch wann er und ob er wieder hier nach Dresden komme; es sei ihr sehr daran gelegen, ihm einen Umstand mitzuteilen, das heiße, sie habe ihm zu sagen – und Quandt solle ihr nur ja diesen Ausfall nachsehen und verzeihen, dass sie ihn damit behellige, ihn mit ihrer Sorge belästige – aber sie wisse sich nicht zu helfen, bald nicht mehr, denn bald könne jeder sehen –

Quandt verstand, dachte augenblicklich an Adele. Dies hier würde er an Adele delegieren. Was immer nun zu tun sei, Adele würde es wissen und mit Feingefühl und Geschick handeln. Er würde ihr die Korrespondenzadressen Schopenhauers geben, sie könnte ihn über diese wenig erquickliche Situation unterrichten, das Angebrachte tun und die richtigen Worte aussprechen.

Er zweifelte nicht, dass die junge Frau die Wahrheit sagte. Sie war die Gehilfin des Buchbinders, ein schmales und zartes und blasses Wesen, das die meiste Zeit in seinem Zimmerchen im Keller alte Bücher flickte und neue band; die einzige Person im Japanischen Palais, der die Dielen das mürrische Knarren verweigerten; die unhörbar und unvermittelt erschien und ebenso wieder verschwand.

Sie hatte da vor Quandt gestanden und geglaubt zu verbrennen, ihre Stirn glühend, die Wangen, Hals und Ohren, alles stand in Flammen, ihr Herz pumpte wie närrisch und konnte doch nichts löschen. Was war denn in sie gefahren, einen ihr im Grunde fremden Herrn anzusprechen? Nicht etwa, um bloß nach der Uhrzeit zu fragen, sondern mit dem Ungeheuerlichen, dem Ungeheuren, und wie wenig Worte hatten genügt, das Unsagbare auszudrücken. Quandt hatte sie nur angeschaut und ihr auseinandergesetzt, was er veranlassen werde, und in seinem kühlen Blick, in dem kein Vorwurf lag, hatte sie ihre Fassung wiedergefunden.

Die Kellerkammer beschützte sie; so wie jeder Handgriff beim Buchbinden, der Geruch des Leims und des Papiers, die Plaudereien mit dem wunderlichen Krause, die Ordnung in den Bücherschränken, die Stille und der Ernst der Lesenden im Lesesaal, tröstlich sogar, wenn sie abends heimkehrte und Madame Richters strenge, aber wohlmeinende Ermahnungen zu allen möglichen Dingen empfing (– hätte sie doch auch einmal die unmöglichen erwähnt!).

Überhaupt war ihr die Sache mit dem Doktor lange ein

Rätsel gewesen; was in seinem Kopf vorging, blieb ihr genauso verborgen und geheimnisvoll wie das, was sie alle Tage zwischen zwei Buchdeckel band. Wenn man aber das eine mit Liebe und Sorgfalt tat, dann musste es mit dem anderen auch gehen – oder nicht?

Sie legte die leimverschmierte Schürze ab und machte sich auf die Suche nach einem Licht.

Depeschen

Der Fürst hatte die Reise in banger Erwartung angetreten. In der Prachtkarosse vor seiner Kutsche reiste Kaiser Franz, missmutig und seit Tagen nicht ansprechbar. Die gutgeheizte Hofburg verlassen zu müssen, nur um den wortkargen Preußenkönig und den geschwätzigen Zaren in Aachen zu treffen – was für eine Zumutung.

Die Unruhe plagte Metternich, sie wollte Bewegung erzwingen, aber er saß tagein, tagaus in einem engen Wagenkasten gefangen. Er musste bei diesem ersten Kongress nach dem von Wien eine neue Geschichte erzählen, eine neue Gefahr beschwören. Was sollte die großen europäischen Staaten künftig zusammenhalten, wenn nicht ein gemeinsamer Feind? Jeder Souverän würde nur mehr auf sein eigenes Wohl und Wehe sehen; die mühsam gezimmerte Balance der Staaten geriete ins Wanken. Der alte Feind hieß Napoleon, der neue hatte noch kein Gesicht; nein: zu viele Gesichter. Man wusste nicht, was genau er wollte, außer dass Freiheit, diese immer aufrührerische und schädliche Idee, ihn bewegte. So war es bei den italienischen Carbonari, den Tschechen und Böhmen, den Serben, den Slowaken, so war es bei den deutschen Burschenschaftern, die von Freiheit fabulierten, so weit die deutsche Zunge reichte.

Jeden Tag kamen Stafettenkuriere in scharfem Galopp heran und reichten ohne abzusitzen durch das Kutschfenster Taschen herein, nach denen Metternich begierig griff, vage hoffend, irgendeine Nachricht löse sein Problem auf einen Schlag. Irgendwo zwischen Linz an der Donau und Regensburg fand der Fürst in einem Personeninventar der Wiener Zollbarrieren die Namen Goethe, Byron und Schopenhauer im Abstand weniger Worte zusammengerückt. Das fand Metternich noch kurios, zumindest merkwürdig: zwei Berühmte und ein unbeschriebenes Blatt.

Kurz bevor der kaiserliche Tross Aachen erreichte, kam ein weiterer Name hinzu: Fidelis von Morgenrot. Dieser, ein Student, hatte Spuren zuletzt am Semmering hinterlassen, wo er, ausweislich des Berichtes eines Zivilpolizisten und der Durchsicht der Postbücher, mit diesem Doktor Schopenhauer einen hübschen Eklat produziert hatte.

Siehe, dachte Metternich, es lohnt doch, mit dem Läusekamm durch den Pelz des habsburgischen Staatenungetüms zu gehen.

Dass der eine sich derart für ein gefallenes Ross eingesetzt hatte, war reichlich unerhört. Wenn einer Mitleid für Tiere zeigte, war es dann nicht sehr wahrscheinlich, dass er auch Anteil am Wohlergehen der Menschen nahm? Dass er mit Zuständen, wie sie seien, nicht seinen Frieden machen konnte? Und die Schuld bei den Regierenden suchte?

Im schwankenden Wagen schrieb Metternich mühsam buchstabierend, die Polizeihofstelle solle *a tempo* herausfinden, ob es sich um eine neue Verschwörung handle, welcher Gruppe diese »Bramanen« zuzurechnen und welches ihre Ziele seien. Napoleon hat auch klein angefangen, dachte

Metternich und erlaubte sich einen fürstlichen Scherz mitzudenken: Und klein ist er auch geblieben.

Minuten später preschte ein Kurier mit der Depesche davon.

Die Welt ist mein Wille

So entsteht der Begriff Gefühl, als ein großes x für die Vernunft, das sie erst durch fernere Gleichungen für jeden besondern Fall sich näher kenntlich machen kann.

A. S.

In ein fremdes Land versetzt

Am Bug und am Heck des Bootes stand je ein Gondoliere; sie ruderten schweigend im Gleichtakt, geräuschlos bis auf das Schmirgeln der Ruderschäfte in ihren Widerlagern. Der Mann am Bug nahm das Ruder niemals aus dem Wasser; nach jedem Schlag richtete er sich auf, zog das lange schmale Blatt mit der Kante nach vorne durch und hinterließ dabei eine dünn verwirbelte Linie winziger Luftbläschen.

Alle paar Sekunden passierten sie eine biegsame, aus dem Wasser ragende Holzstange, und, in größeren Abständen, einen Baumstamm, auf dem jedes Mal eine Möwe hockte, den Schnabel unter den Flügel gesteckt, ein starres Auge auf die Reisenden. Nebel hing flach über dem Wasser, senkrecht über sich sah er dann und wann Sterne blinken. Auf dem schwarzen Bootslack haftete ein Überzug grau glänzenden Taus, die Lagune lag eben wie ausgegossenes Quecksilber.

Das Ziel war nahe, so nahe, dass Schopenhauer nun aus dem Zustand des Reisenden in den eines Angekommenen, zumindest eines Ankommenden, übergehen musste. Die Unbestimmtheit der Reise wäre durch das Erreichen des Ziels aufgehoben. Aber Venedig tat ihm nicht den Gefallen, ihn an einem sonnigen Morgen, mit singenden Gondolieri und läutenden Glocken zu empfangen. Nach fast vier Wochen auf der Straße, hockte er in einer Gondel und staunte, freudlos und mit Anwandlungen von Übelkeit.

Ich bin weit gekommen, doch was soll ich hier?

Es war eine streckenweise elende Ouvertüre gewesen, und jetzt, wo jeden Augenblick der Vorhang hochgehen musste, sah er ein: Das, was ihn aus Dresden und aus Deutschland hinausgetrieben hatte, dieser einst gefasste und stets mit einem gehörigen Maß an Sturheit verteidigte Entschluss – das erwies sich als zu schwach, um ihn in diese Stadt hereinzuziehen.

Das Boot glitt nun nicht mehr mit derselben Leichtigkeit wie zuvor dahin, er hörte das Holz gegen einen Gezeitenstrom arbeiten und sah nach links und rechts vom Bug zwei Wellen sich spreizen. Wenig später nahm ein breiter Kanal das Boot auf, zu beiden Seiten waren Gebäude zu erkennen, rechts ein hoch aufragendes Magazin, links niedrige Hütten, davor eine sandige Rampe hinunter ans Wasser. Kähne, beladen mit Säcken, verließen die Anleger des Magazins, querten den Kanal und verschwanden unter geländerlosen Brücken.

Nach einigen Schlägen drehte das Boot, fädelte in einen der seitlichen Auswege ein und beschleunigte spürbar. Die Gondolieri duckten sich unter Wäscheleinen. An einem Fenster hoch unter dem Dach stand ein Mann und rasierte sich; eine Spiegelscherbe steckte im Fensterrahmen. Er leerte das Seifenwasser aus und verfehlte den vorderen Ruderer nur knapp. Das Boot wurde immer schneller. Die beiden Ruderer stemmten sich mit heftigen Rückwärtsschlägen gegen die Strömung – sonst wäre die Gondel wie ein ausgespuckter Kirschkern auf die prächtigste Wasserstraße Venedigs geflogen. Vorsichtig und mit allerhand Geschrei reihten Schopenhauers Gondolieri ihr Boot in das fließende Treiben und nahmen Kurs auf die Mündung des Canal Grande in den Bacino di San Marco.

Im Vorbeifahren nahm er die Parade ab. Schulter an Schulter rempelten einander die Paläste und blickten spitz aus gotischen Maßwerkarkaden und unter den hochmütig gehobenen Brauen ihrer Rundbogenfenster stur geradeaus, als ob sie nicht voneinander wüssten, gar nicht wissen wollten, dass zwischen ihnen auch ein paar kleinere Paläste standen, und hin und wieder ganz unbedeutende Häuslein, ein schlammiger Platz, ein Ziegenstall. Schopenhauer sah verschliffene Ornamente und bleiche Fresken, löchrige Mosaiken, blinde Vergoldungen, Putz, der kaum noch hielt, und geschwärzte Skulpturen, Balkone, die sich mit letzter Kraft ankrallten, den braungrünen Überzug schleimiger Algen um die Wasserlinie und höher hinaufkriechend, schiefe Fensterläden und zersplitterte Glasscheiben. Er nahm es erleichtert zur Kenntnis.

Die Gondolieri steuerten direkt auf einen Palast, vor dessen Fassade ein langes rotes Tuch herabhing: *Grande Albergo Europa*.

Wenig später stand er in seinem Zimmer und begann seine Reisetasche zu leeren. Etwas Schweres und Flaches glitt zwischen den Hemden hervor. Zwei, drei Seiten waren benutzt, Wechselkursberechnungen, Notizen über Ausgaben in Prag und Wien, ein paar hingekritzelte Worte (mit vehementen Ausschlägen nach allen Seiten, wohl beim Fahren geschrieben), die er nicht mehr entziffern konnte. Ein Reisebuch hätte dies sein sollen, könnte es vielleicht noch werden. Auf einem Tischlein fand er eine Griffelschale. Den Bleistift darin musste jemand mit Liebe und Geduld geschärft haben, auf seiner Spitze hätte eine Fliege nicht auf einem Bein balancieren können.

Wer pl – ein kaum spürbarer Bruch und die Bleistiftspitze rollte über das Papier – *plötzlich in ein ganz fremdes Land oder Stadt versetzt wird, dem ist zuerst wie dem, der in kaltes Wasser gestiegen:* –

Er nahm das Federmesser und bearbeitete das Blei.

– sobald er sich etwas beruhigt, sich in die Umgebung gefunden und von deren Temperatur ein wenig angenommen hat, wird ihm, wie dem im kalten Wasser, außerordentlich wohl: Er hat sich dem Element assimiliert, er hört sodann auf, sich mit seiner Person beschäftigen zu müssen, und wendet seine Aufmerksamkeit rein auf die Umgebung, der er, eben durch die objektive, anteilslose Betrachtung, jetzt sich überlegen fühlt.

Die Karte in der Westentasche drückte gegen Arthurs Brust. Er nahm sie heraus und betrachtete sie. Die Ecken waren ein wenig stumpf, eine geknickt, die Karte in sich eingebogen und leicht gewellt. Das würde er in den nächsten Tagen bei einem Papierhändler beheben lassen; der würde die Kanten nachschneiden und das Stück flachpressen.

Und dann?

Das würde er schon sehen – dann, wenn er die Temperatur des Wassers angenommen hatte, wenn die während der Reise aus überreichlichem Andrang aufgenommene Geistesnahrung verdaut war, die einem, der jahrelang in und aus Büchern gelebt hatte, so vorkommen musste wie einem, der sich stets von Kohlsuppe erhalten hatte und dem nun ein fetter Kapaun aufgetischt worden war.

Irgendwann würde die Karte, die ihm bisher der Reisesegen Goethes gewesen war, eine Pforte öffnen. Das müsste ein schöner Augenblick durchaus im Sinne des Alten sein, einer, der zum Verweilen und Festhalten einlud. Den richtigen Zeitpunkt würde ihm sein Gefühl sagen – nein: *der Dämon, der mich leitet und zieht. Und dabei werde ich keine schnurgerade, sondern eine zitternde, ungleiche Linie beschreiben, schwanken, abweichen, umkehren, mir Reue und Schmerz bereiten.*

Er würde sich jedenfalls nicht mit einer Tasse Tee und etwas Gebäck begnügen; wenn er Byron gegenüberträte, dann auf Augenhöhe oder gar nicht, denn eine Empfehlung, selbst wenn sie von Goethe stammt, war kein Auftrag; und er kein Schulbub, der vergnügt mit einem Verslein im Album davontrabte; nicht mehr.

Damnatur

Bramanen?

Die Spitzel hörten oft nicht so genau hin, schrieben, wie sie sprachen – schauerlich und in allen Zungen des Reiches. Gerade war wieder eine Order auf Albuin Hochkoflers Tisch gelandet, mit allen Siegeln der Wichtigkeit, der Dringlichkeit, und ihm war, als hätte man ihm das ganze Gewicht des Staates auf die Schultern gelegt:

– – Mag: Hochkofler / Geheim / sofort prüfen: Bramanen (sic?); lt. anliegendem Bericht: Wer, wie, was, etc etc. Verbindungen, Gefährlichkeit? Ausführl. Rapport a tempo retour; per Vortrag Mettern. z. Kongreß Aachen; nötigenfalls spekulativ; keinesfalls faktenschwere confusion. –

Albuin Hochkofler war immer der Beste und der Schnellste gewesen, in der Sonntagsschule und auf der Anteranalm hoch über dem Sarntal. Er kannte alle Kräuter, Gräser und Blumen, die dort wuchsen, und auch ihre lateinischen Namen. Er wusste, in welchen Steinen die Kristalle anschießen, wo die Pilze standen und wann sie aus dem Boden stießen. Der Pfarrer vertraute ihm seine Bücher an; er trug sie nach oben und las im Schein der Talglichte, die er unten gegen Pilze, Beeren oder schöne Steine eingetauscht hatte. In einem Winter begann er das Lexikon des Lehrers zu lesen, Band für Band. Der Vater fand ihn eingeschneit, kopfüber im steilen

Hohlweg hängend, den Fuß im Scherengriff einer Wurzel. Mit einer Hand presste er *F bis L* an die Brust, zwei Hände hätte er gebraucht, um sich zu befreien.

Pfarrer und Lehrer wetteiferten um die Ausbildung des begabten Jungen, und der Vater gab ihn ungern her, zu geschickt war Albuin, wenn auch nicht der Kräftigste. Nach einem Sommer auf der Alm packte er ein Säckchen der schönsten Kristalle und seine Bücher auf die Kraxe und stieg hinab. Der Pfarrer setzte ihn nach der Predigt auf einen Stuhl vor den Altar, damit jeder ihn zum Vorbild nehmen konnte.

Die Mitschüler auf dem Franziskanergymnasium in Bozen, die feinen Herren Kaufmannssöhne, machten sich zuerst lustig über seinen Dialekt und seine steifen Wollfilzhosen; doch bald kamen sie und baten ihn um Hilfe bei den Aufgaben. Nicht anders war es in Trient, und wie dort ging es in Wien zu, wo Hochkofler als Stipendiat des Magistrats die Artes Liberales studierte, daneben noch die technischen Künste. Mit den Jahren erschien es ihm als ganz natürlich, dass man ihn und sein Wissen benutzte. Es machte ihn nicht ärmer, davon abzugeben; alles blieb ihm, so viel er es auch teilte.

Ein Universitätslehrer empfahl ihn an die Staatskanzlei, als Metternich den Wiener Kongress vorbereitete. Hochkofler schrieb Dossiers über alle bedeutenden Teilnehmer, ihre mutmaßlichen Absichten, die Zustände in ihren Ländern. Er begann ein Netz des Wissens unter Gelehrten und Bibliothekaren zu knüpfen. Er durchsuchte die Prospekte aller deutschen Buchverlage. Er archivierte die Vorlesungskataloge der wichtigsten Universitäten, behielt Übersicht über Lehrstühle und Inhaber. Die Journale der bedeutenden

Forschungsgesellschaften ließ er binden und indexieren. Gelegentlich hieß ihn der Haushofmeister nach Rezepten fahnden, wenn Majestät die Erinnerung an auswärts genossene Köstlichkeiten überkam und in der Hofküche Ratlosigkeit herrschte. Hochkofler schien solche Tätigkeit staatstragender als manches andere, besonders in den letzten Monaten, als er sich mehr und mehr zum Hilfspolizisten Metternichs degradiert sah.

Die Spitzel verachtete er, ungebildete rohe Kerle allesamt, die ihre eigenen Mütter für ein paar Kreuzer verraten hätten; und das Personal der Zensurhofstelle war kaum besser. Manchmal ging er hinüber, um die Giftliste jener Druckwerke zu studieren, die man des Urteils *damnatur* für wert befunden hatte: nichts fürs breite Publikum, weg damit, in den Einstampfbottich. Wer so etwas – selbst für den Dienstgebrauch – lesen wollte oder musste, der landete auf einer Liste, die alle Vierteljahre sogar dem Kaiser vorgelegt wurde:

Albuin Hochkofler, Geheimer Kanzleirat der Geheimen Intelligenz-Abteilung, der Polizeihofstelle beigeordnet, hat den 8. September d. J. ersucht um die Lektüre des Werkes betitelt Puszta, Paprika und Passionen; Eine Romanze in pikanten Noten, *verfasst von einer gewissen Freiin Borsody, der Zensur unterbreitet im Januar 1818, und mit* damnatur *belegt den August desselben Jahres.*

Er hatte dieses Buch nur angefordert, weil er den Zensurbeamten ärgern wollte – und weil es ihm irgendwann spanisch vorgekommen war, dass die Hälfte aller gebannten Druckwerke solche und ähnliche Titel trugen. Der Zensor hatte es als eines aus dem endlosen Schwall von Werken erkannt, *welche einzig um Liebeleien als ihre ewige Achse sich drehen:*

die Geschichte eines entsprungenen Seminaristen, der neben anderen Bewerbern um eine Puszta-Prinzessin buhlte, welche sich demjenigen hinzugeben versprach, der ihr das schärfste Gulasch kochte.

Fluch und Segen der Zensur liegen nahe beieinander, dachte Hochkofler oft.

Bramanen also. Oder ähnlich. Er begann seine Untersuchungen gerne mit dem guten alten *Zedler*, dem gigantischen Wortsarkophag, aus dem, wann immer er ihn öffnete, Wissensmumien herauspurzelten, manche besser, manche weniger gut erhalten. Der jüngst auf den Plan getretene *Brockhaus* sah neben dem achtundsechzig Bände mächtigen *Zedler* wie ein Stapel schwindsüchtiger Poesiealben aus, und Hochkofler traute dem Neuen, der sich noch richtig fettfressen musste, nicht recht über den Weg.

Er ging die paar Schritte hinüber zum Bücherschrank und tippte buchstabierend mit dem Zeigefinger auf die Buchrücken. Den vierten Band trug er an seinen Tisch. Für seine geringe Größe hatte Albuin Hochkofler gewaltige Hände, lange, knochige Hebel die Finger, angebracht an einen fast kreisrunden Handteller, mit denen er nichtsdestoweniger schnell und sicher blätterte, ohne Seiten zu knicken oder Geräusche zu erzeugen. In den Jahren des Sitzens über Büchern war er etwas dick geworden, aber noch immer schnell und beweglich auf den kurzen Beinen, flink um die Bücherstapel herum und sicher auf den Leitersprossen, wenn er einen entlegenen Band aus dem Regal besorgte. Er klemmte eine Brille auf die Nase und schuf Platz auf der Tischplatte.

Nun, Gevatter Zedler, lass hören, sagte er.

Brahelund, Brahem, Braida, Braitenau – Brama, oder Brema, eine Stadt und Königreich, in Indien, jenseits des Ganges.

Gleich darunter:

Brama, oder Brahma, einer von den vornehmsten Göttern der Völcker in Tonquin, zwischen China und Indien, welcher von der Sekte der Confucii angebetet wird.

Und weiter:

Brama, siehe Brassen.

Hochkofler blätterte und las:

Ein großer breiter Fisch, an dem der Kopf nach Proportion klein, der Rücken dick, der Leib zusammengedrückt ist.

Er seufzte und schob das Buch von sich. »Bramanen« am Semmering. Soso. Der Fisch dürfte es nicht gewesen sein. Auch der vornehme Gott nicht. Blieb, dass man es mit Reisenden aus dem Fernen Osten zu tun gehabt hatte. Was gab Zedler als Quelle an? *Ptolemäus.* Großartig. Seit eintausendsiebenhundert Jahren keine neuen Erkenntnisse. Schon wollte er das Buch zuklappen und zurückstellen, um doch den *Brockhaus* zu befragen, da sah er, am Fuß der Seite: *Bramanes, siehe Brachmanes.*

Und dort:

Brachmanes, waren indianische Philosophi.

Waren?

Da sie denjenigen für gut hielten, welcher keinem anderen unterworfen seyn wollte, bildeten sie sich ein, wer Lust und Schmerz, Leben und Todt als gleichgültig anzusehn lernte, würde auch keinem unterthan seyn wollen.

Er machte eine Notiz. Solch eine Haltung war hierorts ohne Frage unerwünscht.

Lucianus hält sie für Gymnosophisten, welche er in Brachmanes und Germanes eintheilt, allein es ist noch nicht ausgemacht, daß die Brachmanen wie die Gymnosophisten nackend gegangen.

Nicht am Semmering im Schnee, sagte Hochkofler, so viel ist ausgemacht.

Und weil sie glauben, daß Menschen-Seelen in Thiere fahren, sind ihrer viele, die kein einzig Thier tödten, sie zünden nicht einmahl Feuer oder Licht an, damit sich nicht etwa eine Mücke verbrennen möge, weil man nicht wüßte, ob nicht eine Menschen-Seele darinnen gewohnet.

Hab ich euch, sagte er erfreut und griff nach dem Bericht vom Semmering, um sich zu vergewissern.

Aber sein kleines Triumphgefühl lebte nur ein paar Sekunden. Es hatten also zwei indianische Philosophi den Pass in Richtung Süden überquert. Doch keiner der beiden wurde als fremdländisch beschrieben, weder in Kleidung noch im Aussehen: der eine blond und blauäugig, der andere ein Student, aufgemacht wie nach dem Musterbuch.

Reichlich blödsinnig, dachte er, aber bitte sehr, Exzellenz.

Er klappte den *Zedler* mit einem lauten Knall zu. Seinen Überdruss, der auf einmal heftig aufquoll, verscheuchte das nicht.

Im Übrigen, dachte Albuin Hochkofler, dieser Name – Schopenhauer –, der ist mir dieser Tage untergekommen. Nur, wo?

Ciccio

Den Morgen nach seiner Ankunft versuchte Schopenhauer die Geräusche und Gerüche, die durchs Fenster hereinwehten, zu sortieren. Der Schlaf war nur mit großer Zähigkeit gewichen, das Erwachen fast ein Kampf gewesen. Dann hörte er einen Kanonenschuss und ein mehrfaches Echo und Widerhallen desselben, das Auffliegen von Tauben. War das – er griff nach seiner Taschenuhr – die Mittagskanone von San Giorgio Maggiore? Augenblicklich kam er auf die Beine.

Eine halbe Stunde später verließ er das Hotel durch den Hinterausgang auf einen engen, dunklen Hof, dessen einzigen Ausweg eine schmale Gasse wies, die nach wenigen Schritten wie verbarrikadiert schien, doch einen Durchlass bieten musste, denn um die unsichtbare Ecke trabte ein Hund. Kaum hatte er sich gesetzt, nur zwei oder drei Armlängen vor Schopenhauer, da flog etwas durch die Luft und traf den Hund in die Seite. Das Tier fiepte und schoss den Weg zurück, den es gekommen war. Aus einem Hauseingang trat eine Gestalt, die Schopenhauer zuvor nicht gesehen hatte; ein Mann, der einen Regenschirm unter den linken Arm geklemmt trug, der in der rechten Hand einen Stein hielt, wohl als ein weiteres Wurfgeschoss, und der ein paar Schritte auf ihn zu machte, den Stein in eine Ecke des Platzes warf, wo er klackernd ausrollte. Schopenhauer griff den Knauf seines Stockes, bereit, blankzuziehen.

Cicerone zu Diensten, sagte der Mann und tippte mit dem Zeigefinger auf ein Blechschild, das am Revers seines Mantels steckte. Ich zeige Ihnen alles, ich kenne die ganze Geschichte der Stadt, die alten Zeiten, die großen Zeiten, unsere Zeiten, ich kenne die besten Küchen, die wenigen anständigen Gondolieri, die ehrlichen Händler, die saubersten und bequemsten Unterkünfte, die geheimen Wege in die Bleikammern, die besten Logen im Teatro Fenice, im *San Benedetto*, die sicheren Wege durch dunkle Quartiere und – hier taxierte er Schopenhauer mit einem Blick vom Hut zum Stiefel und zurück – ich kenne hübsche Frauenzimmer, solche, die Ihnen kein Souvenir andrehen.

Dies sagte der Mann in einer monotonen, schnell gesprochenen Rede, in Reihen fallender Tonleitern, den Oberkörper in eine Verbeugung gekrümmt und den Hut an die Brust gepresst.

Die unterwürfige Geste und der schiefe Blick aus niedergeschlagenen Augen machten Schopenhauer wütender, als er sein wollte, und er war nahe dran, dem devot dargebotenen Buckel eins aufzubrennen; der Mann schien es fast zu erwarten, hätte es wohl klaglos hingenommen, wenn er denn als Führer angeheuert worden wäre. Für Schopenhauer wurde er nur noch widerwärtiger, schlimmer als einer, der mit Steinen nach kleinen Hunden warf.

Geh zum Teufel, knurrte er schließlich und lief dorthin, wo der Hund verschwunden war. Der Durchlass knickte im rechten Winkel ab und mündete in eine kaum breitere Gasse ein. Da saß der Hund auf einer Türschwelle und lachte, die

Muster seiner schwarzweißen Maske malten verlängerte, nach oben gebogene Mundwinkel in ein freundliches Gesicht. Und wer das nicht erkennen konnte oder wollte, der sah zumindest den wedelnden Schwanz.

Willst du mein Cicerone sein?, sagte Schopenhauer, du kennst dich hier aus.

Das eine Ohr hing schlapp und zweifach fingerlang eingerissen, das andere konnte der Hund wohl mit etwas Mühe halb aufrichten; er war etwa kniehoch, hatte lange, schlanke Beine, einen kurzen Rücken und eine schmale Brust; dass er schnell und wendig war, hatte Schopenhauer schon gesehen.

Also, wohin?, fragte er ohne rechte Absicht. Links, am lichten Ende der Gasse, sah er einen Gondoliere vorübergleiten, ein glitzerndes Stück Canal Grande und die Anlegepflöcke eines Stegs. Rechts wartete der Hund, den Hals nach hinten gebogen, bereit zu gehen. Schopenhauer sah sich um, ob womöglich jemand die seltsame Szene beobachtete, sagte sich: Na, was soll's, und folgte dem Tier, zunächst die Gasse einwärts, an einer Kirche vorbei; in einen schmalen Durchlass, rechts, wieder übers Wasser, quer über einen Platz, immer weiter und längst ohne jede Vorstellung, wo er sich befand.

Ich hoffe, du führst mich auch zurück, rief er. Der Hund wedelte verbindlich und bog um die nächste Ecke. Als Schopenhauer dieselbe Ecke umrundete, betrat er einen kleinen Campo. Der Hund saß neben der geöffneten Tür zu einem Laden, darüber ein Schild: *Pizzicagnolo*. Der Wurstmacher, in blutbeflecktem Kittel, lehnte mit verschränkten Armen im Rahmen.

Salve, Ciccio, sagte er zu dem Tier, wen bringst du?

Oh. Er will wohl einen Vorschuss, sagte Schopenhauer überrascht, so plötzlich am Ziel zu sein.

Der Wurstmacher wies auf einen schief zusammengenagelten Tisch mit Stuhl und einer umgedrehten Holzkiste: Setz dich.

Nach zwei Minuten kam er aus dem Laden, eine Flasche Wein unter dem Arm, einen Knochen in der einen und in der anderen Hand eine Schüssel Fleischbrühe mit Bohnen und Pasta.

Der Wurstmacher war vielleicht vierzig Jahre alt, am Kopf haarlos bis auf zwei kurz rasierte Streifen oberhalb der Ohren, dünn und knochig, und er rieb ständig die Handflächen, so, als würde er zwei Messer aneinander wetzen. Plötzlich streckte er die rechte Hand aus: Ich heiße Carlo.

Schopenhauer kaute an einem zähen Brocken, es dauerte, bis er die Hand schütteln, schlucken und sagen konnte:

Arthur Schopenhauer. Ich komme aus Dresden in Sachsen, Deutschland. Ich bin einfach dem Hund nachgelaufen, sonst wäre ich nicht hier.

Carlo nickte und sagte versonnen: Ciccio führt nicht jeden, nur die guten Menschen. Musst wohl ein guter Mensch sein, Arturo.

Ciccio führt nur gute Menschen.

Ciccio führt Arthur.

Also ist Arthur ein guter Mensch.

Er dachte: Nach den Regeln der Logik ist das einwandfrei, der Schluss schmeichelhaft, aber stimmt die erste Prämisse?

Carlo hatte wohl die zweifelnd zusammengezogenen Augenbrauen gesehen, denn er fuhr fort, diesmal mit dem

Grinsen eines freundlichen Halunken: Wenn du das nicht glaubst – warum folgst du einem Hund? Wer tut denn so was?

Carlo lachte. Seine beiden Gehilfen, Messer in den Händen, kamen aus dem Laden und lachten, eine junge Wasserträgerin, die vorbeikam, sie lachte auch, und Ciccio ließ einen Augenblick von seinem Knochen ab und wedelte, dass der Staub aufflog. Schopenhauer legte den Löffel hin und sah sich misstrauisch um: Bin ich das Opfer eines abgekarteten Spiels geworden? Hat der Wurstmacher den Hund abgerichtet, um seinem Geschäft Kundschaft zuzutreiben? Bin ich unter die Räuber gefallen, die Gehilfen, ziehen die schon die Messer?

Carlo schob ihm die Weinflasche zu und sagte: Es kommen viele Fremde in die Stadt, aber zu uns kommen nur die Freunde von Ciccio.

Schopenhauer löffelte weiter. Es mochte ja Anzeichen geben, einen guten Menschen zu erkennen; ob darunter die Bereitschaft fiel, einem Hund durch eine fremde Stadt zu folgen – warum eigentlich nicht? Carlo hatte ja wohl die Erfahrung, und Erfahrungstatsachen zu ignorieren war der erste Schritt in die vermaledeite Spekulation, die überallhin, nur nicht zum Kern der Dinge führte.

Carlo, fragte Schopenhauer, kennst du einen Papierschneider?

Cartoleria Quadri, Campo Santa Margherita, sagte Carlo, mehr zu Ciccio hin: Signor Quadri, verstehst du? – Bring ihn hin.

Schopenhauer legte eine Münze auf den Tisch und hoffte, sie wäre angemessen: Der Wurstmacher schadlos gehalten für Suppe, Wein und Knochen und nicht überzahlt in der Weise des ahnungslosen Reisenden, der Bräuche, Maße und Regeln des Landes nicht kennt.

Der Hund lief voraus, wartete, wenn Schopenhauer stehenblieb, um in ein Ladenfenster zu schauen oder den Ruderern zuzusehen, wie sie ihre langen Boote präzise durch Engstellen und aneinander vorbeisteuerten. Ciccio zögerte an keiner Stelle, so labyrinthisch das Netz der Gassen auch schien, suchte mit der Nase seine Marken, erneuerte manche, löschte die anderer Hunde aus.

Sie durchmaßen einen Platz, der mit der Länge immer breiter wurde, wie ein Trichter, und erreichten sein abruptes Ende am Canal Grande. Gegenüber thronte ein riesiger Palazzo und bleckte wie ein altes Pferd seine Zähne, eine doppelte Reihe vergilbter Säulen in zwei Geschossen.

Dort hinüber?, sagte Schopenhauer, nicht speziell zu dem Hund, aber Ciccio sprang ein paar Stufen hinab und ohne weiteres in eine wartende *barcheta da traghetto.*

Auf halber Strecke über den Kanal rauschte eine Gondel knapp am Bug der *barcheta* vorbei. Mit den Vorderpfoten auf der gewölbten vorderen Plattform stand ein schwarzbrauner, fast zahnloser Hund, der, sobald er Ciccio erspäht oder gerochen hatte, ein röhrendes Bellen begann, auf das der Kleine mit recht ordinärem Kläffen antwortete. Der Gondoliere war ein Großer, Schwarzhaariger, der eine blauweiße Schärpe und einen Strohhut trug, und den Schopenhauer nur noch von hinten sah.

Nach ein paar Minuten erreichten sie den Campo Santa Margherita. Dutzende Laken wehten sacht auf Wäscheleinen in der Mitte des Platzes, und Kinder spielten zwischen ihnen

Verstecken. Ciccio zog schnurstracks los, unter den Laken durch und aus der Sicht. Schopenhauer projizierte Ciccios Pfad auf ein Haus jenseits des Feldes und folgte unter Umgehung der festen und der beweglichen Hindernisse, bei den Letzteren ein Zug von Karrenschiebern und ein Haufen Kinder, die sich immer wieder vor ihm aufbauten und nach Geldgeschenken schrien.

Der Papierschneider Antonio Quadri war zu groß für sein Geschäft. Er erhob sich, als Schopenhauer eintrat, und musste den Kopf etwas auf die Seite legen, um nicht gegen die Decke zu stoßen. Zwei kleine Fenster zum Platz ließen sparsam Licht, Luft und Lärm in den Raum. Schopenhauer hörte Ciccio draußen knurren und die Kinder, die ihn neckten.

Womit er dienlich sein könne, hatte Quadri gefragt, sich wieder gesetzt und seine langen Arme auf dem mit Zangen, Messern, Scheren, Leimtöpfchen, Linealen, Prägestempeln, Papieren und Pappen bedeckten Werktisch abgelegt. Schopenhauer hatte kaum den Umschlag seiner Weste entnommen, da fuhr der Arm Quadris aus. Flink, mit delikatem Zugriff, pickte er die Karte aus der Hülle.

Ich sehe, ich sehe, sagte er, Sie wollen diese Empfehlung in einen präsentablen Zustand zurückversetzt haben.

Dazu einen reinweißen Umschlag zum Ersatz für diesen, sagte Schopenhauer und zeigte auf das von Goethe beschriftete Kuvert.

Den Rand beschneiden ist ein Leichtes, sagte Quadri. Er hielt die Karte flach gegen das Fenster und kniff ein Auge zu.

Die Wellen zu kurieren, nun, ich müsste das Stück, leicht bedampft, unter eine Presse legen. Das braucht seine Zeit.

Sein Gesicht war blass, flach und rechteckig, die Nase nur ein schwaches Relief zwischen breiten Wangen. Als sei er selbst einmal zwischen seine Pressen geraten.

Zwei Tage, sagte Quadri mit einem Lächeln, das sein Gesicht noch breiter zog. Schopenhauer zögerte.

Bei mir ist die Karte in guten Händen, sagte Quadri und zeigte ebendiese. In großen Händen zweifellos, dachte Schopenhauer. Ungern ließe er die Empfehlung hier zurück, obwohl er einsah, dass die vorgeschlagene Behandlung angeraten war. Er hatte sich zu sehr an den Schild vor der Brust gewöhnt.

Nun gut denn, sagte er mit Nachdruck, aber höchste Vorsicht, das Stück ist unersetzlich.

Quadri sah durch das Fenster, wie Schopenhauer und der Hund hinter den Laken verschwanden. Dann knotete er ein Taschentuch um den Gitterstab in der Fensteröffnung und setzte sich wieder. Die Empfehlung lag vor ihm. Ohne den Kopf zu drehen zog er eine in Tönung, Format und Gewicht ähnliche Karte aus einem der Fächer. Dann schnitt er eine Schreibfeder auf passende Strichbreite zu, machte einige Ansätze und Schwünge in der Luft – Bögen, Auf- und Abstriche – und fertigte binnen weniger Minuten eine nahezu exakte Abschrift an.

Nicht, damit er eine Kopie hätte, falls beim Schneiden und Pressen etwas schiefginge oder falls ein Dieb seinen Laden auf den Kopf stellte, ein Feuer ausbräche, oder was sonst Schreckliches auszudenken wäre. Nein: Kurz nach Einbruch der Dunkelheit würde sein Freund Giuseppe Lucchetta, der das Taschentuch am Fenster gesehen hatte, an der Hintertüre kratzen und wie ein rolliger Kater schreien, und Quadri würde seufzen, den Esstisch verlassen, zu seiner Frau so viel sagen wie: Diesmal brenne ich dem verdammten Vieh ordentlich eins über; nach unten gehen, die Tür öffnen, etwas lärmen, dem Giuseppe die nachgemachte Karte geben, hinaufgehen, seiner Frau entschlossen zunicken, aber sonst kein Wort sagen, denn es gab Dinge, die nicht einmal sie wissen durfte: nämlich dass Quadri seine Augen, Ohren und das Geschick seiner Hände gelegentlich der österreichischen Polizei andiente.

Factotum nicht länger

Bitte sehr, wenn Ihr ein *factotum* wollt, Ihr könnt es haben, ich mache Euch alles, Durchlaucht, ganz wie Ihr es wünscht. Fakten, Fakten, Fakten, wer will das schon, das macht nur Konfusion, da habt Ihr recht, mein hoher Herr von Metternich, ich, Euer untertänigstes *factotum,* male Euch ein buntes Bild, ein fabelhaftes Tier, einen Popanz aus dem fernen Indien, oder besser deren zwei, und habe Spaß daran. Macht Ihr daraus nur ruhig Euer Kasperletheater für den Zaren.

Die Flasche Heuriger wirkte, doch Albuin Hochkofler war keineswegs betrunken. Sie machte es ihm nur einfacher, die Schwelle zu überschreiten. Einmal darüber hinweg, wurde ihm leichter und leichter. Während er die Geschichte der subversiven Brachmanen vom Semmering entrollte, ihre finstren Ziele aufhellte, ihr zersetzendes Wirken enthüllte, vor allem, falls sie Bünde eingingen mit anderen Unzufriedenen, namentlich den Carbonari im Norden Italiens, schrieb er einen zweiten Brief zwischen die Zeilen des ersten:

Ich, Albuin Hochkofler, Geheimer Kanzleirat der Geheimen Intelligenz-Abteilung, der Polizeihofstelle beigeordnet, kaiserlich-königlicher Hoflieferant bestellter und gelegentlich entstellter Wahrheiten, Besorger von Realitäten, Beurteiler von Mutmaßungen, Deuter von Rätseln, gründlicher Begründer des Unergründlichen, Herr und zugleich Knecht der

Zensur, Freund der Bücher, Enzyklopädien und Journale, ich, Albuin Hochkofler also, reiche mit diesem letzten Rapport über die Brachmanen vom Semmering meine Demission ein. Im Ernst soll keiner glauben, was ich da schrieb, es traf zwei Unglückliche, die einem hustenden Ross auf die Hufe halfen, damit den Zorn eines Polizeispitzels auf sich zogen und nun bald, durch eine alles andere als schicksalhafte Verknüpfung zufälliger Begebenheiten dem Polizeiminister und allen seinen Falotten ausgeliefert sind.

Welche aber, dachte Hochkofler, schon etwas ernüchtert, hoffentlich nicht voreilig zugriffen, denn was konnte man den beiden Reisenden schon vorwerfen? Nein, die realen Figuren hinter den für Metternichs Zwecke aufgeblasenen Popanzen hatten sich inzwischen wohl unbehelligt bis Venedig durchgeschlagen, und waren im allgemeinen Gewimmel aufgegangen, wo sie nun der Polizei lange Nasen drehten. Er hoffte es jedenfalls für sie, durchaus inständig, Brachmanen hin oder her. Bei dem einen, dem Philosophen, hatte er bereits etwas gutgemacht. Den Namen hatte er in der Tat schon einmal gelesen; auf der Messnovitätenliste des Verlages von F. A. Brockhaus: *Die Welt als Wille und Vorstellung. Vier Bücher nebst einem Anhange, der die Kritik der Kantischen Philosophie enthält, von Arthur Schopenhauer*. Noch bevor Hochkofler seine Epistel begonnen hatte, hatte er eine dringliche Bestellung auf den Weg gebracht: sofort zu übersenden, sobald es aus der Druckerei komme. Aber das könnte dauern, den auf der Liste vermerkten Erscheinungstermin hatte Brockhaus jedenfalls nicht eingehalten.

Nun rollte er den Titel des Werkes auf der Zunge herum: Die Welt als Wille und Vorstellung. Welt Wille Vorstellung.

Anspruch und Anmaßung fühlte er aus diesem Titel (und im Mutmaßen vom Titel auf den Inhalt hatte er einige Erfahrung). Da nahm einer sich das Recht, die Welt zu erklären, machte eine seltsame Gleichung auf: *Welt = Wille + Vorstellung*.

Was immer das bedeuten mochte, Hochkofler hörte nur Verheißung heraus. Das Buch und die am Semmering so beiläufig denunzierte Gestalt seines Autors machten ihn neugierig. Beides war ihm anvertraut worden; so empfand er das, und ein bisschen, nein: sogar recht heftig spürte er die Eifersucht auf das privilegierte Schaffen dieses anderen, der niemandem Kochrezepte beschaffen musste, der frei und stolz seinen Gedanken nachging, nachhing, nachjagte, sie stellte, fasste und zu Papier bringen durfte.

Dann machte er sich wieder an seinen hochgeheimen Intelligenzreport. Es gebe Anzeichen, dass die fürs Erste »Brachmanen« zu nennenden Umstürzler die Tiere aus dem Joch befreien wollten. Dass ein Brachmane eher sich selbst vor einen Karren spanne als ein Pferd oder einen Ochsen. Dass sie keine Steuern zahlten. Dass sie, zwar nicht am Semmering, doch in den wärmeren Gefilden des Reiches wohl nackt umhergingen und ungerührt Aufsehen erregen würden. Und dass sie, weil sie keine Angst vor dem Sterben hätten, selbst bei angedrohter Todesstrafe nicht in Schrecken und Ehrfurcht zu versetzen und deshalb kaum empfänglich für das gewöhnliche Instrumentarium habsburgischer Regierungskunst seien – fürs Zuckerbrot ebenso wenig, denn sie neigten zu Askese und Enthaltsamkeit.

Drei Seiten weit fabulierte er dahin. Am Ende setzte er noch Stempel und Siegel auf das Papier und sagte sich dabei:

Bei dem wenigen, was mir heilig ist: An dem Tag, da Schopenhauers Buch ankommt, pack ich mich von hier fort.

Macaroni, Makkaroni, Maccheroni

Es war dunkel, als Ciccio Schopenhauer in den Hinterhof seiner Unterkunft leitete, schon lange, und sehr dunkel. In den wenigen entzündeten Laternen funzelten winzige Flämmchen, hier und da flackerte eine Fackel, heftig rußend im verwegenen Versuch, einen ganzen Platz zu erhellen. Finster kauerten die Häuser in tiefstem Dunkelgrau über dem Kohlrabenschwarz der Kanäle. Ohne Ciccio hätte er niemals den Weg gefunden; mit Ciccio – schwarzer Hund in schwarzer Nacht – fiel es schwer genug.

Hätte ich mir doch einen weißen Hund ausgesucht, wenigstens einen mit weißem Schweif, dachte er, aber dann fiel ihm ein, dass der Hund ihn ausgesucht hatte.

Ciccio, salve, sagte er, kommst du morgen wieder?

Aber der Hund war schon verschwunden. Vielleicht mag er keine Abschiedsszenen, dachte er, ich habe ihn gar nicht gestreichelt.

Im Salon des Hotels ließ er sich abseits auf einem Sessel nieder und bestellte eine Schokolade mit Zimt und Vanille. Das heiße Getränk verstärkte die Müdigkeit in den Beinen und verscheuchte die im Kopf. So blieb er sitzen, als zwei Engländer, jeder mit einer bauchigen Ledertasche in der Hand, den Salon betraten und ein Gespräch begannen, ohne Schopenhauer zu bemerken. Der eine war ein fester Mann, dessen Uhrkette einen gewaltigen Umfang zu überspannen hatte; er schien gerade so alt, als könne er der Vater des anderen Mannes sein, mit dem ihn eine Ähnlichkeit im Gesicht verband: lange Nase, gerötete Wangen und wuchernde Augenbrauen; nur den Wanst, den zeigte der Jüngere erst im Ansatz.

Goodness!, sagte der Alte und plumpste auf ein Sofa. Er öffnete die Tasche, nahm eine Flasche heraus und füllte zwei Gläser randvoll mit bernsteinfarbener Flüssigkeit. Ein jeder nahm einen tiefen Schluck.

Gut getan, gut getan, stöhnte der Alte, stell dir vor, wir hätten all das aufgepackt, wonach Seine Lordschaft so verlangte – wir hätten diesen herrlichen Tropfen nicht mehr unterbringen können.

Der jüngere Mann zog eine Grimasse, spreizte den kleinen Finger ab und sagte affektiert: Zahnbürsten besonders für die Innenseiten, dazu rotes Zahnpulver, und das schwarze nur *Lardner's Prepared Charcoal*, Magnesia, Peruanische Rinde, Myrrhentinktur, Soda, stapelweise Romane und Journale, und Macassaröl in Mengen.

Dabei ist Haarwuchs seiner Lordschaft geringstes Problem.

Eher sind die Dienste eines Barbiers vonnöten.

Mächtig schade, dass Mutters Plumpudding nur bis Ostende hielt, sagte der Alte, ich kann den italienischen Fraß nicht ausstehen.

Macaroni, Macaroni, näselte Junior.

Die beiden streiften die Schuhe ab. Sie tranken gleichzeitig aus ihren Gläsern.

Mir schien, er wolle platzen, als wir ihm das Kaleidoskop überreichten.

Er musste arg an sich halten.

Der jüngere Mann kicherte, schenkte sich und seinem Vater nach und prüfte den Stand der Flüssigkeit. Er holte eine volle Flasche aus seiner Tasche und entkorkte sie.

Zwei Stunden ließ er uns warten, sagte der Alte.

Unsereins sollte auf Stunden abrechnen, nicht wahr?

Und alle Aufregungen noch gesondert honorieren lassen.

Du meinst die Gondelfahrt am Nachmittag.

Tita, der rudernde Titan!

Zwei Menschen soll er auf dem Gewissen haben.

Falls er eines besitzt.

Mir scheint er wie ein Wilder, mit dem Bart und diesem Kopfpelz.

Fast hätte er unser Boot in die Gondelfähre gebohrt.

Es soll einen eisenverstärkten Bug haben.

Eine schwimmende Axt.

Rumms, und er hätte nochmals zwei Menschen auf dem Gewissen gehabt.

Dazu ein paar der Hiesigen.

Die können schwimmen, denk ich.

Besser, wir hätten's auch gelernt.

Die Verträge las er nicht einmal durch.

Er ist ein Lord, er ist ein Dichter, er schreibt Gedichte, er vertraut uns.

Ein Lord ohne Schloss.

Aber um vierundneunzigtausendfünfhundert Pfund Sterling reicher.

Die beiden schwiegen, tranken, schenkten nach. Schopenhauer sank in seinem Sessel zusammen. Er wollte das nicht hören. Aber er konnte auch nicht aufstehen und gehen.

Seiner Lordschaft Äußeres erschreckte mich, sagte der Alte.

Bleich wie ein walisischer Bergmann.

Er bewegt sich träge.

Doch geistig ist er flink.

Auch die Tränen stiegen ihm ins Auge.

Tränen der Rührung?

Der Wut, der Wut.

Froh bin ich, dass wir nicht zum Essen bleiben mussten.

Macaroni, Macaroni …

Komm, Vater, lass uns sehen, ob wir nicht irgendwo ein anständiges Beefsteak bekommen.

Plumpudding wird es ja nicht geben, sagte der Alte.

Schopenhauer sah den beiden nach, als sie mit kreisenden Armbewegungen und grummelnd den Raum verließen.

Ah ja, dachte er und spürte Ernüchterung, der Lord ist auch nur ein Mensch, wundern muss es einen, dass es einen wundern kann. Aber um solche Werke schaffen zu können, wie er es tut, muss man wohl *nur ein Mensch* sein.

Er rief den Burschen, der eben das Feuer nachschürte, zu sich und fragte, ob man ihm dort am Kamin eine Mahlzeit servieren könne. Sehr wohl, sagte der Diener, was der Herr zu speisen wünsche?

Makkaroni.

Maccheroni?, sagte Byron, die Nase über der Schüssel, schon wieder?

Maccheroni, sì, sagte Margarita Cogni, die Fornarina.

Zweiunddreißig Kerzen trug der Kronleuchter aus Muranoglas, aber nur sechs brannten, vierundzwanzig Gäste hätten um die Tafel sitzen können, nur sie beide saßen dort, unter einer dreihundert Jahre alten, reich geschnitzten, blattvergoldeten Balkendecke, an drei Seiten von seidenglänzenden Tapeten umgeben, vor einer feinen Porzellanschüssel, vielfarbig bemalt: bacchantische Szenen, tanzende Nymphen, Satyren … und aus der Schüssel stieg empor der infernalische Duft von Knoblauch.

Aglio e olio, sagte die Fornarina und fuhr mit einem Löffel unter die Nudeln, die Soldi sind knapp, der Knoblauch billig.

Soll ich ihr eröffnen, dass die Soldi seit heute Nachmittag nicht mehr knapp sind?, dachte Byron und ließ es bleiben.

In der einen Hand hatte er die Verträge gehalten, in der anderen das unsägliche Kaleidoskop – Hanson, der altvertraute, hamsterbackige, tränensackige Advokat in Person, nicht nur irgendein Bote. Byron kämpfte mit den Tränen und gleichzeitig hätte er den Mann am liebsten niedergeschrien, wieso das alles so entsetzlich lange hatte dauern müssen, diese unglaubliche Impertinenz, den Lord nach Genf bestellen zu wollen, und wo er denn die verdammten Bücher gelassen habe, die bei Murray zur Abholung gestanden hatten? Das Macassaröl? Das Zahnpulver? Und die anderen Dinge?

Doch er fiel für Minuten in Starre, bis ihm eine flaue Ansprache – Schön, schön, Hanson, hätte nie gedacht, Sie würden so weit reisen – über die Lippen kam. Dann hatte er die Papiere, unlesbarer Juristenjargon, nach flüchtiger Durchsicht unterzeichnet, wobei die Rührung so schnell verging wie der anfängliche Impuls, den alten Hanson an die Brust zu drücken. Auch der war nämlich, gleich anderen letzthin, auf den ersten Anblick Byrons zurückgezuckt wie eine

Katze, die mit der Nase zu nahe an einen Kaktus gerät. Das hatte Byron in Missstimmung geworfen, die Erleichterung beschwert über die nunmehr freundlichen Aussichten, das baldige Eintreffen fetter Kreditbriefe, gemästet aus Zinsen neu gewonnenen Vermögens. In der Tat bedauerlich, das Familienschloss zu verlieren, aber wer in einem venezianischen Palazzo saß, der konnte solch einen Verlust noch am ehesten ertragen.

An diesem Nachmittag hatte Byron einmal mehr gespürt, dass seinem Treiben, Tun und Lassen in Venedig eine Veränderung bevorstand, und gleichzeitig Empörung, ja Kränkung darüber empfunden, dass eine solche nötig sein könnte. In wenigen Wochen, kurz nach Weihnachten, begann der venezianische Karneval, und wenn es eine geeignete Zeit gab zur Umkehr, Einkehr, dann wohl nach dem Karneval, nicht davor. Mit einer gewissen Mäßigung beim Essen und beim Trinken jedoch würde er sich fürs Erste abfinden; das würde zur Kräftigung und Wiederherstellung seiner Virilität beitragen. Solange nur alte Männer und alte Freunde vor ihm zurückschreckten, sei's drum. Die Umarmung eines jungen Mädchens zählte, eines ganz bestimmten, welches jetzt, in dieser Stunde, zum *privatissimum* in dem Casino nahe Santa Maria Zobenigo eingetroffen sein musste – wenn Tita alles richtig eingeleitet hatte.

Ein paar Minzblättchen zum Kauen waren nach diesem Mahl wohl angeraten; die würde er im Vorbeigehen aus der Küche holen. Die jungen Dinger, dachte Byron, müssen nicht unbedingt erschnüffeln, was beim Lord auf den Tisch kommt.

Er schob den Teller weg und ging ans Fenster. Vor dem

Wassertor wartete Tita mit der Gondel. Der Fornarina, die ihn ohne Regung ansah, erklärte Byron, er wolle – auf einen Sprung – den Salon der Contessa Benzoni besuchen. Vor kurzem noch hätte solch eine Ankündigung einen Eifersuchtsanfall provoziert, allerhand Geschrei (auf einen Sprung? Du suchst dir nur wieder eine Neue zum Bespringen!), Aufstampfen, Fäusteballen, Fluchen und, ganz unvermeidlich, die Drohung, sich in den Kanal zu stürzen.

Wenn man mit der Mätresse schon wie mit einer altgewohnten Ehefrau zusammenlebt …, seufzte er innerlich und blickte zu der Fornarina, die in aller Ruhe Maccheroniröhrchen auf die drei Zinken ihrer Gabel fädelte.

Nein. Kein Eklat. Byron sackte noch ein wenig tiefer in die Melancholie.

Serenissima

Valabrègue wollte den Raddampfer nehmen, der schwarzen Rauch hervorpuffend im Hafen von Triest lag, und hatte einen halben Tag auf Madame Catalani eingeredet: Per Dampfschiff sei man in wenigen Stunden am Ziel, unabhängig von den im Herbst notorisch unzuverlässigen Winden der oberen Adria. Dazu die Bequemlichkeit. Die sauberen Kabinen. Warme Mahlzeiten.

Madame jedoch hatte sich gesträubt; zum einen misstraue sie derlei Maschinen aus Prinzip, man lese viel von explodierenden Dampfkesseln. Zum andern wolle sie ihre Stimme in reiner Seeluft baden und nicht rußigen Qualm atmen, welcher gewaltsam in ihre Kehle führe wie Eisenkugel und Bürste des Kehrers durch den Schornstein. Dem hatte Valabrègue wenig entgegenzusetzen; eine stimmlose oder krächzende Primadonna konnte er in Venedig, wo er ordentlich Reibach zu machen hoffte, gar nicht gebrauchen. Madame hegte romantische Vorstellungen – geblähte Segel, Bootsmannspfeifen, rasselnde Ankerkette – von der Einfahrt in den Bacino San Marco; denn so und nicht anders zog eine Diva in die Stadt ein, die man die Serenissima nannte, durch die Vordertür auf den Markusplatz, und nicht, wie beliebige Touristen, über den Dienstboteneingang, von Fusina her. Das müsse ein paar Stunden mehr auf See wohl wert sein, oder?

Valabrègue war dann missmutig losmarschiert, um ein Segelschiff aufzutreiben. Besonders aber hatte ihn erbost, dass der liederliche Student ihm in den Rücken gefallen war, dieser Fidelis von Morgenrot, der irgendwann, irgendwo noch im Slowenischen geholfen hatte, ihre Extrapostchaise aus dem Schlamm zu bergen, seither mit ihnen reiste und die Catalani ohne Punkt und Komma mit Schönreden charmierte. Valabrègue hatte mehrmals versucht, ihn loszuwerden, aber die Dame wollte den Schmeichler partout behalten, offensichtlich diese *ménage à trois* in Venedig weiterführen.

Am Ende aller Erkundungen kam nur die Passage auf einem kleinen, bemoosten *trabàcolo*, einem Zweimaster erheblichen Alters, in Frage. Da stand auch die Catalani zweifelnd, aber schweigend, am Kai. Von dem flach und breit gebauten Schiff wehte der Gestank von Tran und Käse herüber. Links und rechts des wie eine lange Nase aufragenden Bugholzes waren zwei geschnitzte und gemalte Augen angebracht, strahlend blau auf weiß, aus denen der *trabàcolo* beschämt ob seines traurigen Zustandes an den Passagieren vorbeischielte.

Die drei gingen an Bord, nachdem der Kapitän der Catalani seine Kabine angeboten und eine rasche Fahrt versprochen hatte. Äolus, der Beherrscher der Winde, hatte jedoch nichts versprochen. Mal ließ er aus der falschen Richtung blasen, mal gar nicht.

In der ersten Flaute, bald nach Ablegen, suchte Valabrègue noch das Vorteilhafte in der Windstille, die ungewellte See, musste dann jedoch feststellen, dass zur Seekrankheit bei ihm bereits der lange ruhige Atem des Meeres, die kaum spürbare Dünung genügte. Madame mied die muffige Kajüte. Bis kalter Sprühregen einsetzte.

Nach vierundzwanzig Stunden war man nicht weit gekommen. Fidelis bekämpfte Zeitgefühl und Langeweile mit dem Genuss seines besonderen Tabaks und pendelte zwischen brahmanischer Gelassenheit und studentischer Ausgelassenheit. Valabrègue, zunehmend gehässig, machte sich einen Spaß daraus, Madame in Abständen nach ihrer Stimme zu fragen; ob die Seeluft denn rechter Balsam sei, wie es dem hohen C gehe, ob er diese oder jene Bravourarie fest in den venezianischen Spielplan eintragen könne und derlei Sticheleien mehr.

Um die sechsundvierzigste Stunde auf See, die Enge zwischen dem Lido und der Punta Sabbioni war schon in Sicht, kam der Kapitän zu Valabrègue und erklärte verlegen, er könne gegen ablaufende Flut und bei widrigem Wind nicht in die Lagune einlaufen und wolle daher Chioggia ansteuern, um die Ladung zu löschen, er habe genug Zeit verloren. Sie, die verehrten Passagiere, könnten dort von Bord gehen, andernfalls das Beiboot sie hier am Strand des Lido absetzen würde. Seine Matrosen würden ihnen helfen das Gepäck auf die andere Seite der Insel zu bringen, von wo es ein Leichtes sei, den weiteren Transport nach Venedig zu organisieren.

Valabrègue, der schon einiges mit seiner Diva durchgemacht hatte, sah, was nun passieren würde, und duckte sich vorsorglich hinter eine Tonne. Als wäre ein Funke in eine Kiste Feuerwerkskörper geflogen – ein Krachen, Gleißen und Sausen ging auf, es pfiff, knallte und brauste, es flimmerte, glitzerte und funkelte, die Catalani heulte (ohne Rücksicht auf ihre Stimme) wie eine Besessene, den Kapitän ergriff das Zähneklappern. Weichen wollte er nach dieser Vorstellung allerdings nicht einen Zoll mehr, verweigerte am Ende gar die Hilfe der Matrosen.

Starr und stumm ließ sich die Diva von ihren Männern auf einer Planke in das Beiboot abseilen. Wasser schwappte zwischen Boot und Schiffsrumpf, erwischte ihre Seite. Valabrègue und Fidelis hoben sie am Strand aus dem Boot, eine Welle nässte sie bis zum Knie. Eine Hutschachtel trieb davon, die Catalani ließ sie treiben.

Als sie endlich am venezianischen Ufer des Lido ankamen, fanden sie keinen Gondoliere. Es war später Nachmittag, die letzten Touristen, die den galoppierenden Byron hatten sehen wollen, schon zurückgekehrt. Nach Einbruch der Dunkelheit (für die Catalani: das Herabstürzen der Finsternis) kamen zwei Fischer in ihrem Kahn vorüber. Sie sahen drei hoffnungslose Gestalten auf dem Steg und machten einen weit besseren Fang, als sie in dieser Nacht zu erhoffen hatten.

Wie eine nasse Katze krieche ich ans Ufer, hörte Valabrègue seine Frau murmeln, als sie über ein paar Stufen den Molo erklomm. Sie schritt entschlossen Richtung Piazza, geradewegs auf die Mitte der beiden Säulen zu, auf deren einer der geflügelte Markuslöwe wacht, und auf der anderen Sankt Theodor die Lanze hält. Valabrègue sah es mit Entsetzen, wollte rufen, aber die Kälte hatte seine Kiefer blockiert; er wollte sie aufhalten, aber er hing mit einer Gürtelschlaufe am schwersten der drei Überseekoffer fest.

Eine Bettlerin saß auf dem Säulenpodest und raunte: Geh niemals zwischen den Säulen! und hielt die Hand für den wohlgemeinten Rat auf.

Verdammter dummer Aberglaube, fauchte die Catalani, welches Unglück kann mir denn noch zustoßen?

Valabrègue schloss die Augen und hoffte, dies alles sei nicht passiert, denn es war doch allzu unwahrscheinlich, oder? – Fidelis hob unbeteiligt die Schultern und fachte ein Pfeifchen an:

Als Brahmane habe ich meine Verfehlungen frühestens im nächsten Leben zu büßen, sagte er, das lässt sich im Hier und Jetzt gut abwarten.

Vertraute Fremde

An seinem zweiten Tag in Venedig machte Schopenhauer den Fehler, abseits des Markusplatzes ein Kaffeehaus zu betreten, aus dem er deutsche Stimmen gehört hatte. Ein Rudel junger Männer hatte den Ort zu einer Rauch- und Debattierkammer gemacht; sie lagerten dort breit über alle Tische und Bänke, als hätten sie ihren eigenen, etwas verkommenen Salon eröffnet, kommandierten den Wirt herum, überboten einander in kunsthistorischen Betrachtungen, indem sie die Wucht ihrer Argumente durch heisere Lautstärke unterstrichen und die allerfestesten Standpunkte in gefährlich schwankender Positur verkündeten.

Er hätte auf der Schwelle umkehren sollen, er tat es fast, aber das dröhnende Dutzend brüllte ihm sofort Nur herein, Freund deutscher Zunge (und italischen Weins)! entgegen; so tappte er in den Dunst dieser Höhle expatriierten germanischen Studententums, in vager Erinnerung an Dresdner Kneipen voller solcher Krakeeler und manchen (allzu leicht) errungenen rhetorischen Sieg. Man schaffte Raum für den Ankömmling, fuhr frischen Wein auf, stellte sich vor; Schopenhauer sah rote Augen, zerraufte Frisuren und Vollbärte, fahrige Gesten, hörte die Dialekte und hätte eine Karte aller deutschen Länder mit diesen Gesichtern gleichmäßig verteilt illustrieren können. Man nahm gerade Paolo Veroneses

Gastmahl im Hause Levis durch (das die Horde am Morgen in der Akademie bestaunt hatte) und stritt über die Frage, ob die deutschen Landsknechte, die Hunde, Gaukler und Zwerge, die Veronese in den Vordergrund der Abendmahlszene gemalt hatte, berechtigterweise zu dem kirchlichen Bann des Bildes geführt hatten, oder ob Veronese recht darin getan hatte, sich der Inquisition zu widersetzen, indem er das Bild sozusagen profanierte und ihm den unverfänglichen Titel gab, den es nun trug, anstatt es umzumalen – als sei es wirklich nur die Abbildung eines beliebigen Gastmahls, ereiferte man sich, als glänze nicht die Heiligkeit aus dem Antlitz des Christus (oder eben des Gastgebers), als sei nicht aus jeder einzelnen Figur am Bankett ergeben apostolische Gefolgschaft herauszulesen (ausgenommen den gehörig verschlagenen, unverkennbaren Judasdarsteller).

Das salbungsvolle Geschwätz begann Schopenhauer zu langweilen, und er sagte, er wundere sich eher, dass die Inquisition sich derart hatte hereinlegen lassen; übrigens: die Betitelung falle einzig in die Hoheit des Künstlers, dem überhaupt das Gekläffe der Interpreten so gleichgültig sein könne wie dem Mond das Heulen der Wölfe, und ob es die Anwesenden lieber gesehen hätten, dass Veronese auf dem Titel »Abendmahl« beharrt hätte und deswegen auf dem Scheiterhaufen gelandet wäre? Oder als Künstler gescheitert, wenn er die Szenerie nach der Vorstellung einer bornierten, in unsinnigen Dogmen erstarrten katholischen Religion umgestaltet hätte?

Dann trat ein rarer Moment der Stille ein, und wenn der Rauch sich ebenso wundersam gelichtet hätte, man hätte einige verdutzte Gesichter gesehen. Einer fing sich rascher, begann zu leiern, auf solch einem Gemälde, von wegen der

Heiligkeit, da dürfe eben keine Figur in ihren Zähnen herumstochern, das sei lästerlich, genauso wie die lutherischen Landsknechte, die Zwerge, die räudigen Köter, alles schändlich: Aufs Bild gehörten aus sittlicher Sicht nur Jesus und seine Jünger – aber Schopenhauer reichte es, und er rief: Ach gehen Sie mir doch mit Ihren zwölf Philistern aus Jerusalem!

Dann ging allerdings *er*, und durchaus in Eile, denn die Truppe machte Anstalten, ihn am Mantelkragen zu packen und hinauszuwerfen. An der Tür verkündete er noch, die deutsche Nation sei doch von allen die dümmste, und machte, dass er wegkam, um rasch im Getümmel des Markusplatzes aufzugehen. Die Gassen um das bewusste Kaffeehaus mied er künftig, überhaupt alle Ansammlungen von Fremden, besonders wenn sie deutsch sprachen. – Ob die Angelegenheit den Eintrag wert war, bezweifelte er, ins Reisebuch notierte er dennoch:

Wenn ich doch nur die Illusion loswerden könnte, dieses Kröten- und Ottern-Gezücht für meinesgleichen anzusehen: da wäre mir viel geholfen.

Hinter einem Hund durch Venedig ziehen, war das nicht etwas wunderlich? Aber hätte er sonst Carlo getroffen, den Wurstmacher, oder Quadri, den langarmigen Papierhändler? Überall waren Reisende zu sehen, die ein Cicerone (seinen Regenschirm als Zauberstab schwingend) mit seltsamen Formeln besprach; sie klangen wie *cinquecentomeravigliososeicentogloriososettecentograndiosoottocentoodioso*. Dermaßen gebannt, ließen sich die Menschen mit offenen Mündern und schweren Augenlidern von Platz zu Kirche zu Palazzo zu

Galerie treiben und mit Namen, Zahlen und Anekdoten beregnen, in der Hoffnung, das mitgebrachte, kümmerliche Pflänzchen namens Bildung würde darunter aufschießen und noch blühen, wenn sie wieder zu Hause wären, um gehörig damit zu renommieren.

Was für ein erbärmliches Schauspiel, dachte er, dann lieber mit Hund, außerdem sieht es doch immer so aus, als ginge er mit mir, nicht ich mit ihm.

Im selben Moment kam Ciccio durch den schmalen Spalt auf den Hinterhof. Schopenhauer zog einen Knochen hervor, den er sich beim Hotelkoch geholt hatte, und hielt ihn dem Hund hin. Der schnüffelte kurz, schnappte zu und trabte los, Schopenhauer folgte im Laufschritt. Der Hund querte den Platz vor der Kirche San Moisè, lief über die Brücke, die den gleichnamigen Kanal überspannt, sprang hinunter auf das Bankett und verschwand unter dem Brückenbogen. Nach einer Minute kam er zurück. Ein Sandkruste auf der Nase verriet Schopenhauer, dass er den Knochen vergraben hatte. Ciccio klappte das eine Ohr kurz ab und steuerte Carlos Laden an.

Dieser, stellte Schopenhauer fest, betrieb an sonnigen und trockenen Tagen (wie es einer war) eine veritable Wirtschaft. Dazu brauchte er nur ein paar Kisten und ausgediente Fässer; die meisten seiner Gäste brachten ihre Stühle mit. Carlo schwenkte einen aus Weidenruten geflochtenen Fächer heftig über einem eisernen Eimer, um die Holzkohle darin zum Glühen zu bringen. Daneben standen eine hölzerne Schüssel, die gelbweißen Grieß enthielt, ein großer, angerußter Kessel, und eine stämmige Frau, die gerade die Ärmel über ihren dicken Armen aufrollte.

Meine Mutter, sagte Carlo, legte den Fächer weg, und rieb die Hände aneinander. Heute gibt es Polenta, und wenn Paolo bald von der Lagune zurückkommt, dazu eine frische Entenleber. Und wenn nicht, nicht.

Wie auch immer, Ihr seid zu früh dran, sagte Carlos Mutter, sobald Ihr den Schuss der Mittagskanone hört, kehrt zurück.

Nach einer recht ziellosen Wanderung durch die Gassen erreichten Mann und Hund wieder den Ort, an dem die *barcheta da traghetto* zwischen den Ufern des Canal Grande pendelte. Ciccio rollte sich zu einem Schläfchen zusammen und Schopenhauer betrachtete den Palazzo gegenüber, der das Licht der Sonne nun fast exakt von der Seite erhielt. Die Säulenreihen im ersten und im zweiten Geschoss standen hell vor den noch beschatteten Rundbogenfenstern.

Wäre ich ein gewöhnlicher Kunstfreund, ein Leser aller Reiseführer, und nicht ein Philosoph, dachte er, würde ich dort drüben Schönheit, Anmut, Pracht und Anspruch sehen, die Glorie einer Familie, die Größe Venedigs. Ich sehe aber: einen Kampf zwischen Schwere und Starrheit. Schwere, weil alle Materie, sich selbst überlassen, zum Erdkörper drängt; und Starrheit, die sich gegen das Zerfließen der Materie sträubt, die mittelbar oder unmittelbar die Materie auf ihrem Weg zum Erdmittelpunkt hemmt. Die Starrheit kommt in der Form von Pfeilern, Säulen und Gewölben und ist mannigfach in jedem schönen Gebäude tätig.

Dass nun dieser wuchtige Quader so aus dem Wasser aufzusteigen, auf dem Wasser zu ruhen schien, gab Schopenhauers Theorie der schönen Baukunst einen amüsanten Kniff; die Erscheinung probierte einen Aufstand gegen Schwere und

Starrheit. Er wusste natürlich, dass der Palast, auf tausend Eichenstämme gestützt, sehr wohl geerdet war, gegen den Augenschein ließ sich doch immer schwer nur argumentieren. Die Ausprägungen der Fassade betrachtete er missbilligend; vor allem die Säulenreihen mit ihren geschmacklosen Verzierungen, ihren Doppelungen und Verdreifachungen in ionischen und korinthischen Säulen. Übertreibung und Schnickschnack allüberall, leere Symmetrie als geometrische Übung ohne Zweckmäßigkeit. Schopenhauer mühte sich, die Idee dieses Palastes zu erfassen, stattdessen erschien ihm das Bild einer wohlgefüllten Geldtruhe. Allenfalls das vom Wasser aufgespiegelte Licht, das ein flüchtiges Flirren und eine vage Vibration auf die Säulen zeichnete, machte eine Subtraktion an einem Haus, das ein steinernes Symbol von Addition sein wollte.

Der Mündungsdonner der Mittagskanone kam den Canal Grande heraufgerollt, von den Bauten links und rechts gebündelt, und lief weiter um den scharfen Knick auf den Rialto zu, an Schopenhauers Platz einen knappen Nachhall hinterlassend. Kurz überlegte er, ob er nicht die Empfehlungskarte bei dem Papierschneider holen sollte, aber Ciccio trabte schon los.

Schopenhauer folgte auf wieder neuen Wegen, nicht ohne das eine oder andere Déjà-vu, dennoch unfähig, die Route in einen Plan zu übersetzen. Am Campo San Fantin erkannte er das Theater wieder. Ein Mann riss dort mit wütendem Gehabe alle Zettel und Papiere von einer Tafel. Aus einer umgehängten Stofftasche zog er ein gefaltetes Plakat und einige kurze Nägel. Als Hammer benutzte er die abgerundete Rückseite eines Stimmschlüssels. Schon der zweite Schlag glitt ab und traf Daumen und Zeigefinger. Nun warf der

Mann den Schlüssel nieder und fluchte wie die normannischen Austernfischer, die Schopenhauer in seiner Kindheit in Le Havre erlebt hatte, in französischer Sprache und einigermaßen gotteslästerlich. Das Plakat hing schief an einem Nagel, aber Schopenhauer konnte das Wort, das in fettesten Lettern gedruckt war, gut erkennen: CATALANI.

Carlos Mutter hieß Stella, und Schopenhauer schwor ihr, sich und Carlo, all den anderen, die die Polenta genossen hatten, in der nächsten klaren Nacht einen Stern am Firmament auszusuchen, den er *Stella polenta stupendissima* nennen lassen würde (es musste ja irgendwo eine Akademie geben, welche die neu entdeckten Himmelskörper in die Sternkarten eintrug).

Mamma Stella lächelte vergnügt, während Carlo erklärte, worauf es ankomme: rühren, rühren und rühren, was einfach scheine, aber wie alles Einfache schwierig sei. Manche rührten Polenta, bis der Löffel breche und die Masse wie Mörtel schmecke, und, weiß Gott, in manchem Haus der Stadt halte verpatzte Polenta die Steine aufeinander, mehr schlecht als recht; aber besser so, als solch einen Fraß den Schlund hinunterzustopfen. Eine feine, wahre Polenta entfalte unter der Nase einen Duft, der zart an Bienenwachs erinnere, und lege sich um Gaumen und Zunge wie eine flaumige Daune. Vor allem aber dürfe man niemals den Belag, der sich an der Kesselwand festsetze, abschaben.

Die Beilage von Entenleber fiel bescheiden aus, denn Paolo war einer gut gelaunten österreichischen Patrouille über den Weg gelaufen, die zwecks Abstrafung nur drei seiner vier Enten requirierte. Dafür hatte Schopenhauer die Zeche für vier oder fünf Flaschen Wein übernommen, die so exquisit seien (wie Carlo verkündete), dass man sie keinesfalls verdünnt trinken dürfe. Ein gutes Dutzend Freunde Carlos und Nachbarn hielten sich getreulich an das Verdikt des Wurstmachers, den man als außerordentlichen Weinkenner lobte.

Als die Schüsseln weggeräumt waren, nahm ein jeder seinen Becher und seinen Untersatz, ob es ein Stuhl, eine Tonne oder Kiste war, und folgte dem warmen hellen Flecken, den die Sonne Stück um Stück über den Platz verschob.

An diesem Nachmittag (Schopenhauer hatte das Gefühl, es müsse ein Sonntagnachmittag sein) dachte er zum ersten Mal daran, länger in Venedig zu bleiben als beabsichtigt. So wenig er sich in diesem Moment hätte erheben können, so wenig erschien ihm die Weiterreise denkbar; Florenz und Rom und Neapel würden ihm nicht davonlaufen. Und für die eine bewusste Angelegenheit war es noch zu früh.

Wenn er dieser Tage etwas in sein Reisebuch notierte, begann er oft mit den Worten »Ich habe gesagt …«, oder in einer ähnlichen Formulierung, weil er immer öfter – und das mit größtem Vergnügen – feststellen konnte, dass seine Lehre für taugliche Abbilder der Wirklichkeit stand und nicht für irrsinnige Phantastereien über das »Absolute« und derlei – apropos solcher Hanswurstiaden: Wer hätte ihn schon unter venezianischen Wurstmachern vermutet? Quandt hätte ihn ausgelacht, Adele sich gegraust. Dabei hatte er schon vor langer Zeit verstanden: *Man muss lernen, auch in der Gesellschaft einsam zu sein, nicht alles, was man denkt, anderen mitteilen, noch es genau nehmen, mit dem was sie sagen, und keinesfalls den Gleichmut verlieren. Man muss also, mitten unter ihnen, nie ganz in ihrer Gesellschaft sein. So betrach-*

tet ist dann die Gesellschaft einem Feuer zu vergleichen, an dem der Kluge sich in einiger Entfernung wärmt.

Bei dem empfundenen Wohlgefühl mochte die Zufriedenheit mitgespielt haben, die ein wohlgefüllter Bauch erzeugt, den eine sanfte Sonne bescheint; dazu diese Gesellschaft, die ihn freundlich schwatzend einhüllte und sein ließ, was er war, ein Fremder unter Vertrauten; die ihn nicht herausforderte und ihm nichts gab, woran er sich hätte reiben können oder wollen; die ihren Abstand hielt, so dass er sagen konnte: *Mir werden und sind die nah Bekannten oft fremd und die Fremden oft vertraut, und ich rede zu ihnen allen dieselbe Sprache*.

Dies also machte sein Wohlbefinden unter diesen Leuten aus. Und natürlich die ein, zwei, drei Tröpfchen von Carlos Edlem – und ein langer, bohrender Blick aus zwei dunklen Augen, dem er nicht lange standhielt, weil er, ganz und gar unerklärlich, plötzliches und ausgiebiges Interesse an seinen Stiefelspitzen fand und diese anstarren musste. Als diese Faszination abebbte, war die junge Frau verschwunden.

Teresa

Vom Campanile her kam ein Mann gerannt, etwa vierzig Fuß hinter ihm zwei österreichische Polizisten, die atemlos Halt, Halt! schrien. Schopenhauer hatte es zunächst nicht bemerkt, aber da die Menschen, die vor ihm in Richtung Piazzetta dei Leoni gingen, unter dem Uhrturm mit seinen beiden Mohrenfiguren – da diese Leute sich mit einem Mal umdrehten, um den Grund des Aufruhrs zu erfahren, blickten sie an Schopenhauer vorbei auf die Laufenden.

Der Verfolgte in der leuchtend roten Jacke kam jetzt auf Höhe des Mittelportals der Markuskirche, die Polizisten hatten aufgeschlossen. Durch einen Schwarm Tauben lief der Mann und fuchtelte mit den Armen, um die aufsteigenden Vögel abzuwehren. Wenn er in wenigen Sekunden die nordwestliche Ecke der Basilika umrunden würde, dann wäre er für kurze Zeit außer Sicht.

Schopenhauer machte drei schnelle lange Schritte. Er riss mit der linken Hand den Hut herunter und fasste mit der rechten nach dem Kragen seines Mantels, den er um die Schulter gehängt hatte.

Fang!, rief er.

Der Mann drehte im Lauf den Kopf zu Schopenhauer, wirbelte anderthalbmal um seine Achse. Immer noch laufend, schnappte er nach dem segelnden Mantel, dann nach dem Hut, den Schopenhauer mit einem ordentlichen Drall losgeschickt hatte. Seinen eigenen ließ der Mann fallen; auf der Krempe rollte er vor den Karren eines Gemüsehändlers.

Aus dem Augenwinkel sah Schopenhauer die beiden bronzenen Figuren auf dem Uhrturm zum Schlag ausholen, aber ihre Hämmer berührten niemals die Glocke. Dieselben Menschen, die gerade noch das unbarmherzige Publikum eines Spektakels mit zu erwartendem Ausgang waren – einer Verhaftung, einer Schlägerei –, gingen wieder ihrer Wege, sprachen über die Dinge, die sie zuvor besprochen hatten, blickten vor sich auf das Pflaster, hingen ihren Gedanken nach. Der Gemüsehändler schob seinen Karren über den Strohhut, und begann seine Waren anzupreisen.

Der Mann, in den Mantel gehüllt, Schopenhauers Hut auf dem Kopf, stand nun still, eine Hand in die Hüfte gestützt, die andere an die Wange gelegt (womit er einen guten Teil seines Bartes zusammenraffte und bedeckte), und schien ein Detail der Kirchenfassade zu studieren.

Schopenhauer blickte abwechselnd auf die erstarrten Bronzefiguren und die Polizisten, aber nicht auf den Bärtigen. Die Uniformierten hielten, sahen sich an und rundherum, brüllten: Wohin ist er?

Dann rannten sie ins Gewühl der Merceria, eine Hand am Hut, die andere am Säbel, der ständig zwischen die Beine zu geraten drohte. Das Knallen ihrer Stiefel hallte noch eine Zeit über den Platz und mischte sich in die Glockenschläge vom Uhrturm. (Am nächsten Tag berichtete die *Gazzetta Privilegiata di Venexia,* dass das Räderwerk, das die Figuren in Bewegung versetzt, blockiert gewesen war. Offenbar hatte eine nestbauende Taube, die in den Turm eingedrungen war, ein Zweiglein verloren, das zwischen die Zahnräder geriet und dem Mechanismus eine Minute zu widerstehen vermochte, bis es brach und im Werk zerrieben wurde.)

Der Bärtige hatte bis zum sechsten und letzten Schlag gewartet.

Ich hoffe, Sie sind kein Gauner, dem ich die verdiente Kerkerstrafe erspart habe, sagte Schopenhauer, aber Uniformen kann ich nun einmal nicht leiden.

Danke, danke, sagte der Mann, noch atemlos. Er gab Hut und Mantel zurück, drückte Schopenhauers Hand und verschwand.

Der Gemüsehändler kam auf ihn zu, machte einen Bückling und hielt ihm den Strohhut des Bärtigen hin.

Bitte, wenn Ihr ihn seht, gebt ihm doch seinen Hut.

Was soll ich damit, wer ist er denn?

Den kennt hier jeder. Tita ist der Gondoliere von Milordo Byron.

Sieh an, sagte Schopenhauer. Er drehte den Strohhut eine Weile in den Händen. Und er nahm sich vor, die Karte am nächsten Morgen bei dem Papierschneider abzuholen, der seine Arbeit bestimmt gewissenhaft erledigt hatte.

Er träumte von Augen. Träumte von einem Strohhut groß wie ein Wagenrad, der in irren Kreisen über den Markusplatz rollte, verfolgt von zwei Polizisten, die ihn haschen wollten und dabei ständig auf die Nase fielen. Bürger und Bettler standen herum und klatschten. Im Traum sah er sich durch die Gassen gehen. Er kam an einen Palast und hob seine Empfehlungskarte gegen das Tor. Das Tor öffnete sich. Er trat in einen Hof und vor ein weiteres Tor. Auch dieses öffnete er mit der Karte. In einem langen Gang schwang eins ums andere Portal auf, sobald er mit der Karte nahe kam. Nach dem letzten schritt er in einen großen, prächtig ausgeschmückten Saal voller maskierter Menschen. Er spürte, dass er die Empfehlung einer der Masken geben musste; alle streckten sie die Hände aus und rückten näher, kreisten ihn langsam ein.

Dann saß er minutenlang auf der Bettkante, während der Traum rapide verblasste; zuerst das Bild von dem Gesicht, das zu den Augen gehörte.

Das Leben und die Träume sind Blätter eines und desselben Buches, dachte er und rieb sich die Augen, bis bunte Funken flimmerten: Gut, schlagen wir eine neue Seite auf.

In der Waschschüssel fand er sich gespiegelt, Stirn und Augen verdeckt von überfallenden Haarsträhnen. Er tauchte beide Hände ins Wasser, schöpfte einiges davon ins Gesicht, über Kopf und Hals. Er sah sein Bild aus bewegter Verzerrung neu entstehen.

Warum, trotz aller Spiegel, weiß man eigentlich nicht, wie man aussieht?, murmelte er: Weil man sich selbst nicht als einen Fremden anschauen kann, und wenn, was zweifelhaft ist, *Ich* hier überhaupt ein *Nicht-Ich* erkennt, dann eines, das einen Barbier braucht.

Ciccio wartete vor dem Hinterausgang.

Wie sehe ich aus?, fragte Schopenhauer, der zuvor seine gewaschenen und geplätteten Hemden beim Concierge des Hotels abgeholt hatte. Er trug eines mit weitem Kragen, dazu ein tiefdunkelblaues Seidentuch, einmal geknotet und die Enden unter die Hemdbrust gesteckt. In einer abseitigen Gasse betrat er eine winzige Barbierstube und ließ sich die Wangen blankschaben.

Schneiden Sie auch die Haare?, fragte er. Der Barbier zog Kamm und Schere hervor.

Schön, sagte er nach dem Schnitt und zeigte die Fingernägel. Der Barbier ging an die Arbeit. Danach aber, als er eine grobe Zange schwenkte, mit dem Finger seinen Mundwinkel weit zurückzog, zahlte Schopenhauer eilig und ging.

Carlo stand hinter der Theke und schliff zwei lange Messer aneinander. Er hörte auf und schnüffelte. Süßer Duft überlagerte das scharfwürzige Aroma der herumhängenden Rauchwürste.

Der Barbier hat mich großzügig mit Eau de fleur de violette gewässert, sagte Schopenhauer.

Siehst gut aus, sagte Carlo, aber sie ist nicht hier.

Wer denn? Schopenhauer tippte mit der Fingerspitze an eine Wurst. Die Bemerkung des Wurstmachers war ohnehin in sein schlechtes Ohr hineingesagt gewesen.

Ich dachte ..., sagte Carlo und lachte leise. Er warf Ciccio ein Stück Schwarte zu.

Ich muss noch einmal zu Quadri, sagte Schopenhauer, die Karte abholen, die ich ihm zum Beschneiden überließ.

Möchtest du ein *panino*?, fragte Carlo.

Gern, sagte Schopenhauer, dankbar für alles, was zu einem harmlosen Gespräch taugte. Er nahm den mehlbestäubten Fladen, den Carlo mit einer ordentlichen Lage dünn geschnittener Wurstscheiben gefüllt hatte, und ging vor die Tür. Carlo folgte, händereibend. Etwas Irritierendes hat sie doch, diese Angewohnheit, dachte Schopenhauer.

Gefällt es dir in unserer Stadt?, fragte Carlo.

O ja, sagte Schopenhauer kauend, doch, sehr.

Was besonders?

Ach, die Palazzi, die Kirchen, Statuen, die Gondeln, Kanäle, alles eben, was so gefällt.

Jaja, sagte Carlo mit einem Unterton von Ungeduld und einer wegwerfenden Handbewegung: Was ist mit *bel sangue?*

Schopenhauer deutete auf seine vollen Backen und nahm gleich noch einen gewaltigen Bissen. Warum kam keine Kundschaft, den Wurstmacher zu beschäftigen? Was wollte der denn? Wollte er ihm Mädchen andienen? Als ob das ein Problem wäre; gestern Abend auf der Piazza hatte er sie in Schwärmen gesehen – und sie ihn. Diese Dämchen kamen auf Tuchfühlung heran, ob man wollte oder nicht. Er beobachtete Carlo, wie er dort am Türstock lehnte; er konnte in seiner freundlichen und offenen Miene keinen bösen Hintersinn entdecken. Und, vor allen anderen Dingen, der Gedanke verweigerte sich fast der klaren Formulierung – sie konnte ja wohl keine *solche* sein. Aber was war Carlo in Beziehung auf sie, Vater, Onkel, Ehemann …? Er kaute inzwischen einen Brei und wollte dennoch nicht schlucken.

Reizend, hübsch, die allermeisten, sagte er schließlich, eine richtig Garstige habe ich noch nicht gesehen.

Und eine wahre Schönheit, eine echte venezianische Belladonna?, fragte Carlo.

Als Nein kam heraus, was eigentlich heißen sollte: Ja! Hier bei dir. Aber er fügte nur an: Ich bin erst eine Woche hier.

Das ist lang, sagte Carlo zufrieden, länger als die meisten bleiben.

Ciccio kam zu Schopenhauers Rettung, setzte sich vor ihn, offenbar bereit zu gehen, denn er klopfte mit dem Schwanz heftig auf den Boden.

Kommst du am Nachmittag noch einmal zu uns? Es sollte eine Frage sein, klang aber nach einer Aufforderung.

Schopenhauer nickte und wandte sich im Gehen um. Es sah wirklich so aus, als würde Carlo sich die Hände befriedigt reiben – als ob ihm ein Plan gelänge.

Manchmal lief Schopenhauer wie mit Scheuklappen über Straßen und Plätze; in Dresden war das oft der Fall gewesen, da gab es viel zu denken und zu überdenken, während der Arbeit an seinem Buch, da benutzte er, wenn er unterwegs war, seine Augen nur dazu, um Zusammenstöße zu vermeiden. In solch einem Zustand folgte er Ciccio zu dem Papierschneider; der Hund hätte aber auch jedes andere Ziel ansteuern können.

Quadri schwenkte einen seiner langen Arme zur Begrüßung und griff mit der anderen Hand in ein Fach hinter sich.

Ist wie neu, sagte er.

Fein, kühl, glatt, flach und um den Betrag der abgeschnittenen Kanten kleiner lag sie auf Schopenhauers Fingern. Die Anrede an Byron, fünf kurze Zeilen, scharf und unverwischt, Arthur Schopenhauers voller Name zwischendrin, darunter Goethes Signatur. Bin in guter Gesellschaft, dachte er, auf dem Papier sieht es so einfach aus, so angemessen – oder doch eher anmaßend? Was haben die drei denn miteinander zu tun, wo ist die Verbindung?

Sind Sie zufrieden, *signore?*, fragte Quadri.

Schopenhauer lobte die Arbeit und zählte drei kleine Münzen auf den Tisch.

Er ging ein paar Schritte über den Campo und blieb mittendrin stehen. Die Leintücher auf den Wäscheleinen waren fadenscheinig, eingerissen und tausendfach geflickt. Vor ein paar Tagen hatte die Sonne dem Platz temporäre Vergoldung vergönnt, die Laken hatten hell geleuchtet im Gegenlicht. Jetzt blies ein leichter Wind Staub auf. Schopenhauer fragte sich, wie es nach einem Regentag aussehen möge. Am Auslass zu einer Gasse verkaufte ein Mann gebratenen Kürbis. Auf einem verbeulten, durchlöcherten Blech zischten und rauchten die handtellergroßen Keile, bis sie eine blasenwerfende Kruste erhielten, so schwarz wie der Ruß im Gesicht des Verkäufers. Schopenhauer schwamm ein bisschen mit dem Treiben mit, gelangte zu einem Markt: ein halbes Dutzend Frauen und Männer neben Weidenkörben. Der eine hatte den Korb voll lebender Krebse und beschäftigte zwei Betteljungen, die ihm beständig die Ausreißer zurückbrachten. Eine Händlerin flocht Zwiebeln in Stränge von getrockneten Maisblättern ein. Weitere boten Gemüse an, Bohnen, Kohlrabi, Rüben, Kartoffeln, allesamt ärmliche, zusammengeschnurrte Knollen, Wurzeln und Hülsen. Das war alles nicht sehr aufregend, doch er ging von Korb zu Korb, sah in diese Gasse hinein, in die nächste, umrundete den vom Kirchturm gebliebenen Stummel, fragte sich, wie hoch dieser einmal gewesen war.

Er trödelte.

Am nördlichen Ende des Campo pfiff er eine Gondel heran. Den *barcaiolo* ließ er erst hinauf zum Ponte Rialto fahren, dann abwärts, zwischen den Ufern pendelnd, damit er wechselnd die linke und die rechte Seite beschauen konnte; eigentlich aber, damit die Fahrt so schnell nicht zu Ende wäre. Das Angebot des Gesangs schlug er aus. Bald war der

Mann ohnehin außer Atem, da er in Schlangenlinie herumkurvte, dauernd Warnrufe ausstoßen musste. Diese waren nicht minder melodisch, als es seine Barkarolen mutmaßlich gewesen wären, aber deutlich weniger lieblich.

Schopenhauer hockte auf dem Stühlchen und quittierte die Ansagen des Gondoliere mit zerstreutem Nicken und flüchtigen Blicken. Nur den Palazzo Mocenigo studierte er eingehender. Er dachte an den Strohhut, an die Karte in seiner Tasche, an das Augenpaar, das ihn so herausfordernd angesehen hatte, an Florenz und Rom, an das Buch, eine ferne Heimkehr und was wohl wichtig wäre, und in welcher Reihenfolge, und ob er Entscheidungen erzwingen müsse oder besser einfach abwarten solle, um zu sehen, was die Tage bringen würden. In drei Ruderschlägen hätte der Gondoliere den Anleger vor dem Palazzo erreichen und festmachen können. Eine Karte, fünf Worte, fünfzehn Schritte, dachte er, und ich stehe vor ihm.

Doch das andere war wichtiger. *Jetzt* wichtiger.

Am Campo San Vidal ließ er die Gondel halten und bezahlte dem Ruderer ohne Protest ein Heidengeld. Dann folgte er seinem Hund.

Wie ging das alles zu; dass einer, der die Welt erklären wollte, sich von derselben Welt so verwirren ließ? Vielleicht war das einer dieser Fälle, in denen man sich aus dem Zangengriff der Vernunft befreien und seinem Gefühl vertrauen musste. In seinem Buch hatte er es doch beschrieben: *Wo es schneller Entschlüsse, kecken Handelns, raschen und festen Ergreifens bedarf, ist zwar Vernunft nötig, sie kann aber, wenn sie die Oberhand gewinnt und das intuitive, unmittelbare, rein verständliche Ausfinden und zugleich Ergreifen des Rechten verwirrend hindert und Unentschlossenheit herbeiführt, leicht alles verderben.*

Keckes Handeln, murmelte er, ist allemal vonnöten, sonst kann leicht alles verderben.

Er hatte sich kaum auf eine der Tonnen vor Carlos Geschäft gesetzt, da kam sie heraus, mit einem Eimer unter dem Arm. Ein ellenlanger, entleerter Schweinedarm hing über den Eimerrand und schwang nach, als sie abrupt innehielt. Schopenhauer merkte durchaus, wie er mit den Augen dem pendelnden Schweinedarm folgte – erstaunlich in der Tat, wie die Ausschläge immer geringer werden, aber die Zeitspanne zwischen den Wendepunkten gleich bleibt –, bis er sich losriss und merkte, dass sie auf seine Stiefelspitzen starrte, und dies nicht nur für einen Augenblick.

Uhm, was ist denn mit meinen Stiefeln?, fragte Schopenhauer nach einiger Zeit. Er hätte sich räuspern sollen, denn er klang heiser und schwach.

Das hab ich mich auch gefragt, anderntags, sagte sie und sah ihn an.

Ihre Augen waren nicht einmal so sehr dunkel, zwischen braun und grün, und ihr Blick auch nicht durchdringend, eher eine vorweggenommene, freundliche Berührung. Er starrte, wartete auf Worte, schwieg und fühlte sich erinnert an eine Zeit in Kindertagen, als er unter einem brennenden Ausschlag litt. Die Kinderfrau, um ihm die Angst zu nehmen, strich mit demselben Federchen, auf das sie gleich die Heilsalbe auftragen würde, über seine Wangen. Das sanfte Kitzeln mit dem Versprechen, den Schmerz zu stillen, war als Erinnerung der Bilder, Worte und der Namen längst eingeschlafen; wenn sie erwachte, dann als ein summendes Gefühl, das der Körper lange vor dem Verstand verstand, und einmal da, war es kaum mehr niederzudrücken – nicht einmal von rauher Rede:

Bewundere du nur weiter deine Stiefel, oder soll ich mir ein Stück vom Schweinedarm als Schleifchen ins Haar binden?

Sie lachte und ging zum Kanal. Für eine, die einen Kübel Gedärme ausleerte, tat sie es anmutig, mit einer energischen Drehung des Oberkörpers aus der Hüfte, so dass ihr kittelartiges, stumpfweißes Kleid die Formen ihres Körpers abbildete, und eine aufgesteckte Haarsträhne sich löste.

– Verschwinde, Vernunft, deine Ratschläge sind für jetzt zu langatmig, komm zurück, Geistesgegenwart – Warte, sagte er. Die junge Frau hatte offenbar wenig Geduld mit … mit Idioten. Sie stellte den Eimer vor ihm ab. Er schob das übelriechende Behältnis mit dem Fuß auf die Seite.

Wie heißt du?

Teresa. Und du?

Arthur.

Teresa schob die Strähne aus dem Gesicht und versuchte sie irgendwo in den aufgetürmten Haarmassen festzumachen, ohne ihn aus den Augen zu lassen.

Nein, sah Schopenhauer, sie sind wohl eher braun, mit dunkelgrünen Einsprengseln, man müsste näher kommen, freilich. Alles andere ist eindeutig das, was es ist.

Mit den über Kopf gereckten Armen spannte die reichlich blutbefleckte Bluse. Sie sagte: Ich helfe Onkel Carlo manchmal mit den Würsten.

Aufs Stichwort rief der Onkel aus den Tiefen seines Ladens: Teresa! Glaubst du, die Därme füllen sich von selbst? Nur solange das Schaf noch lebt!

Schopenhauer sprang von der Tonne auf. Einen halben Kopf größer bin ich, dachte er. Teresa griff nach dem Kübel.

Du hast es gehört.

Sagt sie das bedauernd? Oder ist sie froh? Er räusperte sich. Wenn er etwas sagen würde, dann aber mit fester Stimme. Nur was?

Teresa wartete.

Das ist ein schönes Halstuch, sagte sie.

Was für ein Halstuch?, dachte er, und bevor ihm eine Antwort auf die Frage in die Quere kommen sollte, fragte er:

Sehe ich dich wieder? Bist du öfter hier?

Wer weiß, sagte Teresa. Ein Lächeln noch, dann ließ sie ihn stehen.

Er bewegte sich nicht von der Stelle, so lange, bis er bemerkte, dass er auf seine Stiefelspitzen sah. Er holte tief Luft.

Vielleicht sollte ich mir mit Kreide darauf schreiben: Vergiss die Stiefelspitzen, so wie Kant einmal in sein Notizbuch geschrieben hat: *Lampe ist zu vergessen* – Lampe, der Kammerdiener, an dem er hing, der gehen musste, weil er zu viel soff.

Aus der Tiefe des Ladens waren Stimmen zu hören, aber nach ihm rief niemand, auch nicht, als er nach ein paar weiteren Minuten auf den Ausgang des Campo Carlo (so nannte er den kleinen Platz inzwischen) zuging.

Und schon wieder bin ich ausgewählt worden, dachte er, und an die Unmöglichkeit, denkend einen Gedanken vergessen zu können, an die Unmöglichkeit dachte er, überhaupt irgendetwas *wegdenken* zu können, und ob das nicht der eigentliche Stein der Weisen wäre, wenn dies irgendwann gelänge.

Ciccio kam wedelnd von irgendwo, aber Schopenhauer beachtete ihn nicht.

Katzenfleisch

Wie!, hatte Zar Alexander ausgerufen, seine weichen, schwitzenden Hände knetend, die Backen gerötet – sie sind nicht einmal Christenmenschen, jene, welche Ihr Brachmanen nennt?

Metternich hatte seine bedenklichste Miene aufgesetzt und genickt. Eigentlich hatte er diese seltsamen Gestalten nicht erwähnen wollen; zum einen, weil der Zar genug fixiert auf die studentischen Germanomanen war, zum anderen, weil die Geschichte doch ein wenig übertrieben schien. Sehr übertrieben. Er hatte herzlich gelacht, als der Bericht des Albuin Hochkofler eintraf; dieser war wohl närrisch geworden zwischen Büchern und Lexika, indem er seinen Freibrief zur spekulativen Ausschmückung allzu weit gedehnt hatte. Der Chef der Geheimpolizei freilich, ein humorloser Mann, hatte sicher schon seine Spitzel auf die Brachmanen gehetzt.

Man hatte lange getagt, alles beredet; man hatte die Freiheitsbewegungen gewogen und beschlossen, die Beobachtung zu verstärken und noch schärfer gegen freie und freche Rede und Denkungsart einzuschreiten. Metternich hatte lange referiert, aber der Zar war immer noch ein wenig ausführlicher gewesen und hatte mit großer Passion von der kraftvollen Wiedergeburt der *Heiligen Allianz* der großen

Nationen Europas geschwärmt, mehrere tränenfeuchte Monologe geführt, wiederholt dargelegt, wie man die Völker, unter Hinabreichung edelster, aber gestrenger Grundsätze, vor sich selbst und schädlichen Elementen aller Art bewahren wolle.

Friedrich Wilhelm, der Preußenkönig, scharrte mit dem Stiefelabsatz, bis das Parkett stumpf war, Lord Castlereagh stellte und stellte seine Taschenuhr und Graf Richelieu bedeckte einen Bogen Papier mit immer kunstfertiger gepinselten Bourbonenlilien.

Metternich, gewillt den Schwall zu dämmen, doch gehindert vom Protokoll, musste lange warten, bis Kaiser Franz mürrisch brummte: Nun ist's aber endlich einmal gut, Alexander – und dieser pausierte, um die nassen Wangen zu trocknen. Da warf der Fürst flink seinen Knalleffekt ein:

Im Übrigen, und um die Wichtigkeit all unserer Bestrebungen zu unterstreichen, sei abschließend darauf hingewiesen, dass der österreichischen Polizei eine neuartige Gruppierung von Insurgenten auffällig geworden sei, die vorläufig als Brachmanen zu bezeichnen seien und die, nebst anderen aufrührerischen Capricen, Ideen zur Befreiung der Zugtiere von Fron und Joch pflegten.

Der Zar setzte also zu neuerlicher Entrüstung an. Da erhoben sich die versammelten Monarchen und Exzellenzen entschlossen murmelnd aus ihren Sesseln und beendeten umstandslos den Kongress zu Aachen. Metternich raffte seine Papiere zusammen und trat an ein Fenster. Er blickte hinaus in einen Park und sah dem Wind zu, wie er Blätter aus den Bäumen stieß.

Mein guter, armer venezianischer Provinzgouverneur,

dachte er durchaus amüsiert, hat für sein Finale nun einen zweiten Mühlstein um den Hals, zu Byron noch Hochkoflers Brachmanen: An diesen Karneval wird er sich noch lange erinnern, der brave Graf.

Nach dem Abgang der Herren *direttori* blieb Peter Graf Goëß noch eine Weile; er hatte keine Eile nach Hause zu kommen. Goëß war ein drahtiger, aber zierlicher Mann von vierundvierzig Jahren, der seinen schon ergrauten Kopf gerne abstützte – Hände unter dem Kinn und seitlich zum Kelch geformt – und mit den Zeigefingern über den Backenbart strich, wenn er in Gedanken versunken war. In dieser Haltung saß er im großen Versammlungssaal des Palazzo Corner della Ca' Grande und erwartete das Eintreffen irgendeiner Idee, die ihn aus dieser Erstarrung befreien würde. Andernfalls säße er noch in Stunden dort.

Mein Gott, Lemberg. Das hatte in der Tat den Geruch einer Strafversetzung. Ausgerechnet Galizien, das östlichste Kronland des Reiches, hinter dem Staubvorhang der russischen Steppen. Da würde er sicher keinen Lord Byron antreffen, der immerhin ein paarmal den wahrlich nicht illustren Salon der Gräfin Goëß beehrt hatte. Madame jedenfalls war seit zwei Wochen (als der Brief vom Ballhausplatz eingetroffen war) untröstlich, unpässlich, unleidlich und zischte ihm bei jeder Gelegenheit – als wollte sie ihn verfluchen – das eine Wort zu: *Transkarpatien*.

Gute drei Monate noch lagen vor ihm, viele Tage, an denen er, wie die Venezianer sagten, *bella figura* machen konnte, in Richtung Ballhausplatz natürlich, für Metternich, der ihm das alles eingebrockt hatte, aber auch für die Piazza und all die Campi der Stadt. Bis zum Ende des Karnevals durfte nichts passieren, nichts entgleiten, nichts, was seinem Ruf als untadeliger Verwalter österreichischer Interessen in Lombardo-Venetien schaden konnte. Dann würde man ihn bald aus der Lemberger Diaspora zurückholen und endlich und verdientermaßen in Wien postieren. Besser noch, er könnte seinen Namen mit Ruhm und Ehre aufladen, bevor er Venedig verließ (und vielleicht noch um die Versetzung nach Lemberg herumkommen). Aber wie, wie nur?

Die zuvor überstandene Sitzung hatte auch dazu keinen Aufschluss gebracht. Begonnen hatte der Conte d'Inzaghi mit seinen konfus gesponnenen Girlanden zur italienisch-lombardisch-vatikanischen Politik, während derer Goëß gedanklich in Lemberg weilte: Gab es dort ein Theater? *Hoffentlich.* Wie lange dauerte der Winter? *Ewig.* Von was lebten die Menschen? Steckrüben, das hatte er einmal gehört, nichts als Steckrüben, etwas anderes wuchs ja nicht im Steppensand.

Der Direktor für Öffentliche Ordnung hatte dann berichtet, im Cannaregio habe man Metzger erwischt, die ohne Erlaubnis eingeführte Pferde vom Festland geschlachtet hätten. Und im Sestiere Castello sei eine gewisse Anna Imperi tätig, die Katzenfleisch koche und verkaufe, und dies bei reger Nachfrage, denn besseres Fleisch könnten sich die Armen nicht leisten.

Der Gouverneur hatte die Augen geschlossen. War das nicht furchtbar? Würde man nach seiner Amtszeit in den Chroniken schreiben: *Unter Graf Goëß wurden erfreulichste Fortschritte in der Bekämpfung der Seuchen erzielt, namentlich des Typhus und der Malaria. – Die Venezianer aßen*

Katzenfleisch, das, delikat zubereitet, den Ruhm der venetischen Küche mehrte.

Er hatte die zugigen Bretterbuden der entfernten Viertel gesehen, ihre Bewohner schliefen in ungezieferverseuchter, schimmliger Streu; kleine, schmutzige Menschen, die nie Schuhe besitzen würden und sich im Winter Lumpen um die Füße wickelten. Die Armut schickte ihre Bettelarmeen nach San Marco, ein paar Soldi zu ergattern, für einen Kohlkopf, ein Talglicht – von ihm aus auch für einen Katzenbraten zum Sonntagsmahl. Und wenn sie Ratten speisten, roh oder gekocht, *bitte sehr* – aber in einem Rapport an Wien würde man niemals lesen, der Gouverneur habe dies wissentlich geduldet. Sonst würde Metternich ihn gar auf den Balkan schicken – Gott behüte.

Am Schluss der Sitzung hatte Polizeidirektor Anton von Vogel seinen Auftritt gehabt, dieser rohe Mensch in seiner geckenhaften, weißrot längsgestreiften Samtweste. An dem Mann war alles grob, und Goëß verabscheute alles Grobe: die fahrigen Bewegungen, mit denen Vogel seine Rede unterstrich, die Rede selbst, da er lispelte und zischte, sein Gesicht, die rauhe und rote Haut, die Schläuche von Lippen vor schiefen Zähnen, die rot durchschossenen Augäpfel, das flachsfarbene, strohig wuchernde Haar, das kein Zwei- oder Dreispitz niederdrücken konnte, es sei denn, man hätte ihn mit einem Stein beschwert.

Vogel hatte ihm mit triumphierender Miene ein Kärtchen vorgelegt, das einer seiner Spitzel kopiert hatte, eine Empfehlung Goethes, ausgestellt für einen gewissen Schopenhauer, an Lord Byron. Dies hatte Goëß überrascht, mehr noch die Mitteilung Vogels, dass dieser Schopenhauer einem unerhört gefährlichen Geheimbund angehöre, dem der »Brachmanen«, welche mit den hiesigen Carbonari paktieren wollten. Dann hatte Vogel einen Studenten mit dem unwahrscheinlichen Namen Fidelis von Morgenrot hervorgezogen, der vor ein paar Nächten unter höchst konspirativen Umständen mit der – jawohl – weltberühmten Operndiva Angelica Catalani samt Gemahl eingetroffen sei.

Vor dieses Panoptikum perfider Verschwörung gestellt, hatte Goëß eigentlich nur noch eines gewollt: nach Hause, aber dort wütete Madame Gräfin zwischen eisernem Schweigen und Schreianfällen.

Sie passen mir gut auf, Vogel?, hatte der Gouverneur eindringlich gebeten, und Vogel hatte mit breiten Lippen geschmatzt: Wie ein Schweißhund, Exzellenz.

Ich bitte drum, auf diese Brachmanen besonders. Dass nichts aus dem Ruder läuft. Mit den Celebritäten, Catalani und Byron, kann man's nicht machen, aber der Morgenrot und dieser Schopenhauer, die werden doch bald abreisen, nach Florenz, Rom, nicht wahr?

Aber sicher, hatte Vogel gesagt, und wie ich dabei nachhelfen werde!

Und jetzt saß der venezianische Provinzgouverneur auf Abruf, Peter Graf Goëß, den Kopf im Kelch seiner Hände, schon über eine Stunde in einem leeren Saal des Palastes und wartete auf das Lichtlein irgendeiner Idee. Aber es wurde nur dunkler.

Hier sind die Löwen

Er legte die restaurierte Empfehlungskarte zwischen die Seiten des *Oupnek'hat,* damit sie flach bliebe und würdig verstaut sei. Als dauernden Begleiter in der Westentasche brauchte er sie nicht; Byron würde er wohl kaum zufällig über den Weg laufen, um ihm dann das Papier unter die Nase zu halten. Eher noch würde er den Strohhut zurückgeben.

Wer weiß, hatte Teresa gesagt, aber ihm hatte es geklungen wie: Morgen ist auch noch ein Tag.

Der Tag war trübe. Nebel, dicht und angriffslustig, wickelte sich wie ein nasses Handtuch um seinen Hals, sobald er vor die Tür trat. Der Hund, den er mit dem Recht der Gewohnheit erwartete, ließ sich nicht blicken; auch nicht auf dem Platz vor San Moisé. Dort stand Schopenhauer einige Zeit unschlüssig herum: links über die Brücke, Richtung Campo Carlo, oder rechts ins Herz der Stadt? Jeden Tag konnte er nun nicht bei Carlo erscheinen, seit gestern erst recht nicht. Wie sähe das denn aus: Man könnte ihn leicht für einen Narren halten. Vielleicht machten sie noch immer Wurst; oder dass es heute ans Räuchern ging und Teresa die Rauchkammer beaufsichtigen müsste. Ach nein, dachte er, wertvolle Güter soll man rar halten, damit sie es bleiben.

Ohne Hund, bei Nebelkälte – ein Tag für eine Gemäldegalerie. Irgendwann einmal musste es ja sein.

In wenigen Minuten hatte er die Piazza erreicht und überquert. Das Billett für die Besichtigung des Dogenpalastes kostete zehn Centesimi, und Schopenhauer begann über die Goldene Treppe hinaufzusteigen, um in die Säle zu gelangen. Jeder Schritt minderte seine ohnehin nur unter Anstrengung aufgerufene Begeisterung. Pracht und Prunk und Prahlerei bedrängten und bedrückten ihn, und mochte die Decke im Saal des Großen Rates auch noch so hoch sein, sie drohte ihm auf den Kopf zu fallen, und er wollte sich nicht die Genickstarre holen, nur um Gemälde in der Vertikalen zu bestaunen. Dann die endlose Serie der Dogenporträts, ein Symbol der Austauschbarkeit, obwohl ein jeder hochwichtig dreinblickte, als sei er je der Einzige gewesen – mit Ausnahme des Marino Faliero, dessen Gesicht mit einem schwarzen Vorhang überpinselt worden war, um die Schande zu tilgen, die er der Republik zugefügt hatte. Es hatte auch nicht gutgehen können mit dem Manne, las Schopenhauer in dem Heftchen, das im Eintrittspreis enthalten war, da dieser bei seiner Ankunft am Molo zwischen den beiden Säulen hindurchgeschritten war. Sechs Monate später schlugen sie ihm den Kopf ab, eben zwischen diesen Säulen. Was wohl zu beweisen war, dachte Schopenhauer, schon vergnügter.

Am Eingang zum Saal des Zehnerrats entdeckte er ein Löwenkopfrelief, in dessen briefschlitzförmiges Maul ehedem die Denunzianten ihre Anzeigen gestopft hatten. Er versenkte das Heftchen darin. Die Sala dei Filosofi wollte er noch besichtigen (ob sie halte, was ihr Name verspreche, ob gar ein Plätzchen für ihn übrig sei) und dann den Palast verlassen. Er durchquerte einen mit Landkarten ausgemalten Raum, welche die Ausdehnung der venezianischen Herrschaft zu ihren besten Zeiten zeigten. Tief im Süden endete sie dort, wo geschrieben stand: *hic sunt leones.* Hier sind die Löwen: Geht nicht weiter.

Wenn es so einfach wäre, dachte er, wer warnt uns vor den Eseln, die nun wirklich allüberall herumstehen und ihr kreischendes Lied singen? – Das wird wohl meine Aufgabe sein.

Philosophen fand er nicht, aber ein Dutzend Bilder des Hieronymus Bosch und zwei Besucher, die ergriffen vor einem schmalen Hochformat verharrten (die Dame hielt die Hände gefaltet, der Herr ließ den Kopf hängen, den Mund offen, die Augäpfel auf oberen Anschlag gedreht, so starrte er auf das Gemälde). Schopenhauer stellte sich neben sie. Aus finsterem Wolkengequirl (wie wenn man schwarze Tinte in ein Glas Wasser tröpfelt und sachte rührt) schwebten nackte Seelen, geleitet von Engeln, hinauf zu einer Röhre, an deren Ende gleißendes Licht strahlte. *Flug zum Himmel* besagte der seitlich angeklebte Zettel.

Gott, wenn du bist, errette aus dem Grabe meine Seele – wenn ich eine habe, flüsterte Schopenhauer.

Das ist die Höhe, junger Mann!, rief der Herr in einem norddeutschen Nasalton, was sind das für unverschämte Bemerkungen, da wir hier in Andacht versunken stehen. Seinen scheußlichen Atheismus möge Er gefälligst für sich behalten.

Bitte die Korrektur zu verzeihen, das ist kein Atheismus, werter Herr, sagte Schopenhauer im Gehen, es ist das Gebet eines Skeptikers.

Locker lief er über die Treppen in den Hof des Dogenpalastes. Was jetzt, dachte er, eine Tüte Taubenfutter kaufen und zum Erschrecken der Flaneure auf der Piazza nach den geflügelten Ratten treten?

Die Lust auf ungebührliches Verhalten verließ ihn auch nicht, als er unter den Bögen der Neuen Prokuratien schlenderte. Er erwog, im Café Florian eine Tasse zu trinken, fand dort zu viele Fremde und händeringende, Reden schwingende Lokalgrößen, und gegenüber im Café Quadri zu viel österreichisches Militär. So pendelte er in der Mitte des Platzes ein und trat nach einer fetten Taube, die seinem Fuß zu nahe gekommen war.

Aber nein, sprach eine Stimme sanft, wir sind Brahmanen.

Schopenhauer endete doch im *Florian*. Der Kaffee duftete fein, kostete ein Vermögen, die Tapeten waren abgewetzt von drängelnden Leibern und die dünne Vergoldung der Kaffeelöffelchen längst abgeleckt. Fidelis wartete nicht lange und erzählte ungefragt, was seit dem Abschied hinter dem Semmering passiert und wem er Reisebegleiter gewesen war: Die Sängerin, die berühmte Catalani, habe alle Einwände Valabrègues ignoriert; eingeschnappt sei dieser die folgenden Tage auf dem Bock gesessen und habe die Übellaune am Kutscher ausgelassen, und der seinen Verdruss über die Peitsche an die Pferde weitergegeben; aber den asketischen Brahmanen habe er in seiner Lage kaum geben können, sagte Fidelis, das meine Arthur wohl auch?

Schopenhauer hob nur die Schultern und bestellte noch eine Tasse Kaffee.

Stattdessen habe er, Fidelis, den mittelalterlichen Prinzen gemimt, er sei jedes Mal in Verzückung geraten, wenn eine Burg- oder Klosterruine zu sehen war. Er habe den Minnedienst gepriesen, aber achtgegeben, Keuschheit und Entsagung nicht allzu sehr zu betonen, und Madame habe stets mit Entzücken gelauscht. Er habe die Frische ihres Gesichtes, ihre lebhafte Stimme gerühmt, die Anmut ihrer Bewegungen, ihre Kleider, Hüte, ihren Witz, ihre Lieder, und wenn er damit durch gewesen sei, habe er wieder von vorne begonnen.

Das kann ich mir gut vorstellen, sagte Schopenhauer.

Die Catalani habe Fidelis von einer venezianischen Sitte berichtet, die ihm neu, doch unmittelbar einleuchtend gewesen sei – wiewohl gewisse Regeln zu befolgen seien: Die *dama* und ihr *amico* hätten sich immer in tadellos freundschaftlicher Pose zu zeigen, der *cavalier* seiner *amica* stets den Schal, den Sonnenschirm und alle möglichen anderen Dinge nachzutragen, und ansonsten habe alles seinen gewohnten Gang zu gehen – die Ehe sei schließlich heilig; zumindest die Fassade derselben.

So ist es gekommen – und du, was hält dich?, fragte Fidelis, ich dachte, du seist schon weitergezogen.

Viel länger werde ich nicht bleiben, sagte Schopenhauer.

Ich hab mich nach dir umgeschaut, aber wo hast du dich herumgetrieben?

Das, lieber Fidelis, dachte Schopenhauer, ist das Letzte, was ich dir erzählen werde. Er sagte: Ach, mehr auf den Seitenpfaden.

Fidelis rückte näher an den Tisch: Verborgene Schönheiten gesucht?

Alles findet mich in diesen Tagen, sogar du, dachte Schopenhauer, ich suche gar nichts, und es ist mir recht, wenn es noch ein Weilchen so bleibt.

Wenn die Schönheit überall so offen sichtbar ist, warum dann im Verborgenen suchen?, sagte er. Nein, das ist es nicht.

Was ist es dann? Fidelis hatte Witterung aufgenommen.

Schopenhauer griff unwillkürlich an seine Westentasche; aber die Empfehlung lag im *Oupnek'hat*. Dem Fidelis würde er jetzt eine Fährte auslegen, die weg vom Campo Carlo führte, weg von Teresa. Das würde den Studenten gehörig beeindrucken.

Ich habe von Goethe ein Empfehlungsschreiben erhalten, sagte er, und weiß nicht recht, was ich damit machen soll.

Von *dem* Goethe?

Ein Freund – Schopenhauer zögerte – der Familie.

Das hättest du erzählen können! Empfehlung an wen?

Fidelis beugte sich noch weiter nach vorne. Sein Polsterstühlchen kippelte auf den Vorderbeinen, als es krachend zerbrach, seine Ellenbogen abrutschten und er mit dem Kinn auf der Tischplatte aufschlug. Die Tassen flogen.

Schopenhauer unterdrückte ein Lachen. Es war vielleicht keine gute Idee gewesen, die Empfehlung zu erwähnen, aber dies war ein perfekter Ausfall auf der Fechtbahn gewesen, der Gegner ungedeckt. Er musste jetzt nur noch *touché* sagen.

Lord Byron.

Byron! Bist du närrisch!, schrie Fidelis im Aufrappeln und verursachte ein sekundenlanges Schweigen im Café. Köpfe drehten sich in alle Richtungen, ein paar Gäste sprangen auf, dann stieg das Gemurmel auf doppelte Lautstärke. Fidelis griff nach einem intakten Stuhl. Er schüttelte den Kopf.

Das hättest du erzählen müssen, Freund, sagte er, ich bin enttäuscht.

Schopenhauer hob die Schultern: Was ist schon dabei?

Bitte was? Liest du die Zeitungen? Byron ist unser Gott. Er ist der Prophet des befreiten Lebens, nichts Irdisches beschwert ihn, er ist der wahre Schmerzensreiche, der Poet der Melancholie, ein Mann der tiefsten Empfindungen, er traktiert die Spießer ganz gehörig!

Wenn du wüsstest, dachte Schopenhauer, sprich einmal mit seinen Advokaten.

Fidelis zupfte an seinem Hemdkragen, der sich wie ein Paar Schwingen vor seinem schlanken Hals auffaltete.

Schau, ich trage mein Hemd nach byronischer Mode und – er streckte das von weit geschnittenem Stoff umflatterte Bein aus – ebenso die Hosen.

Er legte die Hände an die Schläfen.

Und ich gedenke die Haare nach vorne zu kämmen. Offen gestanden ist mir, als gliche ich ihm ganz gewaltig.

Schopenhauer sah dem wortlos zu und wunderte sich, dass einer die Kopie eines anderen sein wollte. Der Student erhob sich, strich die Haarsträhnen aus dem Gesicht und begann zu deklamieren:

She walks in beauty, like the night
Of cloudless climes and starry skies;
And all that's best of dark and bright
Meet in her aspect and her eyes:
Thus mellow'd to that tender light
Which heaven to gaudy day denies.

Eine junge Frau, feuerrot im Gesicht, kam an den Tisch und streckte einen Bleistift und ein Büchlein hin. Fidelis griff zu und kritzelte heftig darin herum. Schopenhauer hoffte nur, er würde nicht als Lord Byron unterzeichnen.

Natürlich nicht, sagte Fidelis und grinste wie der Missetäter, der er war. Ich habe sie für heute Abend an die Riva bestellt. Da zitier ich ihr den Junker Harold – *ich weilte auf Venedigs Seufzerbogen* und so weiter, und dann – fort an einen stillen Ort.

Sie bestellten zwei Tassen Kaffee und süßes Gebäck.

Nun im Ernst, Arthur, sagte Fidelis, du gibst die Karte ab, was anderes kann's doch nicht sein.

Er sah die Zweifelsfalte in Schopenhauers Stirn und fuhr fort: Das ist der Heilige Gral, ein Ritterschlag, das Zauberwort, dein Glückslos, dein … was auch immer, jedenfalls öffnet es dir alle Türen, auch die, die du noch nicht kanntest.

Das ist es ja, sagte Schopenhauer.

Pimpirimpara. Sieh es so: Europas größter Dichter empfiehlt dich Europas hervorragendstem Dichter. Meinethalben auch andersherum.

Das ist es ja.

Was denn, um Gottes willen? Fidelis ließ seine Hände auffliegen und kraftlos auf den Tisch stürzen.

Mein Buch ist noch nicht einmal erschienen. Ich habe nichts vorzuweisen. Soll ich Anekdoten aus Goethes Weimar erzählen?

Wenn es sein muss. Glaub mir, ihr werdet euch gut verstehen.

Ich kenne das Gefühl, mit einem Glas in der Hand am Rand einer Gesellschaft zu stehen.

Vom Rand ist es immer am besten, wie im Polentakessel, sagte Fidelis: und dann zur Mitte vorstoßen.

Ach ja, sagte Schopenhauer abwesend. Er wollte noch zur Hauptpost im Palazzo Grimani gehen und sehen, ob etwas für ihn angekommen war; Nachricht vom Buch etwa, das Buch selbst, irgendetwas, das ihm helfen würde, Entscheidungen zu treffen.

Kurz nach dem Verlassen des Cafés wäre Schopenhauer beinahe in den Lauf eines Mannes geraten, der sich laut redend, blind für seine Umwelt und mit schaufelnden Armen durch die Menschenmengen grub.

Fidelis riss seinen Freund zurück: Halt. Das ist Valabrègue. Dem muss ich jetzt nicht begegnen.

Sciope-au-är'e? Come si bukstabire?, fragte der Mann hinter dem Schalter in einer Mischung aus Venezianisch und Deutsch.

Esse – tschi – akka – ò – pi – è – enne, begann Schopenhauer.

Der Postbedienstete legte einen Umschlag hin: links unten ein ins Papier geprägter Greif mit der Tatze auf dem Wappenschild – *F. A. Brockhaus, Leipzig*. Schopenhauer fühlte die Hitze auf den Wangen und ein Kribbeln in den Fingerspitzen. Er ging durch das Wassertor hinaus. Es dämmerte bereits; deswegen entzifferte er den verwischten Datumsstempel erst, als er unter einer Laterne stand: Vom Tag vor meiner Abreise, ich kann mir denken, was er schreibt.

Der letzte Satz traf ihn, doch noch mehr schmerzte, dass er überhaupt weh tun konnte: *Ich hoffe nur, dass meine Befürchtung, an Ihrem Werke bloß Makulatur zu drucken, nicht in Erfüllung gehen werde.*

Hic sunt leones, dachte er, aber wird schon nicht, wird schon nicht.

In der Post ließ er sich Papier und Feder geben. Dann schrieb er an Quandt: Ob dieser dem Brockhaus noch einmal auf die Finger hauen möge? Nicht, wie bisher, im unverbindlich-netten Tonfall, sondern rechtschaffen grob. Gerne unter Verwendung von Drohungen aller Art. Wenn es von ihm, Schopenhauer, stamme, sei dies dem Brockhaus durchaus vertraut, grober Keil auf groben Klotz, und dies von beiden Seiten. Zwecks Beschleunigung der Buchpublikation sei alles erlaubt. Er würde zwar gerne selber schreiben, aber Brockhaus weigere sich erklärtermaßen, Briefe von ihm zu öffnen. Venedig im Übrigen sei herrlich, er werde aus verschiedenen Gründen noch unbestimmte Zeit bleiben. Quandt solle bis auf weiteres postlagernd an die hiesige Hauptpost adressieren.

Damit war auch das gesagt.

Meide den Dorn

Valabrègue probte Text:

Werter, hochverehrter Rat von Tschurtschentaler, Watzenecker, Kraxen'auser (wie immer du in deiner krachenden Sprache heißen mögest), mein Name ist Valabrègue, ich bin Gemahl und Impresario der weltberühmten Madame Catalani, welche sich beehrt, in dieser herrlichen Stadt (die ihr Österreicher uns Franzosen gestohlen habt) zu gastieren. Unsere Konzertanzeigen finden Sie allerorten angeschlagen (nachdem ich die der Konkurrenz abgerissen habe, vor allem jene eurer – *rrrrmmffftatata* – Militärblasmusik, oh, nimm Er gefälligst seinen allergelangweiltesten Blick aus der Visage). Ich suche an um Protektion einer kommerziellen Unternehmung, welche (hier, friss meinen Köder) das Angebot einer Teilhaberschaft enthält wie folgt: Im Karneval, der am Tag nach Weihnacht beginnt, singen die Menschen Lieder, spielen die Musikanten Stücke, die genossen, vulgo konsumiert werden wie Wein und Speise – doch niemand bezahlt. Man muss also einen Weg finden, erst zu monopolisieren und dann zu kapitalisieren. Ich, Valabrègue, habe ihn gefunden! Zwar so: Die zauberhafte Madame Catalani etabliert jenes Lied, das sich in die Gehörgänge der Menschen einnisten wird wie der Kuckuck im Starennest: Ausgewählt habe ich *Lascia la spina* vom alten Händel (ich weiß, kein Österreicher, ein Sachse, ganz gleich), welcher immerhin eine Zeitlang in Venedig gewirkt hat. Das Lied ist nicht von dieser tumben Fröhlichkeit, kein Karnevalsliedchen, gerade deswegen! Es lässt die Menschen innehalten (Sie kennen es, es geht *'mm, 'mm… 'm-'m, 'mmmm 'um, 'im, 'um-'um, 'um* und so fort), sich kurz besinnen, und dann weiterweiterweiter im wilden Karneval. Es bringt dieses angenehme Frösteln, das ein jeder zwischendurch ersehnen wird, nach Ausschweifung, Speise und Rausch, man wird es singen, summen, stammeln, pfeifen. Sie werden süchtig danach werden.

Madame Catalani wird es bei jeder ihrer Darbietungen zu Beginn und Ende bringen, damit ist die Saat gesät, das Stück geadelt für die höheren Klassen. Wir lassen Notenblätter drucken, mit einer bestimmten Note einen Halbton verschoben, daran erkennen wir später die Raubdrucke. Es gibt Variationen für die Kirchenorgeln, damit ist das gemeine Volk am Haken (ja und auch für eure Blasmusik soll's Noten geben), für die Caféhausorchester, die Stehgeiger, die Drehorgelspieler. Wir lassen Spieluhren bauen, die wir mit einem Stich der Madame Catalani ins Paket geschnürt verkaufen werden, und zwar *en masse*. Wir bieten Kärtchen feil, die den Text verbreiten, bemalte Tellerchen, Tonpfeifchen, Schnickschnack und Firlefanz, nur immer mit der Rose und der Catalani.

Sie fragen nach dem Nutzen (insbesondere für dich in Person)? Mit dem Monopol auf dieses Stück beanspruchen wir – meine Wenigkeit, die Provinzialverwaltung, inkorporiert durch den Direktor für Öffentliche Ordnung und personifiziert durch Euer Gnaden, werter Rat – den *usus fructus,* den Nießbrauch auf alles, was nur irgend mit dem Stück zu tun hat. Ich übernehme die kommerziellen Aspekte der Angelegenheit, Sie die Überwachung und die Ahndung unrechtmäßiger Übertretungen, wo sie angetroffen werden, in welcher Form auch immer (Polizisten habt ihr ja genügend herumlaufen). Geteilt, so ist mein vorteilhaftes Angebot, wird siebzig-dreißig (und fünfundfünfzig-fünfundvierzig ist mein letztes Wort, wobei deine zehn Prozent bei den fünfundvierzig sind, werter Rat).

Murmelnd und gestikulierend überquerte Valabrègue einen Platz; dabei übersah er sogar den Liebhaber seiner Frau, der dort mit einem jungen Mann sprach. Dann bog er ein in den schmalen Weg, der zum Nebeneingang des Palazzo Corner della Ca' Grande führte. *Allons enfants de la patrie*, summte er, bevor er der Schildwache seine Papiere zeigte.

Pflücke die Rose

Wenn Ciccio vor dem Hinterausgang wartete, dann wollte Schopenhauer zum Campo Carlo gehen.

Der Hund war nicht zu sehen.

Er kehrte um, den Hut des Gondoliere zu holen. Dann fragte er den erstbesten Jungen auf der Gasse, wo er Tita finden könne (aufsuchen würde er ihn überall – nur nicht im oder um den Palazzo Mocenigo). Der Junge machte ein ratloses Gesicht und zeigte auf einen Gondoliere, der den Rio di San Moisé herabgefahren kam.

Keine Ahnung, sagte auch der Mann, aber spring ins Boot, vielleicht wissen es die anderen.

Mit dem Strohhut in der Hand stellte Schopenhauer am Molo seine Frage einem guten Dutzend Gondolieri, die ein gutes Dutzend Antworten und Mutmaßungen produzierten. Alle erkannten das blau-weiß schräg gestreifte Hutband, aber keiner hatte Tita an diesem Tag gesehen. Daher konnte er wohl nicht auf dem Wasser unterwegs sein, folgerte einer. Aber Tita sei nie weit von seinem Boot – da bleibe nur die Gondelwerft, und die Mocenigos hätten ihre Gondeln seit Urzeiten bei den Meistern von San Trovaso. Schopenhauer belohnte den Mann für seine makellose Ableitung des Schlusses aus einem Dutzend gefühlter Tatsachen mit einer Fahrt zu der genannten Werft.

Sie nahmen den Canal Grande ein Stück aufwärts, um dann, einige Bootslängen jenseits der Akademiegalerie in den Rio di San Gervasio e Protasio einzubiegen. Kurz danach steuerte der Gondoliere sein Gefährt längs an eine flach aus dem Wasser aufsteigende Rampe aus Holzbohlen, die seitlich von zwei niedrigen, zur Rampe hin offenen Werkstätten begrenzt war. Drei Gondeln lagen nebeneinander auf dem Trockenen. Es roch nach Pech, Teer, altem Holz und Sägespänen. Vier Arbeiter waren dabei, eine der Gondeln auf die Seite zu drehen, ein anderer tunkte Strohbündel in einen Kübel schwarzer, zäher Flüssigkeit. Dann entzündete er eines und rieb es wie eine Bürste über die Seite der Gondel. Schopenhauer bezahlte und sprang auf die Rampe. Rauch trieb ihm Tränen in die Augen; er kniff sie zusammen und wartete auf das Ende des Brennens.

Als er die Augen wieder öffnete, zuckte er einen Schritt zurück. Ein Mann stand vor ihm, groß, breit, wie ein präparierter Bär mit erhobener Tatze. Aber der hielt nur seine Hand gegen das Sonnenlicht und sagte: Ich fürchtete schon, er ist verloren.

Es hat lange gedauert, tut mir leid, sagte Schopenhauer, hier.

Der Bär nahm den Hut mit der linken und schüttelte Schopenhauers Rechte, die in der Hand verschwand wie in einem Futteral aus hartem, kühlem Segeltuch. Sein Händedruck ist wohl dosiert, hätte jedoch leicht zermalmend ausfallen können, dachte Schopenhauer, als er die nackten Unterarme des Mannes betrachtete.

Ich heiße Giovanni Batista Falcieri, so steht es im Taufbuch, aber alle nennen mich Tita. Darf ich Ihren Namen erfahren?

Arthur Schopenhauer.

Tita kreuzte die Arme über der Brust. Wo Kinn-, Schnauz- und Backenbart begannen oder endeten – nicht sicher auszumachen. Immerhin die Augen sind freundlich, offen und beweglich, dachte Schopenhauer, in diesem zugewachsenen Gesicht.

Ich habe den Hut, seitdem ich bei Seiner Lordschaft in Diensten bin, sagte Tita, ich mein, er hat mir immer Glück gebracht.

Schopenhauer war etwas verlegen; er wusste nicht, worauf dies hinauslaufen würde. Auf eine Einladung ins Wirtshaus, eine Flasche Wein? Eine Freifahrt in Byrons Gondel? Und später, wenn man sich irgendwo sähe, würde man einander zuwinken; das wär's dann gewesen. Er ließ seinen Blick über die Werft schweifen. Das umgelegte Boot zeigte die Rumpfunterseite, einen Boden so flach wie eine Tischplatte, zwar längs nach beiden Enden aufgebogen, aber für Quermanöver und das Drehen um die senkrechte Achse bestens geeignet. So erschien die Wendigkeit und Leichtigkeit, mit der die Gondolieri ihre Boote seitwärts versetzten, schon weniger magisch. Dafür müssen sie wohl mehr Geschick ins Geradeausfahren legen, dachte er, weil es keinen Kiel hat, der das Boot auf Kurs hält.

Tita zog an seinem Vollbart und sagte, ohne es als Frage zu intonieren: Wie kann ich Ihnen danken.

Sag es einfach, dachte er. Danke, *arrivederci,* und weiterhin viel Glück mit dem Hut, und ich gehe dann wieder, zu Carlo und endlich zu Teresa.

Der Gondoliere wühlte weiter in seinem Bart und sagte dann plötzlich, als hätte er dort eine Antwort gefunden: Wenn Sie wollen, dann bringe ich Ihnen bei, wie man eine Gondel rudert.

Schopenhauer verließ die Werft zu Fuß. An der nächsten Brücke sah er eine Weile den Gondolieri zu. Tita hatte erklärt, dass es eine Vielzahl venezianischer Boote gebe, sie hießen *puparin, sàndolo* und *vipera, mussìn, sanpierota* und *topo, s'ciopòn, batela buranela* und natürlich *gondola* – und dass sie alle auf ähnliche Weise bewegt würden, dass man dies gewiss nicht jedem dahergelaufenen *foresto* beibringe, nur Menschen von Ehre, denn auch die Gondolieri seien eine Bruderschaft von eigenem Adel. Morgen sei Titas freier Tag, den er dazu nutze, seine Familie auf Murano zu besuchen, und wenn Signor Arturo die Zeit aufbringen wolle und Schwielen und Blasen nicht fürchte, dann sei er mehr als willkommen. Er hatte unwillkürlich auf seine Hände gesehen, die in den vergangenen Jahren kaum Rauheres als Papier berührt und kein Werkzeug schwerer als eine Feder geführt hatten. Andererseits: Den Fechtboden hatte er früher selten als Unterlegener verlassen, und als geschickter und ausdauernder Reiter hatte er stundenlange Exkursionen durch die Elbmarschen unternommen – wie anstrengend konnte da ein wenig Gondelrudern sein? Wenn die Burschen dabei sogar sangen …

Auf dem Weg zum Campo Carlo überkamen ihn Zweifel. Jeden Tag fand er einen neuen Grund (oder ein Grund fand ihn), die Stadt nicht zu verlassen, den ursprünglichen Plan erneut zu ändern. Aber in drei Teufels Namen, warum denn nicht: Vier Jahre hatte er sich Disziplin auferlegt, sein

Leben – von wenigen Zerstreuungen abgesehen – dem einen Zweck untergeordnet, gelesen, gedacht, geschrieben. Bald würde das Werk ins Licht treten und Licht auf seinen Verfasser zurückspiegeln – aber bis dahin – brauchten Geist und Hände etwas zu tun. Außerdem saß da ein noch unbestimmtes Gefühl im Bauch. Und das ist nicht der Hunger, dachte er, oder doch?

Hast du Ciccio gesehen?, fragte Carlo sofort, als Schopenhauer den Laden betrat.

Das wollte ich von dir wissen, sagte Schopenhauer überrascht. Eigentlich hatte er – rundheraus und entschieden – fragen wollen: Wo ist Teresa? Oder: Ist Teresa hier?

Aber nein, seit bald zwei Tagen nicht.

Schopenhauer ließ sich auf eine Tonne fallen und sagte leichthin: Ciccio wird schon wiederkommen.

Teresa auch, sagte Carlo und ließ eine Wurst vor Schopenhauers Nase pendeln: Und hör auf so zu tun, als ob dir das gleich wäre. Wenn du nicht zuschnappst, tut es ein anderer.

Er nahm die Wurst weg und sagte: Also, willst du wissen, wo sie ist?

Wenn ich Ja sage, dann ist das mein erstes Bekenntnis zu ihr, dachte Schopenhauer. Sobald das Wort heraus ist, wird es zur Tatsache; zwar nichts Unumkehrbares, nichts, was ein rauhes Gespräch unter Männern nicht wieder ausradieren könnte – aber Ja ist Ja, und alles andere ein lächerliches Ausweichen.

Sì.

Sie heißt Teresa Fuga und stammt aus Murano, sagte Carlo zufrieden, sie lebt bei einem Glasmacher, nicht weit von San Pietro Martire. Dieser Tage mischen sie den Glassatz für die nächsten Schmelzen.

Murano? Ich fahre morgen nach Murano, was für ein Zufall, sagte Schopenhauer und dachte: Wer sonst als der Zufall; das launigste und mutwilligste der Kinder der Natur, der Zufall, der nach Belieben Jagd auf uns Menschen macht, uns in den Nacken beißt, anschiebt, zu Fall bringt und mit uns spielt, wie es ihm gefällt.

Aufgepasst!, rief Carlo. Schopenhauer, schon fast zur Tür hinaus, drehte sich um und fing die auf ihn zufliegende Wurst mit einem Reflex aus dem Handgelenk.

Halt die Augen auf, ob du nicht Ciccio siehst.

Lange vor dem Knall der Mittagskanone wartete Schopenhauer am nächsten Tag unterhalb des Rialtobogens, auf der Seite der Merceria. Als Ciccio auch nicht am Campo San Moisé gesessen hatte, wie er dies manchmal tat, hatte er ihn schnell vergessen, denn die beiden anderen Dinge, die ihm im Kopf umgingen, wurden übermächtig: die bevorstehende Gondellehre und Teresa, ob er sie wohl sähe; und was er dann täte. Möglichkeiten gab es viele, sie in einen Plan einzureihen gelang ihm nicht.

Tita kam mit dem Strohhut, aber ohne die leuchtend rote Jacke, und in einer Gondel des Hauses Mocenigo. Er ließ Schopenhauer hineinspringen und nahm mit drei Schlägen wieder Fahrt auf. Andere Gondolieri wichen hastig aus – vor der Majestät des Bootes, in dessen poliertem schwarzen Lack jede Spiegelung tief einsank, und das seinen Bugbeschlag, den *dolfin,* wie einen gezogenen Säbel präsentierte – oder vor der Majestät seines Steuermannes, der grimmig, mit schmalen Augen aus seinem überwachsenen Gesicht schaute.

Es war ein grauer Tag, windstill, ruhig und kalt. Tita wies ihn ab und zu auf etwas hin, einen bestimmten Bootstyp, einen Wasservogel, einen Schwarm springender Fische. Man dürfe das Ruder im Wasser nicht hören, sagte Tita, kein Gluckern, Plätschern oder Rauschen, allenfalls ein kaum wahrnehmbares Surren; eigentlich ein unbeschreibliches Geräusch und vielleicht nur für Gondolieri hörbar.

Über Murano zauderte eine formlose, aus vielen Schornsteinen gespeiste schwarzbraune Wolke.

Die Schmelzöfen, sagte Tita.

Die Kinder waren zuerst da. Ihr Geschrei lockte binnen Sekunden drei Dutzend Menschen an die Anlegestelle. Kleine Jungen hüpften auf Titas Rücken und krallten sich fest, bis er sie abpflückte und auf einen Haufen Fischernetze warf, wo sie vor Vergnügen kreischend weich landeten. Dann stellte er seinen Passagier vor, den *dottor Arturo* mit dem schwierigen deutschen Namen, der ihm durch listiges Handeln zwei Polizisten vom Leib gehalten habe, und der den dabei abhandengekommenen, so geliebten Strohhut gefunden und ihm, Tita, wiedergebracht habe. Die Menge hatte schweigend gelauscht, dann applaudiert, zumindest jene, die nicht Hosenbeine und Ärmel aufrollten oder andere Körperteile freilegten, um dem *dottore* sogleich ihre Wunden vorzuführen. Tita hielt die Heilungssuchenden zurück und sagte: Zum Dank will ich Arturo beibringen, wie man unsere Boote rudert.

Ein paar Männer pfiffen durch die Zähne; Schopenhauer sah belustigte und spöttische Gesichter.

Du nimmst den *s'ciopòn,* sagte Tita, ohnehin passt das zu deinem Namen: *dottor S'ciopòn-au-är,* nicht?

Dottor S'ciopòniauro, riefen die anderen begeistert. Schaut euch nur den *dottor S'ciopòn* an!

Er stellte zwar rasch fest, dass das flache offene Boot leicht zu bewegen war, aber es dauerte zwei Stunden, bis er den Rio di San Matteo vom einen zum anderen Ende durchfahren konnte, ohne Holzsplitter zu produzieren, Moos von den Kanalwänden zu schaben und entgeisterte Aufschreie bei Bootsleuten hervorzurufen. Anfangs hatte er den *s'ciopòn* mit zwei gekreuzten Rudern bewegt, was leidlich glückte, denn die Methode erinnerte ihn an Kahnfahrten im Großen Garten Dresdens. Aber dann nahm Tita ein Ruder weg und tauschte die *forcola,* den kurvig gekerbten Nussbaumblock, in dessen hohle Wangen der Ruderschaft angelegt wird. Die *forcola* bot Dreh- und Angelpunkt, um zwischen dem Widerstand des Wassers und der Kraft des Ruderers zu vermitteln, doch in Schopenhauers Hand sprang der Schaft immer wieder ab, und durch das einseitige Rühren im Wasser kreiselte und schaukelte das Boot auf der Stelle. Mehr durch Zufall gelang ihm irgendwann eine erste Bootslänge vorwärts, mit einer leichten Eindrehung des Bugs nach links.

Gut so, das nennen wir *premer la barca,* rief Tita, und jetzt *stalir!* Nach vorn das Blatt!

Der Schaft wurde lebendig, sprang, bockte und bog sich weg von ihm, wollte Schopenhauer mit ins Wasser nehmen, schlug ihm vor die Brust. Nichts hielt das Holz an der *forcola,* es fand kein Widerlager, und er bezweifelte, dass dies nach allen Gesetzen der Hebelmechanik überhaupt möglich sei.

Tita fuhr nebenher und demonstrierte Eleganz und Einfachheit des Verlangten. Schopenhauer schnaubte nur. Er kämpfte mit Ruder, *forcola* und der Balance. Eine Menge Volks stand links und rechts des Kanals, lachend, gestikulierend und die lustigen Verrenkungen des Deutschen nachahmend. Seine Handflächen begannen zu glühen, die Sehnen zwischen Unterarm und Fingern brannten.

Du musst zuerst das Boot in Schwung bringen, sagte Tita, so, *sotomorso.*

Er drückte den Ruderschaft an den Fuß der *forcola* und machte ein paar kurze, schnelle Schläge. Dann legte er den Schaft in die obere Kehlung des Holzblocks, den *morso,* wie in eine halb geöffnete Faust, und zog das Blatt einige Male durch. Jetzt sah Schopenhauer, wie sich das Ruder zwischen *morso* und der Wasseroberfläche durchbog, und er begriff, dass es diese Spannung war, die den Schaft an der *forcola* fixierte. Eine kleine Welle der Begeisterung durchflutete ihn: Er hatte das Prinzip erkannt, war der Theorie auf der Spur, um sie sogleich an der Praxis zu erproben.

Er schob und drehte das Ruder, wie Tita gezeigt hatte. Der *s'ciopòn* glitt ein wenig nach vorne. Schopenhauer rührte weiter, legte Geschwindigkeit zu; sein Lehrmeister nickte aufmunternd. Vorsichtshalber setzte Schopenhauer noch drei der kurzen Schläge auf *sotomorso* ein, dann nahm er den Schaft auf und legte ihn in den *morso.* Mit beiden Armen gab er dem Ruder einen Stoß, der ihn fast von den Füßen lupfte. Der *s'ciopòn* erzeugte eine verschämte Bugwelle.

Stalìa!, rief Tita, *bravo!*

Nach einem Dutzend Versuche spürte er zum ersten Mal beim *stalìa* das leichte Zittern im Griff, wenn das Blatt durchs

Wasser schnitt und der sich biegende Schaft im offenen Griff des *morso* sicher fixiert lag.

Er lernte, wie er das Ruder zu führen hatte, um das Zuviel an links vom *premer* nicht nur auszugleichen, sondern auch, um eine Rechtskurve zu machen, indem er den Griff ein wenig stärker nach unten presste und den Hebel des weit außen liegenden Blattes nutzte. Und er fuhr bis zum Ende des Kanals und zurück, mit gewissen Ausschlägen nach rechts und links, aber ohne Zusammenstöße.

Schopenhauer ließ das Ruder fallen und sah auf seine Hände. Die meisten der Blasen waren schon geplatzt, die Finger klebrig und feucht. Die Schultern schmerzten, die Kraft in seinen Fäusten hätte nicht mehr ausgereicht, eine Pusteblume zu zerdrücken. Vorsichtig setzte er die Handkanten auf die Kanaleinfassung und stemmte sich aus dem Boot. Das Publikum war kleiner geworden, aber die paar, die geblieben waren, kamen, um ihm auf die Schultern zu klopfen und die Hände zu schütteln – worauf er lieber verzichtete.

Bravo, bravissimo, sagte Tita, ich ziehe meinen Hut. Beim nächsten Mal lernst du die *siàda* und wie man das Boot auf den Punkt zum Stillstand bringt.

Der Gedanke, wieder ein Ruder in den Händen zu halten, machte Schopenhauers Blasen stechen. Aber er war stolz. Etwas Übung noch, Titas Kniffe und zähe Hornhaut, zur Not dazu auch Gesang, und er würde über die Lagune und durch die Kanäle gleiten wie ein echter *barcaiolo*. Wer hätte das gedacht? Ein Philosoph als Gondoliere; aber selbst schuld, wer da nur an Bücherwürmer dachte.

Dottor S'ciopòn, kommst du?, fragte Tita. Du hast jetzt sicher Hunger. Ich schon.

Schopenhauer winkte ab. Wollen wir uns in zwei Stunden wieder hier treffen?, fragte er, ich möchte mir die Schönheiten Muranos ansehen, da ich schon einmal hier bin.

Die Doppeldeutigkeit bemerkte er erst nach ein paar Sekunden; er ärgerte sich, dass sie ihm durchgerutscht war. Aber in Titas Gesicht stand nichts zu lesen, zumindest nicht im sichtbaren Teil.

Die Dämmerung hatte bereits eingesetzt. Im Gehen tupfte er die nässenden Blasen mit einem Taschentuch trocken, das sein Monogramm in blauem Garn trug: A. S. in wenigen, groben Stichen, das *S* eher ein gespiegeltes *Z*. Seine Mutter hatte ihm ein Dutzend davon gemacht (vermutlich um die Wäschereikosten genauer abrechnen zu können), als er damals, für die kurze Zeit vor dem großen Eklat, in ihren Hausstand eingezogen war.

Die kühle Nacht tat den Handflächen gut, und in der Dunkelheit sah niemand, wie er seine Schultern kreisen ließ, die sonst in Schmerz erstarrt wären. Endlich fand er die Kirche San Pietro Martire, sie lag längs zu einem Kanal. Er folgte dem Wasser in Richtung der darin erkennbaren Strömung, ob von Ebbe oder Flut verursacht, wusste er nicht. Bald öffnete sich nach links ein rechteckiger Platz, mehr ein größerer Hof.

Vor einem zweistöckigen Haus lag weißer Sand aufgehäuft, ein Handkarren stand daneben, gestapelte Säcke und einige Holzfässer, auf denen zu lesen stand: Pottasche, Soda, Kalk, Pyrolusit, Borax. Wohl lebte und arbeitete hier ein Glasmacher, nicht weit von San Pietro Martire, in Carlos eigenen Worten, dachte Schopenhauer. Aber kann ich nun einfach anklopfen und guten Abend sagen, ich bin ein Freund von Carlo, dem Wurstmacher, komme aus Deutschland, und ich suche eine gewisse Teresa Fuga in eurem Haus, weil ich –?

Weil nichts und niemand eine Antwort anbot, setzte er sich auf eines der Fässer, mit dem Rücken zur Wand. Er wäre wohl eingeschlafen oder hätte zumindest etwas gedöst, trotz der Kälte und trotz des Ziehens in allen seinen Muskeln, aber sie fand ihn, als sie mit einem Scheffel vor das Haus trat, um aus dem Fass, auf dem er saß, ein gutes Maß Pottasche zu holen.

Guten Abend, *dottor S'ciopòn,* sagte sie.

In Murano reisten Neuigkeiten offenbar schnell. Er hätte sie fast nicht erkannt: das Gesicht weiß gepudert, nur nicht um Mund und Augen; wie für eine Gespensterposse auf dem Theater geschminkt stand sie vor ihm und schwenkte eine kleine Laterne.

Zeig die Hände, sagte Teresa.

Er tat es und dachte: Wie zart ein Imperativ in seiner knappsten Form doch klingen kann.

Oje, seufzte Teresa, wie wirst du aussehen, wenn dir jemand erzählt, er könne dir das Fliegen beibringen? Komm herein.

So schwer ist es gar nicht, das Gondelrudern, sagte er. Carlo hat mir gesagt, wo ich dich finde.

Wer hat hier wen gefunden?

Weil ich mich habe finden lassen.

Teresa führte ihn in ein niedriges Zimmer. Aus der Tiefe des Hauses drangen die Rufe der Glasmacher und das Fauchen eines Ofens. Sie wusch sich rasch über einer Schüssel das Gesicht. Das Wasser spülte den weißen Staub fort, nicht aber die Tausenden winzigen Glimmerpartikel des Quarzsandes in den Poren ihrer Haut.

Was schaust du?, fragte sie, als sie einen Tiegel öffnete.

Du glitzerst, sagte er, wie, wie – die Milchstraße in der Nacht.

Teresa lächelte und ergriff seine Hände, damit sie die Handflächen sehen konnte. Diesmal wollte er bestimmt nicht zu früh verstummen. Einfach reden, drauflosreden, schöne Dinge sagen. Fidelis konnte das ja auch.

Und wenn zwei Sonnen am Himmel stünden, dann wären sie deine Augen.

Sie sah ihn an und sagte: Such dir eine einäugige Glasmacherin, und die Welt passt, so wie sie ist.

Beide mussten lachen. Aus der Schublade unter der Tischplatte holte Teresa eine Schatulle, einen Salbentiegel und ein Etui, daraus eine Entenfeder und einen Holzspatel. Sie nahm das Holz und brachte etwas graue Salbe auf die Feder. Dann fasste sie seine linke Hand um das Gelenk, als wollte sie ihm den Puls fühlen. Mit der Feder verstrich sie die Salbe auf den offenen Blasen. Schopenhauer fühlte etwas in sich schmelzen, aber vielleicht war es nur die Nähe zu den Glasöfen, die ihn so etwas fühlen ließ, oder denken ließ, es fühle sich derart an. Teresa wiederholte die Prozedur zwischen Tiegel und Feder einige Male, so lange, bis sie alle wunden Stellen versorgt hatte.

Hast du ein Taschentuch?, fragte sie.

Sie zerriss es in zwei gleich große Teile und trennte von diesen je einen schmalen Streifen ab. Mit den Tüchern und Stoffstreifen umwickelte sie seine Hand. Auch als der Verband schon fertig war, saß er noch da wie zuvor, die Handflächen nach oben, die Finger gekrümmt. Teresa legte ihre Fingerspitzen auf die seinen und beugte sich vor, so nahe, dass er ihre Wärme auf den Wangen spürte.

Ich würde dich gern hierbehalten, flüsterte sie, aber das geht nicht.

Karoline

Wenige Tage nach dem ersten schrieb Quandt einen weiteren Brief an Adele Schopenhauer, einen, den sie am Mittagstisch vorlesen konnte: Er habe eine größere Partie Kunstgegenstände und zwei Sammlungen alter Bücher erworben, er könne Hilfe bei der Katalogisierung gebrauchen und frage an, ob Adele ihm in Dresden zur Hand gehen wolle. Johanna hatte nichts einzuwenden, aber Müller lamentierte. Alle Welt nütze Adele aus, sie solle ruhig tun, wie es ihr gefalle, aber bitte schön nicht wieder nur für nichts, sondern sich dieses eine Mal entlohnen lassen; es täte der Haushaltskasse wohl. Da fuhr Johanna ihrem Hausgenossen über den Mund, er solle lieber seinen schon lange ausstehenden Anteil dazugeben, anstatt Adele zu bedrängen. Solange sie fort sei, könne man Ausgaben einsparen, Quandt sorge wohl für freie Kost und Logis; das müsse man allerdings erwarten können. In der Tat hatte der Kaufmann einen Postschein blanko beigelegt, und in Dresden würde sie für die Tage eine Pension beziehen, bezahlt von Quandt, denn bei ihm im Hause konnte sie als *Fräulein* Schopenhauer kaum wohnen.

Einen kolossalen Stein im Magen, verließ Adele den Tisch. Wie konnte es sein, dass selbst die unangenehmste Reise, an deren Ziel eine schwere und undankbare Aufgabe auf sie wartete, wie eine lustige Ausfahrt schien? Wenn für den Nachmittag nicht schon eine Verabredung mit Ottilie getroffen gewesen wäre, sofort hätte sie ihre Sachen gepackt. So durchstand sie die Plauderstunde mit der Freundin in Ungeduld, vorsichtig, sich mit keinem Wort über den wahren Zweck ihrer Reise zu verraten.

Am nächsten Morgen reiste Adele mit der ersten Post aus Weimar ab. Während der Fahrt überfielen sie wüste Gedanken und hässliche Wörter: Bastard, Bankert, Alimentation, Legitimation, die Vorstellung, bald Tante zu sein. Konnte man überhaupt die Tante eines unehelichen Kindes sein? Wohl kaum in Weimar. Das Gerede. Und Johanna eine Großmutter? Johanna. Unvorstellbar. Musste das Kind überhaupt auf die Welt kommen? Man munkelte so vieles; vieles ekelhaft und unerträglich. Engelmacher. Sie glaubte von einer Königlichen Entbindungsanstalt in Dresden gelesen zu haben. Was würde das kosten? Würde Arthur das Mädchen heiraten, eine Buchbindersgehilfin? Und was würde Arthur sagen, wenn er von ihrer Reise wüsste? War es recht, so zu handeln?

Recht und richtig und rechtzeitig, sagte Quandt, der seine Besucherin an der Dresdner Hauptpost hatte abholen lassen. Er besaß eine schöne Villa in der Pirnaischen Vorstadt. Von der Terrasse der Beletage sah man auf die Elbwiesen und den Fluss. Die als Vorwand gebrauchte Sendung von Kunstwerken und alten Büchern stand, noch in Kisten verpackt, in der Eingangshalle. Sie sei überraschend eingetroffen, die Ausbeute einer Italienreise vom Frühjahr, erklärte Quandt etwas verlegen, in Frankfurt hätten sie das Lager geräumt, aber er könne die Katalogisierung durchaus mit

Hilfe seines Sekretärs bewältigen. Wenn es ihr jedoch Freude bereite, mit ihnen in den Zeichnungen und Gemälden zu stöbern, dann nur zu, für etwas Zerstreuung sei genug Zeit.

Adele Schopenhauers Nacht war schlaflos.

Tags darauf bat Quandt sie in den Salon. So unerquicklich die ganze Angelegenheit sei, so erfreut sei er doch, für ihren werten Bruder Arthur die Verhältnisse klären zu dürfen, dabei dessen Interessen zu betonen, aber die des armen Mädchens, wohl auch im Sinne Adelens, nicht minder zu achten. Er habe bereits mit seinem Advokaten konferiert; sie solle sich bloß nicht von der fühllosen Sprache der Rechtsgelehrten bedrücken lassen, die er nun zitieren werde, das müsse sein, der Klarheit wegen.

Zum Sachverhalt also: – aber bevor er begann, sagte Quandt, es handele sich hier um Angelegenheiten der menschlichen Natur, welche in der feineren Gesellschaft oft mit Naserümpfen oder Indignation betrachtet würden, welche zwischen ihnen beiden, Quandt und Fräulein Schopenhauer, nun mit der geziemenden Offenheit beredet werden müssten, was ihm durchaus unangenehm sei; und sie solle nur ja dreinreden, wenn er es an Diskretion fehlen lasse – *Concubitus* also, der Beischlaf in vorliegendem Falle außerhalb der Ehe, sagte Quandt, sei Gott sei Dank kein strafwürdiges Vergehen nach dem positiven Recht, die herrschende Moral allerdings eine andere Sache.

Adele zuckte schon an diesem Punkt zusammen.

Die Geschwächte, so nennten die Juristen doch wahrhaftig die Frauensperson in Frage, sowie das erzeugte Kind hätten allerdings Rechte gegen den Schwängerer. Darunter einerseits die Ehelichung, welche aber nicht erzwungen werden könne, andererseits die Alimentation. Dies unter der Voraussetzung freilich, dass – Quandts Redefluss kam ins Stocken – der Schwängerung, nun ja, kein Geschäft vorangegangen sei.

Sie sah ihn mit unverhohlenem Entsetzen an.

Neinneinneinnein, sagte Quandt schnell, das sei nicht anzunehmen, ein Mädchen so gut und rein wie jenes, das er im Japanischen Palais angetroffen habe, niemals, niemals.

Er verteidigt das Mädchen, nicht Arthur, dachte sie, und: Was für Gedanken bin ich gezwungen zu denken, was für Vorstellungen muss ich ertragen. Wer dankt es mir? Arthur?

Quandt fuhr fort: Das Kind könne also Alimentation erwarten, vom Zeitpunkt seiner Geburt bis es in der Lage sei, sich selbst zu ernähren. *Obligatio ex delicto,* die Verpflichtung ergebe sich aus der – Tat. Diese im rechtlichen Sinne zu etablieren sei nicht einfach, weil sie nicht vor Publikum – nun aber, das müsse man jetzt nicht vertiefen, sagte Quandt mit einem Blick auf die Schwester seines Freundes. Denn *pater semper incertus est,* der Vater sei immer ungewiss. Bei allem angebrachten guten Glauben, man sei Arthur ein korrektes Verfahren schuldig. Wenn sie mit dem Mädchen spreche, solle dies doch nach Möglichkeit und Verlauf ein Gegenstand der Unterhaltung sein, vielleicht gelinge es ihr, unter Frauen, dazu Aufschluss zu erhalten.

Ich? Sie fühlte ihre Haut brennen und um sie herum schrumpfen wie ein Kleid, das ihr am Körper enger wurde. Ich in meinem ewigen Frühling? Was denkt Quandt denn von mir?

Quandt legte seinen Notizzettel weg und erklärte nun, wie er das Mädchen über den Besuch der Schwester Doktor Schopenhauers ins Bild gesetzt habe. Es nehme jeden Mittag um die erste Stunde eine Pause und werde heute und morgen vor dem Eingang des Japanischen Palais warten. Dann könnten sie beide ein wenig im Palaisgarten oder in der französischen Anlage vor dem Elbufer spazieren, das Wetter sei jedenfalls danach.

Er öffnete die verglaste Doppeltüre zur Terrasse.

Im Übrigen müsse man abwarten; vielleicht bleibe dem lieben, hochverehrten Fräulein Schopenhauer von all dem nur die Erinnerung an einen schönen Herbsttag in Dresden. Der Lauf der Natur sei nicht immer ein solcher, der glücklich ende.

Adele Schopenhauer ließ sich von Quandts Kutscher am altstadtseitigen Ende der Augustusbrücke absetzen. Sie ging langsam und blieb oft stehen, um zu schauen: die Hofkirche, daneben das Theater, der Zwinger, auf der anderen Seite der Hofkirche das Schloss, elbaufwärts der Brühl'sche Garten auf erhöhtem Grund, die vielen eleganten Menschen, die Weite aller Anlagen, das breite grüne Bett der Elbe und eine steinerne Brücke über sechzehn Bögen; es hätten ihr in diesen Minuten auch zweiunddreißig oder vierundsechzig sein können. Wie gerne hätte sie in Dresden gelebt, wie gerne wäre sie mit Arthur gegangen, als dieser nach dem großen Streit Weimar verlassen hatte, und wie roh hatte der gezeigt, dass er dies nicht wollte: Mit der kleinen Schwester als Haushälterin oder in welchem Arrangement? Nutzlose Sorge – die Mutter hätte sie, damals noch vier Jahre von der Großjährigkeit, ohnehin nicht ziehen lassen; sie vielleicht gerade noch, niemals aber ihren Erbteil.

Am Ende der Brücke hielt sie sich, wie von Quandt beschrieben, beim Goldenen Reiter links. Vor dem Tor zum Japanischen Palais erkannte Adele das Mädchen gleich: Sie stand dort allein, aber selbst unter hundert jungen Frauen hätte sie sie als die Gesuchte ausersehen. Nicht dass die Form ihres Körpers sie preisgegeben hätte, es war der hoffnungsvolle Blick, in dem Adele sich widergespiegelt sah. Sie sagte, wer sie sei, und fragte nach dem Namen der jungen Frau, die mit einem schlichten Wolltuch um die Schultern vor ihr stand.

Karoline nenne sie sich, sie stamme aus Seuslitz, einem Dorf elbabwärts, ein Stück weit hinter Meißen. Seit einem Jahr arbeite sie in der Buchbinderei der Königlichen Hofbibliothek und sie wohne bei Madame Richter in der Neustadt, die möblierte Zimmer an unverheiratete junge Frauen vermiete, und im März sei sie zwanzig Jahre alt geworden. Sie danke für den Besuch Fräulein Schopenhauers, auch dem Herrn von Quandt, sie hoffe, sie habe sich niemandem beschwerlich gemacht.

Adele nickte; das war ein wohl eingeübtes Sprüchlein gewesen. Sie machte eine unbestimmte Handbewegung, Aufforderung, ein paar Schritte zu gehen.

Sie umrundeten zwei Ecken des Palais und betraten die kleine französische Anlage aus akkurat geschnittenen Hecken, abgeblühten Blumenbeeten und gekiesten Wegen, die sich in festen Abständen rechtwinklig kreuzten. Jenseits der Elbe lag die Altstadt im Gegenlicht, die Sonne stand herbstlich tief über dem Zwinger. Adele öffnete ihren Sonnenschirm, schloss ihn jedoch bald wieder, da ihr bewusst wurde, wie hellhäutig, blass und durchscheinend Karoline neben ihr ging, fast geräuschlos, wo sie doch ihre eigenen Schritte im Kies deutlich hören konnte. An jeder Kreuzung zögerten sie einen Atemzug – links, rechts oder geradeaus, so völlig gleichgültig –, bis eine den ersten Schritt tat. Sie fanden eine Steinbank, eingepasst in einen Ausschnitt in der Hecke.

Fräulein Schopenhauer, sagte Karoline, als sie saßen, einander zugewandt auf der Bank, es tue ihr unendlich leid – und Adele entgegnete sofort, ihr müsse gar nichts leid tun, solange ihr Anliegen rechtens sei, und sie möge bitte verstehen, dass sie, die Schwester des auf Reisen befindlichen Doktor Schopenhauer, davon eine Vorstellung gewinnen wolle, am besten aus Karolines eigenen Worten. Das sagte sie bereits nur noch Quandts wegen, längst hatte sie Vertrauen in das Mädchen gefasst, war fest entschlossen, ihr zu helfen, so gut sie es konnte. Dennoch beschlich Adele ein ungutes Gefühl; als hätte sie eine Hintertür zum Leben ihres Bruders einen Spalt breit geöffnet, durch den sie nun lauschte.

Sie sei die Gehilfin des Buchbinders, der sich aber selten blicken lasse, sagte Karoline. An einem Junitag sei der Doktor Schopenhauer zu ihr in den Keller gekommen; damit habe alles seinen Anfang genommen, und vom Ende sei auch gleich die Rede gewesen, nur habe sie das damals nicht verstanden. Er habe ein Buch gebracht, dessen Einband ganz zerrissen war. Er brauche einen neuen, möglichst aus einem feinen, zähen Leder, weil er das Buch überallhin mitnehme, am besten einen faltbaren Schuber dazu, damit es auch eine lange Reise überstehe. Sie erinnere sich genau: an den seltsamen Titel, an den Doktor, der so schüchtern lächelte, dass es gar nicht zu seinem eleganten Aufzug und seiner bestimmten Redeweise passte. Um ihm eine Freude zu machen, habe sie ein Schweinsleder ausgesucht, das eigentlich für die wertvollen Bände der königlichen Bibliothek reserviert war, aber der Buchbinder sei nie da, wie gesagt, und habe längst den Überblick verloren. Bei der Prägung des Titels sei ihr ein Missgeschick passiert, indem sie zwei Buchstaben vertauscht habe: »Oupenkhat« habe es dann geheißen. Der Doktor Schopenhauer habe aber nur gelacht bei der Abholung und gefragt, ob sie ihn zu dem Limonadier in der Königsstraße begleiten wolle. Dort habe sie zum ersten Mal in ihrem Leben diese zugleich süße und saure, kühlende Mischung getrunken. Das seien heitere Stunden gewesen, immer zu kurz, viel zu kurz.

Schopenhauers Schwester zog, ohne hinzusehen, mit der Schirmspitze wirre Linien in den Kies. Sie betrachtete Karoline, die leise sprach und verstummte, wenn jemand vorbeiging. Sie hatte eine wohlklingende weiche Stimme, ein wenig gerundet vom Dialekt der Gegend, und eine Art die Augen niederzuschlagen, die Adele an Frauen hasste, weil sie es selbst andauernd tat, tun musste – aber auch eine Art aufzublicken und einem aus wasserblauen Augen und unter zusammengezogenen dunkelblonden Brauen geradewegs ins Gesicht zu sehen, die Adele in der Seele ergriff.

Sie seien oft zu dem Limonadier gegangen, auch viel in den Großen Garten, dort über den See gerudert, der Doktor sei ein gewandter Ruderer gewesen, sie hätten die Orangerie mehrmals besucht, gelegentlich habe Arthur – Doktor Schopenhauer – sie in eins der Vorstadttheater ausgeführt, wo man die komischsten Schwänke spielte. Sie habe seinen Witz und sein Wissen bestaunt, es gemocht, wenn er wunderliche Geschichten aus der großen Welt erzählte, und sich anfangs auch gewundert, was er an ihr fände, an ihr, einem

Dorfmädchen, aber später habe das keine Rolle mehr gespielt, der Standesunterschied sei immer unbedeutender erschienen, sie habe überhaupt niemals über ein Ende nachgedacht, nur gewollt, dass es immer so weitergehe. Doktor Schopenhauer habe viel gearbeitet, auch an seinem Tisch in der Bibliothek, wohl um ein Manuskript ins Reine zu bringen, und habe sie immer wieder dort in ihrem Kellerkämmerchen, wo niemand sonst vorbeikomme, aufgesucht.

Karoline brach unvermittelt ab.

Oje, dachte Adele, hier ist Schluss mit der Limonade, den Kahnpartien, der lustig-folgenlosen Liebelei, der Ernst zieht ein. Der Gedanke machte ihr Angst, und die mit der Vorstellung verbundenen Bilder wollte sie aus ihrem Kopf verscheuchen, indem sie Karoline an das mutmaßliche Ende ihrer Erzählung drängte.

Wann es denn passiert sei, weswegen man hier zusammensitze, fragte Adele dem Sinne nach, aber mit viel mehr und über eine lange Zeit verteilten Worten, denn Quandt hatte am Vormittag auch dieses noch referiert: Nach sächsischem Partikularrecht sei eine Vaterschaft überhaupt nur anzunehmen, wenn die Zeit von Conceptio bis zur Geburt zwischen zweihundertzehn und zweihundertsiebenundachtzig Tagen liege; von der Mutter daher im Hinblick auf eine mögliche Paternitätsklage eine Aussage über den Zeitpunkt der Empfängnis zu fordern sei.

Karoline warf ihr einen dieser wasserblauen Blicke zu und griff vorsichtig nach Adeles Hand. Was sonst rot im Kalender stehe, war im September ausgeblieben. Und bald danach seien all die Veränderungen eingetreten, das Erbrechen und gelegentliche Ohnmachten und anderes mehr, sie wisse wohl, wie das sei. Arthur, Verzeihung: den Doktor Schopenhauer – sie müsse sich nicht korrigieren, unterbrach Adele – Arthur und sie hätten einander im August nur selten noch gesehen, da er so viel mit seinem Buch zu tun gehabt habe und mit dem Verleger im Streit gelegen sei. Außerdem sei er immer gereizter und verschlossener geworden, alles habe sich nur mehr um das Manuskript gedreht, und Lachen, Freude und Freundlichkeit seien aus ihrem Umgang mehr und mehr verschwunden, sosehr sie sich auch bemüht habe, ihm zu gefallen, das möge Fräulein Schopenhauer ihr nur glauben. Sie wisse auf Tag und Stunde genau, wann sie das letzte Mal beisammen gewesen seien, weil sie geahnt habe, dass es das letzte Mal sein würde.

Wann?, fragte Adele gegen jeden Rat ihres Herzens. Das hier wird Arthur mir vergelten müssen, dachte sie, aus dieser Schuld entlasse ich ihn so schnell nicht, dieses Mal hole ich mir die Achtung, die mir zusteht, und er wird der große Bruder sein, den ich mir gewünscht habe, einmal und für immer.

Karoline begann zu weinen. Ob es einen anderen Stuprator geben könne, wie es Quandt in seiner geborgten Advokatensprache zu erkunden aufgegeben hatte, nein, das würde sie nicht mehr fragen. Genug ist genug.

Das Mädchen stand auf. Sie müsse nun wieder zurück ins Palais. Adele konnte gar nicht anders als ihr auf den Bauch sehen. Bei Ottilie war auch lange nichts zu erkennen gewesen, das mochte also nichts heißen.

Das Gespräch darf aber noch nicht zu Ende sein, dachte Adele, will sie denn nichts von uns verlangen?

Sie nahm Karolines Hand und zog sie auf die Bank zurück. Ihr Bruder wisse nichts, nichts von diesem Besuch, und in seinem Namen könne sie nichts versprechen und sie werde keine Hoffnungen bestärken, zu denen sie nicht berechtigten Anlass habe. Sie sei hier, um zu sagen, dass sie bis zur Rückkunft des Doktor Schopenhauer mit Geld aushelfen werde, falls es nötig sei, dass er erwiesene Pflichten gewiss anerkenne und danach handeln werde. Karoline solle nur ja den Weg über Quandt nehmen, wenn sie ihr schreiben wolle. Sobald Nachricht von Doktor Schopenhauer eintreffe, was dauern könne, werde sie von Quandt oder ihr hören.

Dann erhob sich Adele, Karoline folgte. Soll ich sie nun umarmen?, dachte Adele, wir sind doch keine Freundinnen, nicht vom selben Stand, und nicht verwandt.

Ich danke Ihnen sehr, liebes Fräulein, sagte Karoline, sie sei nun gefasst und voll Vertrauen, dass alles gutgehen werde.

Und das ist wieder ein gelerntes Sprüchlein, diesmal für den Abschied, dachte Adele, denn in ihren Augen und um ihren Mund steht etwas anderes. Dann ließ sie den Schirm fallen und umarmte das Mädchen.

Zu Hause in Weimar nahm Adele Schopenhauer einen Bogen ihres schwarzen Papiers und schnitt die Figur einer Elfe aus. Dann ging sie noch einmal an die Konturen, und immer wieder, so lange, bis selbst die zierlichste ihrer Scheren nur noch als grobe Axt in das Papier fuhr. Am Ende blieb ein schwarzer Fleck, nicht größer als ein Fingernagel.

Den Brief an ihren Bruder schrieb sie lange nicht.

Begegnungen

Tita fragte nicht, wer Schopenhauers Hände verbunden hatte. Vermutlich wusste er es bereits, als sein Ruderlehrling in die Gondel stieg. Der Unterricht müsse nun wohl unterbrochen werden, sagte Tita, sobald Schopenhauer wieder zupacken könne, solle er ihn aufsuchen, denn es gebe noch vieles zu lernen, und bei seinem Geschick könne er es zu einem gewandten Bootsführer bringen.

Die folgenden Tage, nebelkalt und ruhig, verbrachte Schopenhauer meist in abgelegenen Cafés, wo er die Bücher las, die er in Batista Missiaglias Buchhandlung gekauft hatte. Er wartete auf die Heilung seiner Blasen und dachte an Teresa, die fürs Erste unerreichbar bei dem Glasmacher saß. Dann fand er Ciccio.

Ciccio lag unter der Brücke über den Rio di San Moisé. Schopenhauer wusste, dass Ciccio dort eine seiner Vorratskammern und einen Schlafplatz hatte, und schon bald nachdem der Hund verschwunden war, hatte er ins Zwielicht unter dem Brückenbogen gespäht, aber nur eine leere Kuhle im Sand gesehen.

Von einem Treffen mit Fidelis kommend (der ihm wieder wegen der Empfehlung in den Ohren gelegen hatte) und auf dem Weg zu seinem Hotel, ging er über den Platz vor San

Moisé weiter zum jenseitigen Ende der Brücke und schaute, auf eine Eingebung hin, nach unten. Eine zerbrochene Steinplatte fiel ihm auf; sie lag auf dem schmalen Uferstreifen, der zu Ciccios Platz unter dem Bogen führte. Schopenhauer sprang auf den Pfad hinab und duckte sich unter die Wölbung. Neben der Steinplatte fand er in Blut gebundenen Sand, kleine Klumpen, die einen rostbraunen Fleck auf seinen Fingern hinterließen. Auf allen vieren kroch er weiter. Ciccio lag da, in einer Nische zusammengerollt, der Schädel zertrümmert, der feine Pelz verklebt und dunkelrot verkrustet.

Schopenhauer zog einen zerbrochenen Dachziegel aus dem Sand und vertiefte die Schlafkuhle so weit, dass er den Hund hineinlegen und mit trockenem Schlamm und Sand bedecken konnte. Mit einer Glasscherbe ritzte er den Namen Ciccios in den Ziegel und steckte ihn als armseligen Grabstein in den Sand. Er setzte sich für eine Weile daneben, so lange, bis der Schweiß auf seiner Stirn getrocknet war, und eine klare, kalte Wut in ihm aufstieg.

Auf der Brücke kam ihm ein Mann entgegen; am Mantelkragen trug er ein Blechschild. Schopenhauer stellte sich dem Cicerone mit ausgebreiteten Armen in den Weg, der Mann erstarrte und riss die Augen auf. Für ein paar Sekunden ließ Schopenhauer ihn so stehen. Dann stieß er ihn, mit wenig mehr als einem Fingertippen, ins Wasser. Der Cicerone fiel wie ein Kegel. Schopenhauer ging weiter und blickte sich nicht um; das Prusten, Schreien und Platschen hörte er genügend deutlich, sogar über das schlechte Ohr; und gesehen hätte er kaum etwas, mit all den Tränen in den Augen.

Die beiden Polizisten blockierten seinen Weg in der Calle dei Tredici Martiri. Er sei doch der Doktor Arthur Schopenhauer aus Dresden?

Schopenhauer nickte und wartete.

Angereist via Prag, Wien, Semmering, Tarvis? Einer der beiden redete, der andere lehnte an der Wand.

Im Transit über Florenz und Rom nach Neapel? Das stehe jedenfalls im Pass.

Der Polizist rückte ganz nahe heran, sprach von der Seite leise zischend auf ihn ein. Schopenhauer spürte Speicheltröpfchen am Ohr, er roch den Schweiß, Tabak und Zwiebeln, ein wenig feuchte Wolle, alles, was der Mann ausdünstete, und er dachte: Ich muss mich gleich übergeben. Er wich aus, aber der Mann rückte nach, bis Schopenhauer mit der Schulter an die Mauer stieß.

Florenz sei wunderschön, Rom sei wunderwunderschön, Neapel noch viel mehr, sagte der Polizist. Kein Nebel, keine dunklen Kanäle, in die man hineinstürzen könne. Bessere Gesellschaft. Keine obskuren Gestalten mit Hintergedanken, keine Gefahr der Verführung durch loses Gerede, wie in den hiesigen Kaffeehäusern. Ja, man wisse alles über ihn und seinen Freund, den Studenten, alles über die Tasmanen.

Sie meinen doch wohl Brahmanen, sagte Schopenhauer und dachte: Was für Idioten.

Der Polizist drehte sich zu seinem Kollegen um, wie es denn nun heiße? Barbaren, schlug dieser vor.

Völlig gleich, sagte der erste, man wisse jedenfalls alles und wolle hiermit anzeigen, dass ein gewisser Doktor Schopenhauer, *Phi-lo-soph* (so betont, als sei dies ein nicht nur anerkannt nutzloser, sondern auch abscheulicher, ehrloser

Beruf, falls überhaupt einer), hier in Venedig und in ganz Lombardisch-Venetien nicht erwünscht sei.

Weil sonst..., zischte der Polizist wieder ganz nah an Schopenhauers Ohr.

Nach solch einer Begegnung mit der österreichischen Geheimpolizei, so absurd sie im Nachhinein auch erschien, konnte er sich nicht in seinem Hotel verkriechen: Er nahm den direktesten Weg zum Teatro Fenice. Fidelis hatte ihm mehrfach von Catalanis Auftritten erzählt, und dass die Leute frenetisch und in mehreren Zugaben nach einem Lied von Händel verlangten, das Schopenhauer vage bekannt schien. Er nahm für teures Geld eine Loge im ersten Balkon links, rückte den Sessel weit nach vorne, damit er besser sehen und besser gesehen werden konnte und stand, solange die Vorstellung nicht begonnen hatte, mit verschränkten Armen an der Brüstung. Die zahlreichen Uniformierten und die zahllosen Zivilen durften sich ruhig davon überzeugen, dass der Philosoph Arthur Schopenhauer, Sohn eines freien hanseatischen Bürgers und Kaufmanns, keineswegs packen gegangen war.

Warum die Obrigkeit ihn zur Weiterreise animieren wollte, blieb ihm schleierhaft: wegen des Cicerone; hatte der sich nicht aus dem Kanal gerettet, konnte der – *horribile dictu* – etwa nicht schwimmen? Dann hätten sie ihn ja wohl verhaften müssen. Aber sie wussten, zumindest ungefähr, von dem Auftritt der Brahmanen am Semmering. War in Metternichs Polizeistaat schon verdächtig, wer sich erlaubte, einen elenden Tierquäler abzustrafen? Oder hing es an der Empfehlung: wegen des Lords, den Gerüchte in den Dunstkreis der

Carbonari rückten? Schopenhauer erwog im Theater zwei Entschlüsse: in Venedig zu bleiben, schon aus Prinzip; und der Polizei keine Gelegenheit zu geben, die sie am Ende gar dazu berechtigte, ihn zwangsweise aus der Stadt zu schaffen. So gut und befriedigend es war, einen Cicerone zu versenken – er hatte Wichtigeres zu tun.

Im Parkett stießen die einfachen Leute einander mit Schultern und Ellenbogen und machten sich einen Spaß, die fortschreitende Besetzung der Logen mit besseren Herrschaften zu kommentieren, Nasen zu drehen und Spottverse zu rufen. Dreimal rumpelte ein Händler in Schopenhauers Abteil, beladen mit allerhand Firlefanz – Gläser, Tellerchen, Büchlein, anderes Zeug, allem gemein, dass Catalanis Konterfei oder ein paar Zeilen aus *Lascia la spina* in irgendeiner Weise darauf prangten. Irgendwann ging der Kronleuchter hoch, blieb aber auf halbem Wege stecken, was das ungeduldig wartende Publikum mit Pfeifen und Johlen quittierte. Für Schopenhauer aber wurde der Blick frei auf eine schräg vis-à-vis gelegene Loge, die gerade ein Mann betrat. Er war allein, und sieh mal an – gekleidet wie Fidelis, dachte Schopenhauer – bis es ihm aufging: Byron. Leibhaftig.

Er fiel auf den Sessel, schob ihn zurück in die Tiefe der Loge und starrte hinüber. Deutlich sah er das schwarze Haar, die in die Stirn und über die Schläfe frisierten und geölten Locken, ein fülliges Gesicht, etwas gerötet, den weißen weiten Hemdkragen über dem Revers einer kurzen schwarzen Jacke, und den nachtblauen Umhang, dessen Verschnürung der Lord gerade zu lösen begann. Gäste betraten die Loge, näherten sich mit großer Höflichkeit und tiefen Verbeugungen, aus denen Byron sie stets mit großer Jovialität aufrichtete. Einige würdigte er eines festen Griffs an die Schulter, die Damen ehrte er mit einem Handkuss. Bald hatte er ein Glas in der Hand. Der Lord hielt Hof, sprach gestenreich, begrüßte und verabschiedete Besucher in einer Zahl, dass sie wohl anstehen mussten, um zu ihm zu gelangen. Die Blicke, die er von Balkonen und Rängen und aus dem Parkett erhielt, ignorierte er.

Das Theaterpersonal hatte inzwischen die Aufzugsmechanik des Lüsters gerichtet, das Orchester war am Platz, der Dirigent hatte die Noten auf dem Pult und den Stab schon angehoben, als weiter lautes Gelächter aus der Byron'schen Loge drang. Der Dirigent ließ den Stab sinken, wartete, bis nur noch das nie erlöschende Scharren und raschelnde Rauschen aus dem Parkett zu hören war.

Er war kein guter Zuhörer an diesem Abend; er behielt das Geschehen gegenüber im Blick, wo weiterhin ein Kommen und Gehen, Essen und Trinken war. Auch Madame Catalani blickte (öfter als dass es nur zufällig gewesen sein konnte) zu Byron hinauf. Sie segelte durch Koloraturarien und Bravourstücke mit langem Atem und geläufiger Kehle, aber wenig Leidenschaft. Schopenhauer fand es seltsam anzusehen, wie ihr Unterkiefer bei den Trillern zitterte; ihm schien, dass ihre Stimme in den tiefen und mittleren Lagen noch voll und kräftig sei, in den höheren aber einige Töne fehlten, oder nur schwach von ihr hervorgebracht wurden, um die Mängel zu überdecken. Das *Lascia la spina* aber, das nicht auf Bravura angelegt war, sang sie schön, gestenreich und mit einem Ausdruck, der seine Wirkung auf das Publikum nicht verfehlte; eine Frau aus dem Parkett fühlte sich sogar eingeladen mitzusingen.

So süß es klingt, es hat dennoch etwas Eisiges, dachte er: Pass auf! der Dorn – aber pflücke sie nur ruhig, die Rose, es wird den Stich schon wert sein. Und wenn du sie ohne Schmerz gebrochen hast, dann warte nur ab, denn irgendwann wirst du ihn dennoch finden, oder er dich, und zwar dann, wenn dein Herz es am wenigsten erwartet.

Madame Catalani musste es noch zweimal geben.

Das dritte Mal schien es auch den Lord erreicht zu haben. Er saß, das Kinn in die Hand gestützt, versunken und ruhig. Er sah quer durch den Raum in Schopenhauers Loge, wo dieser, in den hintersten, dunkelsten Winkel gepresst, sich fragte, ob Byron ihn wohl ausmachen könne.

Der Held schämt sich aller Klagen

Er lag, auf die Ellbogen gestützt, in einer Kuhle im Sand, drei Schritt von den Spanten und Planken eines zertrümmerten Fischerbootes. Teresa neben ihm hatte ihr Schultertuch über das Gesicht gezogen und schien zu schlafen, aber mit zwei Fingern strich sie hin und wieder über den Rücken seiner rechten Hand, längs der Sehne, die von der Handwurzel bis zum ersten Gelenk des Zeigefingers reicht, so als wolle sie nach dem richtigen Sitz der Bandage fühlen, die Schopenhauers langsam heilende Blasen bedeckte.

Die schwarzen Punkte, die er zuerst für eine Täuschung des Auges gehalten hatte, wurden größer, der eine viel schneller als der andere. Der Wasserlinie entlang näherte sich ein Reiter. Vier, fünf Atemzüge, und Schopenhauer konnte den Arm mit der Peitsche erkennen, und dann, wie die Peitsche zuckte. Weitere vier Atemzüge, und er fühlte den Hufschlag über seine Ellbogen in den Schultern vibrieren. Mann und Pferd preschten in gestrecktem Galopp vorbei. Von den Wänden der Kuhle lösten sich kleine Sandlawinen. Teresa schrak auf, riss das Tuch vom Gesicht, kniff die Augen zusammen und sah dem Reiter nach.

Eh, Milordo, eh!, rief sie, als bestünde die Möglichkeit, dass er die Zügel anzöge und vom Pferd stiege, schau doch, das ist Lord Byron. *Il famoso poeta inglese!*

Und das ist Byrons bester Freund, sagte Schopenhauer.

Er zeigte auf den schwanzlosen Sennenhund, der mit einiger Verspätung hechelnd eintraf, auf breiten Pfoten durch den Sand schlurfte, sie misstrauisch beäugte und sich neben den Wrackteilen fallen ließ. Teresa betrachtete den Hund ein Weilchen und sagte: Wir warten hier, bis er zurückkommt.

Muss das denn sein?

Muss sein.

Er ließ sich auf den Rücken fallen und schwieg, etwas verdrossen. Da führte er seine venezianische Dulcinea zum ersten Mal aus, hatte Wein, Brot und Wurst (von Carlo) eingepackt, eine schöne Gondel samt Gondoliere gemietet, den goldenen Sand des Lido ansteuern lassen – und die erste Ekstase, welche die Dame in seiner Gegenwart erschütterte, galt Byron.

Ein Held schämt sich aller Klagen, murmelte er, nur nicht der Liebesklage, weil in dieser nicht er, sondern die ganze Menschheit stöhnt.

Was?, sagte Teresa, sprich nicht deutsch mit mir.

Nichts.

Der Hund bemerkte den Reiter als Erster. Er lief ein Stück voraus, um sich seinen Vorsprung zu verschaffen. Teresa schüttelte Schopenhauers Hand, die sie halten wollte, von ihrem Arm und sprang auf. Der Reiter, in weißem Hemd und schwarzer Hose, tief geduckt über den Hals des Pferdes, blickte nicht rechts noch links. Teresa schwenkte ihr Tuch frenetisch. Wieder zitterte der Boden, wieder war die Erscheinung binnen Sekunden vorüber, und wieder wäre es nur ein vorbeigaloppierendes Pferd mit Reiter gewesen; wenn nur der Mann im Sattel nicht Byron geheißen hätte.

Er hat mir gewinkt, sagte Teresa atemlos.

Das hat er nicht, sagte Schopenhauer, war er überhaupt hier?

Er ging nach vorne, wo der von den Wellen zurückbleibende Schaum leise knisternd zerfiel und die dünne, temporäre Glasur des ablaufenden Wassers vom Sand aufgesaugt wurde. Rote Krabben zuckten in ihre Löcher.

Ich sehe keine Spuren, sagte er. Teresa kam näher.

Und dort, fragte er, wohin soll er geritten sein?

Das ist doch eine Nebelbank, sagte Teresa, etwas unbehaglich.

Und wer war er? Ich sage dir: Es war der Geist des Wächters, der vor Jahrhunderten den Angriff der Genueser verschlief und seitdem dazu verdammt ist, den Lido hinauf- und hinab-, hinab- und hinaufzureiten.

Teresa lachte: Du willst nur nicht, dass er mich sieht.

Genau das ist es, dachte Schopenhauer, und dafür würde ich sogar noch dreistere Geschichten erfinden.

Eine lange Gondelfahrt, eine unendlich lange Gondelfahrt hatte Teresa allerlei Gehörtes und Gerauntes über den Lord erzählt. Und am Abend, als eine kleine Gruppe Freunde in Carlos Laden zusammenhockte, ging es wieder um Byron, der – neuester Skandal – die Fornarina aus dem Palast geworfen hatte. Luca, der eigentlich als Laternenanzünder unterwegs sein sollte, hatte es sich auf einem Stuhl in der Ecke beim Kanonenofen gemütlich gemacht und erzählte. Beppo, Carlos Geselle, Carlo selbst, Schopenhauer und ein gewisser Fonzo aus der Nachbarschaft saßen um einen Arbeitstisch, der jahrelang Fett und Talg aufgesogen hatte und wie eine polierte Marmorplatte glänzte. Teresa rumorte in den hinteren Zimmern, rief gelegentlich: Lauter!, um nichts zu verpassen.

Als Quelle gab Luca einen seiner Schwäger an, der im Palazzo Mocenigo Heizer sei und gelegentlich beim Aufwarten aushelfe. Dabei sei er Zeuge gewesen, wie die Fornarina auf den beim Diner sitzenden Lord zumarschiert sei, ihm das Messer aus der Hand gerissen und ihn beim Gerangel am Daumen verletzt habe. Ein Diener habe sich dann auf sie geworfen und entwaffnet.

Vorher hat sie eine gläserne Türe eingetreten, sagte Fonzo.

Halt dein Maul, ich erzähle, schnappte Luca und fuhr fort: Byron hat seine Gondolieri kommen lassen, und die führten sie – die sich schon wieder beruhigt hatte – hinaus. Aber als sich der Lord erneut zum Essen setzt, erneut Geschrei. Sie kommen die Treppe herauf, mit der Fornarina, pitschnass und Wasser spuckend.

Luca wartete darauf, dass einer Warum? sagte, und einer tat es.

Sie hat sich in den Canalazzo gestürzt. Aber die Bootsleute haben sie herausgezogen.

Kann sie nicht schwimmen?, fragte Schopenhauer.

Carlo, der lange Ketten geräucherter Wurst zu Paaren teilte, sagte: Wer kann hier schon schwimmen.

Wenn nicht hier, wo dann?, dachte Schopenhauer und sprach es aus. Carlo überlegte eine Weile, bis er achselzuckend sagte: Boote? Beppo, geschult in der Denkweise seines Chefs, ließ sich erstmals vernehmen: Brücken?, und Fonzo, der langsam das Muster erkannte, fügte hinzu: Fondamenta.

Mit einem beleidigten Unterton sagte Luca: Wollt ihr den Rest hören oder soll ich gehen und Laternen anzünden?

Dafür wirst du bezahlt, sagte Carlo, aber bring's zu Ende.

Byron lässt einen Arzt rufen, der soll die Fornarina wieder auf die Beine stellen. Er gibt ihr zwei Stunden. Wenn sie dann nicht raus ist, sagt er, dann gehe ich und komme nicht mehr zurück. Aber die ganzen Bedienten, die inzwischen zusammengelaufen sind, die fangen an zu winseln und zu flennen. Die Fornarina haben sie alle gehasst, weil sie ihnen die Rationen gekürzt und auf die langen Finger geschlagen hat.

Carlo gab Schopenhauer und Beppo je ein Ende einer Holzstange zu halten und begann die Wurstpaare darüberzuhängen. Er sagte: Die Fornarina hat eingesehen, dass sie weder einen Fuß auf den Boden noch je wieder ihr Köpfchen auf das Kissen bekommt?

Teresa betrat den Raum, eine Schnur fingerdicker Würste um den Hals. Kokett lächelte sie Schopenhauer an.

Sie stellt mich immer wieder auf die Probe, dachte er, *aber der erhabene Charakter wird die Schönheit der Weiber wahrnehmen, ohne sie zu begehren* … nun ja. Es war nicht immer einfach, ein bedeutendes philosophisches Werk geschrieben zu haben und die abstrakten Formulierungen mit den Zumutungen der Wirklichkeit zu versöhnen; immerhin tröstlich, dass niemand hier ihm etwas daraus vorhalten würde.

Dann ist wohl eine Stelle frei geworden im Hause Byron?, sagte Teresa. Schopenhauer tat, als habe er es nicht gehört, und Carlo warf ihr einen strengen Blick zu, als er die Stange nahm und unter der Decke zwischen zwei Balken einhängte.

Die Österreicher sähen ihn lieber heute als morgen abziehen, sagte Carlo.

Und ich die Österreicher, rief Luca.

Du?, rief Fonzo, und wie würdest du dann das gute Lampenöl, das du alle Tage im Magazin holst, gegen dein schlechtes vertauschen und verkaufen?

Luca legte Daumen und Zeigefinger aufeinander und ließ beide Hände vor der Brust kreisen, während er sprach:

Darauf bin ich so was von angewiesen – was haben uns die Österreicher denn gebracht?

Eine Weile schwiegen alle. Dann sagte Carlo, in alter Gewohnheit seine Hände bedächtig reibend:

Nun, das Brunnenwasser ist wieder trinkbar.

Die Ämter arbeiten. Man muss nicht mehr sechzehn Wochen warten, bis sie einem irgendeine Permission ausstellen, sagte Beppo.

Ich traue mich bei Dunkelheit aus dem Haus, sagte Teresa, mehr als früher allemal.

Sie sorgen dafür, dass die Lehrer jeden Morgen in den Schulen sind und ihre Arbeit tun, sagte Fonzo.

Für dich kommt das ja wohl zu spät, höhnte Luca und duckte sich vor der ausholenden Hand Fonzos.

Und ihre Richter sind streng, aber gerecht, sagte Carlo, und unbestechlich.

Leider, sagte Luca.

Auch die öffentliche Beleuchtung ist nicht schlecht, sagte Fonzo, wenn nur die Laternenanzünder nicht stinkfaul wären.

Dieses Mal langte Luca in die Richtung Fonzos, aber Carlo ging dazwischen.

Was ist mit der Freiheit, fragte Schopenhauer, was aus der stolzen Republik Venedig geworden?

Die Freunde sahen einander an und hoben die Augenbrauen.

Das ist die Sache der Carb–, sagte Beppo, aber er wurde von Carlo unterbrochen: Sprich's nicht aus. Sieh einer nach, ob da ein *satellite* sein Ohr an die Tür presst.

Fonzo lugte hinaus, bemerkte nichts Beunruhigendes. Beppo sprach dennoch leise weiter: Es sollen ihrer immer mehr werden, auch hier.

Ich kenne keinen einzigen, sagte Carlo, aber die Österreicher glauben, es wimmelt von ihnen.

Fonzo seufzte tief und zufrieden: Also werden wir noch eine Weile mit den Knödelfressern leben müssen?

Niemals, sagte Luca und hob die Hand zum Schwur, niemals werde ich einen Knödel essen. Aber bitte sehr!, eines will ich euch zugeben: die Mittagskanone. Das ist das Beste, was uns die Österreicher gebracht haben.

Der Kanonenschuss, der am folgenden Tag den Laternenanzünder Luca aus seinem wohlverdienten, im zermürbenden Dienst des Laternenanzündens und -löschens erworbenen Schlaf erweckte, beendete auch Schopenhauers Ruhe. Der Knall kam wie ein hüpfender Stein von San Giorgio Maggiore flach über den Bacino herübergerast, um als Geschoss in sein Zimmer einzuschlagen, heftig an den Glasscheiben und den Bettpfosten zu rütteln und die Vorhänge zu schütteln.

Das reicht jetzt, dachte er unter dem hart pochenden Klopfen eines plötzlich mobilisierten Herzens.

Was Teresa letzthin vorgeschlagen hatte, war nicht von der Hand zu weisen: eine Wohnung in der Calle dei Volti zu nehmen, nahe der Fondamenta, von der regelmäßig Boote nach Murano ablegten. Es käme ihn billiger zu stehen, als weiter im Albergo zu wohnen; er wäre abseits der Trampelpfade der Fremden, die dort oben nichts zu bestaunen hatten, und fern vom Donnern der k. u. k. österreichischen Mittagskanone, die für einen Menschen, der eine gute Taschenuhr besaß, so nötig war wie ein Kropf; und die im Übrigen nicht in erster Linie dazu abgefeuert wurde, um den höchsten Stand der Sonne anzuzeigen, sondern um sämtliche Ansprüche Kaiser Franz I. auf die ramponierte Schönheit Venedig und ihr Hinterland in einem knappen *Bumm* Tag für Tag zu erneuern. Das Beste an dem neuen Arrangement aber wäre, dass Teresa auf ihren Wegen zwischen der Insel der Glasbläser und dem Campo Carlo dort, in der Calle dei Volti, stets auf halber Strecke Station machen würde.

Er ging an das Fenster zum Kanal. Wenn er sich weit hinauslehnte, konnte er ein Stück der Pontonbrücke zwischen Campo Santa Maria Zobenigo und Salutekirche erspähen, ein schwingender und schwankender Steg, der in der Mitte einen Katzenbuckel machte, um kleinere Boote passieren zu lassen. Es war ein Samstag im November und ein weiterer Tag, an dem Arthur Schopenhauer nicht aus Venedig abreiste, obwohl er Florenz, Rom und Neapel hatte sehen wollen.

Orion

Die Wohnung lag unter dem Dach, mit einer niedrigen Decke auf schwarzen Balken und einem oft und hart gebürsteten Dielenboden, so dass Schopenhauer die Maserung des Holzes fühlen konnte, wenn er barfuß lief. Zwei Fenster beiderseits der offenen Feuerstelle öffneten den Blick zum Campo dei Gesuiti, ein schmales Rechteck, an dessen fernem Ende ein Stück Lagune blinkte, fast, aber nicht ganz verdeckt von den kolossalen Portalsäulen der Jesuitenkirche. Wasserträgerinnen füllten ihre Eimer an einem Brunnen; durch ihren Schwarm kreuzten schwarz gekleidete, stets eilende Patres, sicher wichtige Dinge im Kopf, in den Ohren aber die Anzüglichkeiten der *acquarioli.*

Die Wohnung bestand aus zwei Zimmern und einer Kammer. Matratze, Decken, Geschirr und ein Waschgestell konnte Schopenhauer kaufen, Tisch, Bett, Truhe und Kasten ließ ihm der Eigentümer des Hauses, der Jesuitenorden. Und wenn er frisches Wasser brauchte, musste er nur aus dem Fenster winken.

Schopenhauer lachte still. Wie lautete der Wahlspruch der Jesuiten: *Omnia ad maiorem Dei gloriam (vicit pietas)* – Zur größeren Ehre Gottes (siegt die Frömmigkeit).

Das passt über das Portal eurer Kirche, aber über meine Türe will ich es lieber nicht nageln, dachte er, der sich als reisender Schriftsteller auf der Suche nach einer ruhigen Unterkunft vorgestellt hatte.

Der Mietzins war rasch ausgehandelt, ebenso rasch der Transport seiner Sachen besorgt. Er kaufte Brennholz, packte die Taschen aus und stellte das *Oupnek'hat* auf ein Bord oberhalb des Bettes. Ein weißer Streifen lugte aus den Seiten. Er nahm die Karte heraus, las und steckte sie tiefer zwischen die Blätter. Alles zu seiner Zeit, dachte er, nein, eigentlich muss es heißen: zu *meiner* Zeit. Meine Zeit wird kommen, und ein Buch wird sie ankündigen.

Er löste die Kette der Taschenuhr von der Weste, wickelte die Uhr in eines der bestickten Taschentücher, steckte das kleine Paket in eine Schublade. Dann machte er Feuer und wartete, dass jemand an der Tür klopfte.

Die Frömmigkeit siegte nicht – nicht an diesem Abend, nicht an den kommenden Tagen und Nächten, überhaupt niemals, wenn Teresa an die Tür klopfte. Nie hatte Arthur einen Menschen getroffen, der sich weniger um das Gerede und die Blicke anderer kümmerte (und Blicke zog sie an wie ein Topf Honig die Wespen). Sie schlug das Kreuz, wenn sie an einem der Wandaltare in der Stadt vorüberging, sie machte ihren Knicks vor dem Pfarrer (und unterließ es bei den sausenden Patres vom Campo), doch das waren anerzogene und eingewöhnte Formeln und ihr so wichtig wie die Frage, ob man Polenta links- oder rechtsherum rühren sollte. Sie war neben einer Kirche geboren; vielleicht hörte sie deshalb die Glocken nicht mehr; auch nicht jene dröhnenden der Jesuitenkirche, die sie zur rechten Zeit wecken sollten, dann, wenn sie weiterziehen musste, zu Carlo oder zu der Glasfabrik.

Arthur erwarb Geschick darin, sie in den Wachzustand zu bringen. Mit der Zeit fand er eine Stelle, an der die leichteste Berührung genügte: die kleine Kuhle hinter dem Ohrläppchen; dann musste er allerdings oft einem schwingenden Arm ausweichen. Immer fragte er, was sie geträumt hatte, und immer sagte sie: Ich träume nicht. Aber er hatte sie beobachtet, bevor er sie weckte, und die fliegenden Augäpfel unter den Lidern gesehen, die stimmlosen Worte auf ihren Lippen.

Und weißt du, warum ich nicht träume?

Worauf Arthur zu erklären begann, dass alle Menschen träumten und sogar viele Tiere, dass die Wissenschaft dieses, jenes und noch mehr herausgefunden habe – dummes Zeug, sagte sie, ich träume nicht, weil ich lebe. Ich brauche keinen Traum, das macht mich nur verrückt, das macht alle verrückt, die ihre Träume in die Tage hinüberretten wollen, anstatt zu tun, was zu tun ist.

Er konnte sie lange ansehen, bevor er sie weckte, und er tat es immer im letzten Moment; die tadelnden Worte und die hastige Ungeduld, die eiligen Abschiede nahm er in Kauf.

Er wäre nicht der Philosoph gewesen, der allen verkündet hatte, nur aus dem Buch der Welt zu lesen (anstatt die Welt aus hohlen Begriffen abzuleiten), wenn er das Geschehen und Geschehende nicht – wie gleichsam neben sich gestellt – beobachtet hätte. Zwischen Nähe und Entfernung pendelte er, wie bei einem der alten Tänze, wo man aneinander vorbeiparadiert, dann aufeinander zugeht, Ellenbogen einhängt für eine kurze aufregende Berührung, eine Drehung macht und wieder auseinanderstrebt (und mit verrenktem Hals dem anderen nachsieht), in vielfacher Wiederholung.

Er verrenkte sich durchaus den Hals nach ihr; Teresa war schön (das sahen die anderen auch), besonders aber schön für ihn, den Philosophen, der sagte: Ich kenne keine Sonne, sondern immer nur ein Auge, das eine Sonne sieht, eine Hand, die eine Erde fühlt: Mein Auge, das sie sieht, und meine Hand, die sie fühlt – ihr Haar, das sich kaum unter ein Tuch zwängen ließ, in das sie manchmal krumme Scheitel zog; ihre Stimme, die etwas in seinem Brustkorb zum Schwingen brachte; diese Muttermale auf dem Bauch, die sich mühelos zum Sternbild des Orion zusammenfügen ließen (wenn man die Brustwarzen als Bellatrix und Beteigeuze dazunahm); dass sie Vergnügen hatte an dieser Konstellation, besonders an der Bellatrix, der Streitbaren, und dass Orion jetzt fast alle Abende zu sehen war; und dass sie jedes Mal japsend lachen konnte, wenn er die neu entdeckte Stella Polenta hier, da und dort suchte. Er lachte nie ein zweites Mal über denselben Scherz, sie aber lebte die ganze Geschichte – als sei sie gegenwärtig – in der Vorstellung nach.

Nichts Einzelnes an ihr war vollkommen, sogar ihre Augen, in ihrem verwirrenden Braun und Grün, sie saßen zu eng beieinander, und das linke Lid hing tiefer als das rechte, und die siebeneinhalb Kopflängen auf die Länge des Körpers gemessen, welche die Proportionslehre idealisierte, zählte sie auch nicht – eher mehr. Sie war nicht aus schönen Teilen zusammengesetzt, wie das die alten Maler manchmal getan hatten, um im Ganzen das Beste zu erzielen: das Lächeln von dieser, die Lippen von jener, die Nase von einer anderen. Teresa traf Arthurs Idee von Schönheit, ungewollt und unbemüht: im Schlafen wie im Wachen, in Ruhe und Bewegung, im Sprechen und im Schweigen, im Tun und im Lassen, in ihrer Gegenwart und in der Erwartung. Kurz – in ihrer Nähe, wirklich oder gedacht, ergriff ihn ein unaussprechliches Wohlgefallen; und Teresa, ganz robuste Eitelkeit, fragte nie, verlangte nicht nach Schwüren oder Offenbarungen. Und er dachte: Warum etwas geben, das nicht verlangt wird?

Hornhaut

Der Kursus in der Kunst des Gondellenkens (für den *dottore* nach wie vor in Form des *s'ciopòn*) wurde fortgesetzt, sobald er etwas Festeres als Teresas Schenkel greifen konnte (Titas freche Worte; doch Schopenhauer war ihm nicht böse). Sein Lehrer kam zwei- oder dreimal zum Campo dei Gesuiti, aber meistens fuhr Schopenhauer, mit oder ohne Teresa, nach Murano, zum Rio di San Matteo. Die drei Schläge, die er zuerst erlernt hatte, gingen ihm langsam in Fleisch und Blut über. Von weiteren Blasen blieb er verschont, weil er das Rudern sein ließ, sobald die Haut der Handinnenflächen zu spannen und zu jucken begann. Übereifer hatte ja keinen Sinn: Wenn er Weicheres als Teresas Schenkel nicht mehr fühlen konnte, dann wäre die Hornhaut zu dick geworden.

Tita zeigte ihm zwei Manöver, um das Boot anzuhalten: die *siàda alta* und die *siàda bassa*. Schopenhauer meisterte die Schläge, indem er sich vorstellte eine riesige Tintenfeder zu führen: die konnte ja breite ebenso gut wie dünne Striche zeichnen, je nachdem, wie man sie in den Fingern drehte. Am liebsten aber übte er den lässigen Tritt: In einer scharfen Rechtskurve, wenn Gefahr bestand, dass das ausschwingende Heck an eine Mauer schlug, musste man – am elegantesten ohne hinzusehen – das linke Bein heben und mit dem Fuß kräftig abstoßen. Wer allerdings den Abstand zur Mauer falsch einschätzte, fiel ins Wasser. Aber neben dem Glasofen trockneten Schopenhauer und seine Kleider rasch.

Andere Dinge hatte er in dieser Zeit kaum zu tun. Er hätte seine Briefe auch an die Calle dei Volti zustellen lassen können; lieber ging er alle drei Tage auf die Post, oder, wenn der *s'ciopòn* zur Verfügung stand, dann fuhr er vor, von Wassertor zu Wassertor: via Rio dei Santi Apostoli, links in den *canalazzo,* unter dem Ponte Rialto hindurch, zum Palazzo Grimani. Die Anstrengung tat ihm gut; nach solch einer Tour summten seine Muskeln wie eine hart angeschlagene Saite.

Seit dem Brief von Brockhaus war kein anderer eingetroffen. Auch nichts von Quandt; obwohl Schopenhauer ihm noch zwei weitere Male aufgetragen hatte, dem Verleger endlich Beine zu machen und sich, nun ja, dabei, möglicherweise, im Ton vergriffen hatte. Trotzdem verließ er die Post nicht unglücklich. Manchmal sagte er sich: Morgen statte ich Byron meinen Besuch ab, so oder so, ganz sicher. Aber dann kam es ihm sinnlos, künstlich, von nur vorgestellter Bedeutung vor, so unnötig, und er dachte an Teresa, wie begeistert sie gewesen war, als Byron vorübergaloppiert war.

Er wartete, zögerte, schob und dehnte.

Tita sagte ihm, er sei der einzige Fremde, der ihn nicht über seinen Herrn ausfrage. Alle wollten sie Geschichten hören. Viele hätten ihm sogar Geld geboten. Manche wollten durch den Palazzo geführt werden, die Käfige der wilden Tiere sehen, die lüsternen Frauen und den Vorsteher dieses Zirkus. Er biete diesen Neugierigen dann eine Tracht Prügel an und führe sich sehr gefährlich und bedrohlich auf. So kämen doch die meisten auf ihre Kosten. Wenn allerdings Arturo einmal – das wäre wohl eine andere Sache. Sie müssten nur einen Tag wählen, an dem der Lord nicht im Palazzo war; schwierig, da er in letzter Zeit ruhiger lebe und weniger ausgehe, aber möglich.

Schopenhauer lehnte dankend ab. Wenn ich durch die Vordertür schreiten kann, dann muss ich nicht über die Hintertür hineinschleichen. Aber das sagte er Tita nicht.

Hat der deine auch so grässlich aus dem Maul gerochen?, fragte Fidelis, den Schopenhauer auf der Riva del Vin in einem Kaffeehaus getroffen hatte. Ihm hätten sie sogar die Passage gratis nach Padua angeboten, wenn er nur endlich abziehe.

Ich habe ihn gefragt, was gegen mich vorliege, sagte Fidelis, worauf der mit dem Höllenbrodem raunt, sehr geheimnisvoll, wohl weil er glaubt, das mache den Geheimpolizisten in der ersten Linie aus: Noch nichts, Herr von Morgenrot, *noch* nichts!

Schopenhauer hatte ihm erzählt, dass er eine Wohnung im Cannaregio genommen habe und nun eine Überwinterung in der Stadt erwäge. Reisen über den verschneiten Apennin seien schließlich auch kein Vergnügen.

Du hast doch sicher eine Geliebte, sagte Fidelis.

Schopenhauer bot ihm die flüchtigste, beliebigste Beschreibung, die mit den geläufigsten Wörtern das Geringste sagte – hübsch, munter, ehrlich, einfach, flink. Als ob ihr das einen glänzenden, aber schützenden Überzug gäbe, der lüsterne Blicke und Gedanken von ihr fernhalten könnte; als ob er sie aus jeder Gefahr und Versuchung heraushalten könnte; und als ob dies alles nötig wäre, als ob er sich ihrer nicht sicher sein könnte, als ob ausgerechnet sie ausgerechnet seines Schutzes bedürfe.

Ah, sagte Fidelis und wusste nicht recht, ob er neidisch sein sollte: Ich bin nun wohl eine Art *cavalier servente* geworden. Der Valabrègue weiß es, aber ihn kümmert nur mehr sein *Lascia la spina* – das hast du sicher gehört, sie pfeifen's ja an allen Ecken und Enden.

Schopenhauer sagte, er habe sogar eines von Valabrègues illustrierten Textheften gekauft, als er die Catalani im Operntheater gehört habe.

Ja, die Catalani, sagte Fidelis träumerisch, *carne vecchia fa bon brodo,* reifes Fleisch macht eine gute Suppe – doch nichts gegen ein weniges an jungem Gemüse, gelegentlich in die Alltagsbrühe eingeworfen.

Schopenhauer dachte: Bitte, solange du nicht in meinem Garten zupfst.

Aber berichte, bist du endlich bei Byron gewesen?, fragte Fidelis und fiel fast hintenüber, als er die Antwort hörte. Er schüttelte den Kopf und fasste mit beiden Händen in sein sorgsam gescheiteltes Haar: Das ist die goldene Rutschbahn, nur dass du hinaufrutschen wirst. Glaub mir, gibst du diese Empfehlung nicht ab, wirst du es bis ans Ende deiner Tage bereuen.

Das wäre vielleicht einmal eine Gelegenheit gewesen, das Für und Wider einer Aufwartung bei Byron abzuwägen. Aber er wurde nur misstrauisch gegen Fidelis, dessen sprudelnde Begeisterung, dessen unbedachtes Ergreifen aller Dinge. Konnte es sein, dass dieser ewige Student der menschlichen Natur (bevorzugt der weiblichen Hälfte derselben) an seinen

Rockschößen hängend in den Salon Byrons zu kommen hoffte?

Ich und der Doppelgänger des Lords, das hätte noch gefehlt.

Hätte ich nur den Mund gehalten. Hätte ich doch diese Karte nie erhalten. Aber ich musste ja drum bitten: *um eine Empfehlung, die mir eine interessante oder wichtige Bekanntschaft auf der Reise verschaffen könne.* Und Goethe, ganz der *deus ex machina,* den er für unsere Familie immer gespielt hat, reicht ein schlichtes Kärtchen aus der Kulisse.

Ich habe Zeit, sagte er, noch ist mein Buch nicht da.

Beinahe hätte er angefügt: Gott sei Dank; wenn das nicht eindeutig skandalös gewesen wäre.

Der Mann reichte ihm kaum bis an die Brust. Er sprach Venezianisch; vielleicht hatten sie ihn deswegen geschickt: damit echter klang, was ihm zu sagen aufgetragen war. Sein spitzes Kinn sprang weit vor, die trägen Lider konnte er kaum heben, schon gar nicht weit genug, um Schopenhauer ins Gesicht zu sehen. Er kam plötzlich aus dem Dunst, versperrte Schopenhauer den Weg, kaum mehr als ein leicht zu übersteigender Stolperstein, und redete sogleich an den (von oben gezählt) vierten Mantelknopf hin.

Ein *satellite* der armseligen Sorte, dachte er, aber der Hauch von Mitleid verging schnell.

Ob der *dottore* etwas über seine *cara amica* erfahren wolle, da gebe es nämlich Einiges zu erzählen, sagte der Kleine zu dem Mantelknopf, und falls der werte *dottore* glaube, dass ausgerechnet er der Einz–

Schopenhauer hob den Arm, der Messingknauf seines

Stockdegens touchierte die Kinnspitze, ein leichter Stoß nur, die Zähne schlugen leise klackend aufeinander. Er bremste den Fall des Kleinen mit einem Griff unter die Achseln und setzte ihn auf die nächste Schwelle, angelehnt, dass er nicht umfallen konnte.

Du dürftiger Wicht, erfahre du etwas über diesen *dottor* Schopenhauer, flüsterte er.

Er steckte ihm eine schwere Münze zwischen die Finger, schloss diese zur Faust, und die Faust schob er in die Jackentasche. Damit der kleine Mann etwas Erfreuliches zu befühlen hatte, wenn er aufwachte. Damit er nicht greinend zu seinem Vorgesetzten lief; damit dieser keinen Hebel in Bewegung setzte, an dessen anderem Ende Schopenhauers Hinauswurf aus der Stadt stünde.

Nach dieser Begegnung hörte er nichts mehr von der Polizei. Er sah wohl öfter noch bedrohliche Figuren herumschleichen, die ihn bedeutungsvoll und finster anstarrten; aber das machte ihn nur entschlossener, sich von niemandem vertreiben zu lassen.

La note xe bela

Auf langen Spaziergängen und vielen Bootstouren lernte Schopenhauer die Schattierungen von Grau lieben, und die verlegenen, flüchtigen Beimischungen von Farbe: ein gewittriges Gelb am Himmel, ein dunkelgrüner Algenfetzen treibend im Wasser, hellbraune Schlieren auf schwarzem Schlick, Rostrot krümelnd an einem Eisengeländer, die blaue Abtönung der Grauskala im Mondlicht. Das Grau kroch in einstmals bunte Fassaden und saugte Farbigkeit aus altem Putz. Was es nicht erreichte, überließ es dem Staub. Nordwind im späten Dezember brachte einen Schneeschauer, grundierte alles weiß. Aber das Grau holte sich alles zurück. Das Grau sagte es auf seine Weise: *Nichts soll standhalten im vergänglichen Leben. Kein unendlicher Schmerz, keine ewige Freude, kein bleibender Eindruck, kein dauernder Enthusiasmus, kein hoher Entschluss, der gelten könnte fürs Leben.*

Wer sich einmischt, dachte Schopenhauer, wird aufgerührt.

Morgens ging er oft an die Fondamenta Nuova, um ins Grau zu schauen und zu sehen, wie Lagune, Nebel und Wolkenhimmel um seinen besten Ausdruck stritten: Die Wolken gaben ihm Form, das Wasser den Glanz, der Nebel die Tiefe. Wenn dann eine schwarze Perlenkette von Booten hinter einer Trauergondel auf San Michele hin zog, unter dem immer stilleren Läuten des Totenglöckleins – mancher wäre wohl trübsinnig geworden, wenigstens melancholisch. Schopenhauer aber genoss diese unentschiedene, schattenlose Welt; es ließ sich gut in ihr, über sie denken, und ihre Graumalerei stand für die Abwesenheit aller Extreme und die Herrschaft des Gleichmaßes.

Es ließ sich, wenn er dort saß und sich in der Betrachtung der Dinge verlor, in raren Momenten auch das Denken selbst vergessen – genauer: sein Selbst vergaß sich als Individuum, indem er sich ganz und gar der Selbstvergessenheit hingab, dem Strom der Zeit und des Wollens entstieg, zu einem wurde, von dem man sagen konnte, es sei *ihm einerlei, ob er aus dem Kerker oder aus dem Palast die Sonne untergehen sieht*.

Teresa, wenn sie in der Wohnung war, holte ihn in die Welt zurück; wenn nicht, konnte auch eine Polenta von Mamma Stella dies bewirken.

Ein Bild der Stadt, wie die Fremden es verlangten: für die zarte Beleuchtung der Mond, umkragt von einem seidigen Halo, der Hundsstern kräftig funkelnd, für den besseren Effekt direkt über dem Campanile, dem einsam hochragenden, daneben die Kuppeln von San Marco hervorlugend aus der gezackten Graslandschaft von Kaminen, Giebeln, Türmen, Kanten, Dächern, Schiffsmasten. Er legte das Ruder hin und ließ das Boot treiben, über glattes, bläulich schimmerndes Blei, in dem rauhe Sandbänke schwebten wie Schlacke auf der Schmelze. Teresa setzte sich zu ihm auf das schmale Deck und begann eine Melodie zu summen, dann zu singen.

La note xe bela,
fa presto, Nineta,
andèmo in barcheta
i freschi a chiapar.

Frische Luft schnappen?, fragte Arthur fröstelnd. Sie rückte noch näher heran.

Das ist eben ein Liedchen für den Sommer.

Es ist Sommer, sagte er, hörst du nicht die Nachtigallen?

Nachtigallen?, flüsterte Teresa, ich höre die kreischenden Fingernägel der lebendig Begrabenen, drüben auf San Michele. Sie kratzen sich blutig in ihren Marmorgrüften. So was hat man uns Kindern immer erzählt.

Sie hatte ihre Hand auf Arthurs Nacken liegen und fuhr die Krallen aus. Unwillkürlich schüttelte er sich. Er lauschte. Da hing wirklich ein seltsames Geräusch unklarer Herkunft in der Luft, doch weder von Nachtigall noch Lerche. Was immer – Teresa übertönte es, direkt in sein schwaches Ohr hinein: Ach wie schön, so ganz allein zu zweien im Mondenlicht zu rudern und zu tuscheln:

Che gusto contarsela
soleti in laguna
e al chiaro de luna
sentirse a vogar.

Schreib mir das bitte auf, sagte Schopenhauer, es ist schön.

Das kann man nicht aufschreiben, sagte sie.

Kann es sein, dass ich im Buch der Welt ein paar Seiten überblättert habe?

Der Gedanke ließ sich nicht leichthin von der Hand weisen. Er kam mit Teresa, sie zog ihn wie eine Schleppe hinter sich her; blieb noch lange, nachdem sie gegangen war; er stellte sich sogar ein, wenn Schopenhauer nur an sie dachte. *Meine Philosophie wird nie im mindesten das Gebiet der Erfahrung, des Wahrnehmbaren, überschreiten. Denn sie wird, wie jede Kunst, bloß die Welt wiederholen.*

In der Wiederholung der Welt suchte er Vollständigkeit. Kein philosophisches System kann ohne diesen Anspruch aufgestellt werden. Denn das wäre, als ließe ein Festungsbaumeister eine Lücke in der Mauer stehen. Das hieße jedermann einzuladen, ins Innerste würden sie hineinspazieren, die Fremden und die Freunde. So wie Teresa, die in sein Innerstes kam; mit ihr dieser Gedanke.

Wo ist die Lücke, wo das dritte Tor? Zwischen den beiden Einfallstoren, die Schopenhauer lange und gut bedacht, aus klugen Sentenzen gezimmert und mit unwiderleglichen Konklusionen gesichert hatte, musste er sie suchen. Hinter dem einen Tor lag die reine, selbstlose Liebe, hinter dem anderen die *Metaphysik der Geschlechtsliebe*, die von Möglichkeit, Wirklichkeit und Nutzen der sinnlichen Liebe handelte: das despotische Reich des Eros, der Tummelplatz Cupidos, der geflügelten Kindesgestalt mit dem unerschöpflichen Pfeilköcher, blindlings mal hierhin, mal dorthin zielend, damit ein jeder Hans seine Grete finde.

Nur, die ganze Verliebtheit, das Getändel und Getue, das allemal der Vereinigung der Hansen und der Gretes vorausgeht, und das dieselben in ihrer Blindheit für den Zweck des

Ganzen halten – es ist ein Schauspiel, ein Mittel der Natur, für ihre Zwecke. Denn der Natur sind Hans und Grete, Lotte und Werther, Teresa und Arthur gleichgültig; sie will die Erzeugung der nächsten Generation befördern, sie will die Gattung und nicht das Individuum, welches wird, lebt, leidet und vergeht, selbst wenn der Hans der Grete ewige Liebe schwört, und sie ihm. Und nachdem es nicht bei bloßen Schwüren bleiben soll, hat die Natur dem Hans das seinige, der Grete das ihrige gegeben, damit sie es benutzen; und weil sie es benutzen, hat die Kirche die Ehe dazugetan, damit sie die Schöpfung ehren und mehren; hat der Staat seine Gesetze gemacht, damit er nicht allzu viele Bankerte alimentieren muss.

Die andere Art der Liebe, von der Schopenhauer in seinem Buch sprach (konnte man denn schon sagen: *lehren*? – daran würde er sich, wohl oder übel, gewöhnen müssen), diejenige, welche die Griechen *agape* nennen und die Römer *caritas,* erschien ihm zu heilig, zu entsagend, zu selbstlos – zu schwach für eine Teresa Fuga und auch ganz falsch (wiewohl in der Theorie einwandfrei dargelegt).

Er wäre ein vollkommener Narr und Prinzipienreiter, wenn er, was die Angelegenheiten der Venus betraf, nicht zugriffe; hier und jetzt und kräftig. Aber deswegen diente er noch lange nicht als Erfüllungsgehilfe der Natur (oder ihres Agenten, des blinden, treibenden Willens) und deren Zwecken: Wäre es so, dann benutzten er und Teresa einander nur, dann wären die blühend süßen Worte welk, bevor sie noch die Lippen verlassen hatten.

Schopenhauer wollte, konnte das nicht glauben, und von Teresa gar noch weniger. Es ist die eine Liebe nicht und nicht die andere, dachte er, und vielleicht überhaupt keine.

Er fand bei Missiaglia in einem versteckten Regal, bei den Büchern, die niemand kaufen mochte, einen uralten Francis Bacon in rissigem Einband: *Sermones fideles.*

Manch altes Buch will nicht mehr gelesen werden; es war so lange bei sich und unberührt, dass es dem, der es irgendwann öffnet, nur noch sein Bestes mitteilen und dann zerfallen will. Dieses klaffte in einem halben Dutzend Spalten und verschwieg zweihundert, zu steifen, knackenden Platten verbackene Seiten. Er steckte den Zeigefinger in einen beliebig gewählten Spalt, weitete ihn und las:

Die Liebe findet nicht nur in ein offenes Herz Eingang, sondern auch in ein verschlossenes – wenn dieses nicht sorgfältig bewacht wird.

Laster alter Herren

Mit dem plötzlichen Reichtum war Ernüchterung und nicht, wie insgeheim erhofft, Enthemmung gekommen; stattdessen war ein neuer Lord Byron erstanden, besorgt um gegenwärtige und künftige Liquidität, der in buchhalterlicher Manier einen Brief an Hobhouse und Kinnaird schrieb und zur Erledigung aufgab: dass der Advokat Hanson endlich saubere Rechnung lege, mit Belegen und allem; dass seine Schulden in England so weit als möglich beglichen und der verbliebene Rest des Vermögens profitabel angelegt würde – vorausgesetzt, die ausgewählten Wertpapiere trügen diesen Namen zu Recht und seien außerdem noch sicher.

Vater und Sohn Hanson, als sie endlich abgezogen waren (seltsames Volk: erst wollen sie nicht kommen, dann nicht gehen, aber über die Küche des Landes hatten sie ständig zu nörgeln, sie, zwei Engländer), trugen im Gepäck den Brief an Hobhouse und Kinnaird.

Ein weiterer Entschluss des gewandelten Byron betraf die Entfernung der – ebenfalls gewandelten – Fornarina aus dem Palazzo Mocenigo. Ja, sie hatte sich als Haushälterin bewährt, kleinlich und sparsam. *Aglio e olio*. Aber konnte Byron – der Illustriertenheld Europas weiblicher Jugend und reiferen Alters – auf die Dauer mit seiner *Haushälterin* das Bett teilen?

Er hatte sie daraus verweisen wollen, sie es nicht zugelassen. Überhaupt war sie nicht mehr zu führen gewesen, nach Lust und Laune schikanierte sie die Bediensteten, welche Byron deshalb mit Beschwerden in den Ohren lagen. Sie warf eines Tages ihren venezianischen Schal weg, staffierte sich mit unmöglichen Kostümen aus, bemühte sich nach Kräften, die Dame zu geben – dabei konnte sie weder schreiben noch lesen (trotzdem öffnete sie Briefe, wenn sie die Handschrift einer Frau auf dem Umschlag zu erkennen glaubte; anfangs aus Eifersucht, später aus Gewohnheit). Das war nicht mehr das wilde, anmaßende Mädchen aus dem einfachen Volk, das ihn einmal fasziniert hatte.

Einmal noch lebte sie ihre alte Rolle aus, in einem letzten, gekonnt dargebotenen Dramolett, das Byron durchaus Respekt abnötigte. Sie trocknete die Tränen und ging dahin zurück, wo sie hergekommen war: zu ihrem Bäcker.

Angelica Catalani trat Nacht für Nacht im Teatro Fenice auf. Die ganze Stadt sprach von diesen Vorstellungen; davon, dass sich, auf schon fast unheimliche Weise, einer Seuche gleich, ein Lied von dort verbreitete, um wuchernd alle anderen Klänge auszulöschen. Das weckte Byrons Neugier.

Schon beim ersten *Lascia la spina* hörte er eine vertraute Stimme, etwas heiser und rauh, ungeniert mitsingen. Die Catalani rollte die Augen, suchte die Kehle, aus der der Misston drang, wild entschlossen, sie nach der Vorstellung eigenhändig zuzuschnüren. Byron hatte die Fornarina im Parkett längst ausgemacht, er wusste, dass sie dieses Ständchen ihm zu Ehren brachte.

Bei der zweiten, ungestörten Zugabe saß er still, versunken und im Innersten ergriffen von der Musik, und schaute über das Parkett hin in die Loge vis-à-vis, wo sich ein Mann in den dunkelsten Winkel seiner Höhlung drückte, sein Gesicht nur ein fahler Fleck über einer kaum heller leuchtenden Kragenbinde. Aus allen anderen Logen hingen die Menschen über die Brüstungen, starr gebannt vom Gesang der Catalani. Nur dieser tat so, als wolle er nicht bemerkt werden, wie der Gast, den niemand eingeladen hat.

Beim Verlassen der Loge schmerzte der verkrüppelte Fuß. Nach zweien und einem gehumpelten Schritt stützte sich Byron am Türrahmen ab und wartete, dass das Stechen nachließ. Der Mann gegenüber war in einen Disput mit einem der Höker verwickelt, die Catalániramsch feilboten. Er stand etwas vorgebeugt und bewegte, wenn er sprach, eine Hand erregt auf und ab, die andere legte er hinter seine Ohrmuschel. Byron ging hinkend davon, jeden einzelnen seiner aus dem Takt geratenen Schritte spürend. Wenn er den Mann im Foyer sähe, dann würde er ihn ansprechen, der Lahme den Schwerhörigen, und versuchen, ihm das Geheimnis seiner Zurückgezogenheit zu entlocken, und warum er dem Zauber dieses Liedes hatte widerstehen können.

Er sah ihn nicht mehr. Entweder war der Mann sehr schnell verschwunden oder in der Menge von Gesichtern aufgegangen, die den Lord am Ausgang umringten.

An einem Abend suchte Byron nach längerer Abstinenz den Salon der Contessa Benzoni auf. Die Contessa war ein venezianisches Urtier, wie sie ohne Scheu vor Abnutzung durch Wiederholung scherzte, und ihre frühesten Vorfahren dem Sumpf der Lagune entstiegen, nachdem sie lange fruchtlos darin gewühlt hätten. Später hatten sie es zu Ansehen, Reichtum und zu dem Palazzo am Canal Grande gebracht, in welchem die Contessa lebte.

Als Byron gegen Mitternacht das Portal durchschritt, warf sich ein Sofakissen auf zwei Beinen mit fliegenden Armen in seine Bahn, die Contessa; mit gemeinhin geschätzten sechzig Jahren noch flink und rund und weich genug, um den Zusammenprall für beide Beteiligten schmerzlos und herzlich zu gestalten. Byron mochte die entspannte Atmosphäre des Salons, die nachlässige Formalität des Umgangs und die Offenheit, mit der die Contessa Geheimnisse ausbreitete, die sie gerade erst ins Ohr geflüstert bekommen hatte – das waren die Spielregeln der *conversazioni* der Benzoni. Von den jungen Frauen, im Damenzimmer entlang der Wand auf Sessel gereiht wie Hühner auf der Stange, wählte die Contessa hin und wieder eine aus, schob sich dann seitlich an den Lord heran und fragte mit dem süßesten Lächeln, ob sie ihm nicht eine reizende junge Dame präsentieren dürfe. Was ihr selten verwehrt wurde, denn wegen solcher Arrangements pflegte er den Salon aufzusuchen – auch deswegen.

Dieses Mal hatte sie eine soeben eingetretene Dame im Sinn. Byron hatte schon einen Blick gewechselt; aber es war der gewandelte Lord, den die Benzoni ansprach; der aus jüngst gewonnener Überzeugung antwortete, sie wisse sehr wohl, dass er keine Damenbekanntschaften mehr suche: Wenn sie hässlich seien, dann weil sie hässlich seien. Und wenn sie hübsch seien, dann weil sie hübsch seien. Zudem war die edle Dame (zweifellos: man sah es an Schmuck, Putz und Haltung) am Arm eines älteren Edelmannes hereingekommen; dieser blickte wie ein Krokodil umher. Die Benzoni bohrte weiter, bis Byron entschied, dass die junge Frau weder besonders hübsch noch sehr hässlich sei.

Die Gastgeberin stellte sie als Contessa Teresa Guiccioli vor; sie entstamme alter Aristokratie in Ravenna, habe auf der Klosterschule die Ausbildung einer höheren Tochter erhalten und eine Liebe für Dante und Petrarca entwickelt, mit etwas über achtzehn Jahren, dem Beschluss ihrer Familie gehorchend, den Conte Alessandro Guiccioli geheiratet, einen der reichsten Männer der Romagna. Und da sie erst am Vormittag in Venedig eingetroffen und abends im Theater gewesen war, sei sie sehr müde und habe eigentlich gleich wieder gehen wollen; aber die Contessa Benzoni habe ihr doch fünf Minuten abringen können.

Nachdem sie fort war, fiel Byron auf, dass er niemals zuvor mit einer Frau über Dante und Petrarca gesprochen hatte, schon gar nicht einer solchen, die weder sehr hässlich noch besonders hübsch, sicher aber mehr hübsch denn hässlich war und, für eine Italienerin, helle Haut und helles Haar besaß und lachte, wann und so laut sie wollte, anstatt nur verschämt zu kichern, so wie es die Hühner von Benzonis Stange taten.

Schon auf der kurzen Fahrt zwischen den Palazzi Benzoni und Mocenigo spürte er den Trotz, der kratzend die weich schmeichelnde Decke unterkroch, die Teresa über ihn ausgeworfen hatte.

Auf dem Tisch lag ein Brief von Hobhouse. Byron sah kurz darauf, fegte das Papier zur Seite und nahm ein unbeschriebenes Blatt.

So, Lord Lauderdale erzählt also Geschichten!

Welches Stück *meint er? Seit dem letzten Jahr bin ich Spießruten gelaufen – ist es die Tarruscelli – die Da Mosti – die Spineda – die Lotti – die Rizzato – die Eleanora – die Carlotta – die Giulietta – die Alvisi – die Zambieri – die Eleanora da Bezzi (welche die Mätresse des Königs von Neapel war – eine von ihnen) – die Theresina aus Mazzurati – die Glettenheimer – & ihre Schwester – die Luigia & ihre Mutter – die Fornaretta – die Santa – die Caligari – die Portiera – die aus Bologna – die Tentora und ihre Schwester –* cum multis aliis? *– manche von ihnen sind Gräfinnen – & manche Schustersfrauen – manche adelig – manche mittelmäßig – manche nieder – & alle Huren – welche also meint der verdammte alte Gauner? – ich hatte sie alle, und obendrein dreimal mehr seit achtzehnsiebzehn –*

Er legte die Feder weg.

Das sieht doch sehr nach dem alten Byron aus, dachte er, dem, der einen Ruf zu nähren hat, der mit Vergnügen schreibt: *Was ich mit dem Kopf verdiene, gebe ich für den Schwanz aus.*

Der neue Byron würde das nicht mehr tun. Jedenfalls nicht mehr mit dem durchs Schreiben verdienten Geld. Er setzte seinen Namen unter den Brief, dann ein Postskriptum, in dem er Hobhouse beschwor, aus Murray, dem Verleger, herauszupressen, was nur möglich sei. Das mit dem verträumten Dichter, der gnädig unbeteiligt das ihm zugedachte Honorar annahm, weil ohnehin unbezahlbar – diese Zeiten seien vorbei, endgültig.

Die Liste dieser Damen, das werden sie wieder für Prahlerei nehmen, dachte Byron, nur – warum fühle ich mich, als hätte ich gebeichtet? Ja: Ich gebe mir selbst die Absolution.

Er tunkte die Feder abermals ein und fügte ein zweites P.S. an.

Die Fornarina ist vor einiger Zeit ihrem Manne zurückerstattet worden – aber erst nach einem Angriff mit dem Messer. –

Noch etwas wollte er sagen. Da würden sie staunen in London:

Mit dem Konkubinat bin ich durch.

Als der streng auf die Uhr blickende Conte Guiccioli kurz aus dem Raum gegangen war, hatte Byron der jungen Frau etwas zugeflüstert.

Den folgenden Abend, während der Alte nach dem Diner ruhte, sandte der Lord der Contessa eine Gondel, die sie zu einer Gondel brachte, in der er wartete, und gemeinsam fuhren sie zu Byrons Casino, wo sie sich in großer Heiterkeit um die italienischen Dichter kümmerten.

Tags darauf, während der Alte nach dem Diner ruhte, wiederholten sie die Prozedur, von Gondel zu Gondel zu Casino, und Teresa kümmerte sich mit großer Ernsthaftigkeit um den englischen Dichter; und umgekehrt.

Kurz vor Weihnachten begann Byron den zweiten Canto des *Don Juan*. Lange hatte es gedauert, bis die Freunde sich zum ersten geäußert hatten. Spät kamen sie angetrippelt mit ihren schweren Bedenken, kinnkratzend, kopfschüttelnd, seufzend, mit *hmm* und *jaah* und *vielleicht nicht doch?* Kinnaird wagte sich als Erster vor.

Ich habe dein Gedicht gelesen – Don Juan ist exquisit – die Syphilis *muss allerdings gestrichen werden.*

Dann Hobhouse.

Das erste Mal, dass ich Deinen Don Juan *las, war unser Freund Scrope Davies im Raum. Hin und wieder rief der eine oder andere von uns beiden: Das kann unmöglich gedruckt werden!*

Und weiter:

Unsere Einwände beruhen auf den Sarkasmen gegen Lady Byron, auf der Freizügigkeit, ja der Zotigkeit vieler Stanzen; den Ausfällen gegen die Religion, den beiläufigen Hieben auf andere angesehene Autoren unserer Zeit. Eigentlich hatte die Welt die dumme Vorstellung aufgegeben, Dich mit Deinen düsteren Helden gleichzusetzen. Vom Juan, dem Tunichtgut, wird man das nicht sagen können. All die eitlen Geschichten über Dein venezianisches Leben werden dadurch bestätigt, gar verstärkt.

Das alles, schrieb Hobhouse weiter, könne man nicht einfach mit Kürzungen, Korrekturen, Kommentaren entschärfen – und schlug dann das Ungeheuerliche vor:

Alles in allem kann ich nur dringend dazu raten, den Don Juan *völlig zu unterdrücken; das meint inzwischen auch Douglas Kinnaird.*

Das ließ Byron die Fäuste ballen: Verrat. Was für Freunde. Einer dieser sogenannten steckte ihm sogar, was Augusta, die geliebte Schwester, ängstigte: *Dieses neue Gedicht, wenn er darauf besteht, wird ihn ruinieren.*

Keiner hatte behauptet, das Werk sei schlecht, im Gegenteil. Warum also vor der Heuchelei der ganzen Christenheit zurückprallen, der Prüderie Englands? Nur getrost publizieren – und Trost aus den Honoraren schöpfen: *Ich kenne den genauen Wert des allgemeinen Beifalls; kaum ein Schreiberling hat davon mehr gehabt als ich.*

Murray würde das schon einsehen, denn der nahm seinen gar nicht kleinen Anteil, während die Freunde nur stellvertretend für den Dichter erröten konnten. Schlimmstenfalls, bestenfalls, könnte der Verleger erst einmal die Lage erkunden, nur ein paar Dutzend Exemplare drucken und probeweise zirkulieren lassen.

Und welche Ironie troff aus der Bemerkung Hobhouses, Byron gleiche dem Don Juan. Wenn er nächtens am zweiten Canto arbeitete, lud er mehr und mehr seiner venezianischen Existenz auf die Schultern dieses Don Juan, schon richtig – aber er, Byron, entfernte sich aus diesem Leben, still, stetig, Vers für Vers. Das hätten die in London aus dem Ende des ersten Canto herauslesen können (wenn sie nicht schon anfangs über die Schmähung Lord Castlereaghs – aber vor allem über die Bob Southey angedichtete *ejaculatio retarda* – in helle Aufregung und Verwirrung geraten wären):

My days of love are over, me no more
The charms of maid, wife, and still less of widow
Can make the fool of which they made before;
In short, I must not lead the life I did do.
The credulous hope of mutual minds is o'er,
The copious use of claret is forbid too,
So for a good old-gentlemanly vice,
I think I must take up with avarice.

Das Gondelspiel spielten Byron und Teresa einige Male; während der Conte sein Abendmahl verdaute, Geld verdiente oder Besuche machte – und ganz Venedig über den heftigen

Bootsverkehr tuschelte. Im Salon der Benzoni jedoch achteten sie die Sitte, mehr oder minder – seine Lordschaft mehr, die Contessa minder. Sie flüsterte nicht gerne. Sie sprach vor alten Schachteln freiweg über Privilegien der Jugend. Einmal rief sie dem eintretenden Freund *mio Byron!* entgegen, worauf das gedämpfte Geplauder abrupt verstummte. Sie besuchte Byron allein in dessen Loge – ein Skandal – und blieb dort sitzen, ein weiterer Skandal.

Byron verspürte mit leisem Entsetzen, dass Teresa ihn gerne als *amico* gehabt hätte. Die hitzköpfige, heißblütige, warmherzige Teresa, verehelichte Contessa Guiccioli, seltsamste und wunderlichste Frau, die er je getroffen hatte, wollte aus dem Lord einen *Cavalier Servente* machen; ein Vorhaben sicherlich angetan zur beiderseitigen Bequemlichkeit und Vereinfachung vieler Dinge. Was eben noch unakzeptabel gewesen war, würde durch Anerkennung weniger Regeln und das Zelebrieren diverser Rituale vor aller Augen respektabel. Die Haltung des undurchsichtigen Conte hätte freilich zuvor der Klärung bedurft und Byron selbst einer gründlichen Seelenerforschung, bevor er seiner *dama* Schal, Fächer und Handschuh hätte nachtragen wollen.

Am Morgen nach dem Vorfall im Theater half Byron Teresa in die Gondel. Schweigend beobachtete der Conte, abberufen nach Ravenna, einen quälenden Abschied der verbotenen Worte und unmöglichen Berührungen, einen verlegenen Austausch von Floskeln und Belanglosigkeiten. Teresas Rückkehr war ungewiss, nicht allein eine Frage des Wann, auch des Ob.

Ich will und will doch nicht

*Was uns fast unumgänglich zu lächerlichen Personen macht,
ist der Ernst mit dem wir die jedesmalige Gegenwart behandeln,
die einen nothwendigen Schein von Wichtigkeit an sich trägt.
Wohl nur wenige große Geister sind darüber hinweggekommen,
und aus lächerlichen zu lachenden Personen geworden.*

A. S.

Das, dünkt mich, muss Dich freuen

Was für ein unhandlicher Klotz. Goethe hatte nicht gezaudert, ein Messer genommen und das Buch per Augenmaß in zwei Hälften geschnitten, die ihm nun mit gerade angenehmem Gewicht die Handflächen beschwerten. Er entdeckte das Motto auf dem Titelblatt – *Ob nicht Natur zuletzt sich doch ergründe?* –, murmelte: Ich soll das geschrieben haben? Wo?, blätterte ein wenig, legte das Buch weg und ging zu Tisch.

Nachmittags nahm er es wieder vor, schlug es hier und dort auf und notierte die Seiten, auf denen er Interessantes antraf, und schickte den Zettel an Adele Schopenhauer. Im Tagebuch protokollierte er:

Montag, 18. – Brachte Fräulein Schopenhauer das Werk von Arthur Schopenhauer: Die Welt als Vorstellung und Wille. *Ward einiges gelesen und mitgeteilt.*

Dienstag, 19. – Mittags zu vieren. Hofrat Meyer. Schopenhauers Werk und über dasselbe. Dunkel, recht eigene Sprache.

Donnerstag, 21. – Kamen die Fasanen aus Böhmen. Mittag zu vieren. Schopenhauers Werk: Die Welt als Vorstellung und Wille *wieder aufgenommen, trat jedoch Hofrat Meyer ein. Abends Schluss des 23. Gesangs der* Ilias.

Sonntag, 24. – ORIENTALIA. *Hofrat Noehden. Dr. Rein-*

hold aus Kiel, gegenwärtig in Jena. Mittag zu vieren. Nach Tische Schopenhauers Welt. *Eingeschlafen. Kam August, von Cameralien und Hofsachen gesprochen.*

Am Sonntagabend band Goethe die Hälften mit einem Faden zusammen und stellte das Buch in seine Bibliothek, zu den anderen Philosophen.

Den Weg zum Postamt hätte Schopenhauer nach den vielen gemachten Gängen im Schlaf gefunden. Eines Tages würde er, wie immer, den Postsaal betreten, der Postsekretär würde seinen stehenden Scherz machen und fragen: *Sciope-au-är'e.* Come si bukstabire?, und dann würde es ein gewöhnlicher Tag bleiben oder sich in einen Tag verwandeln, an den er sich immer erinnern würde. Es wäre ein Brief oder ein Paket, entweder von Quandt oder von Brockhaus (falls Letzterer die Größe wiederfände, dem Philosophen zum unzweifelhaft bevorstehenden Erfolg zu gratulieren – höchst unwahrscheinlich).

Es war ein Brief seiner Schwester.

Von Adele?, dachte Schopenhauer, aber er kannte diese Ameisenkolonnen eingeschnürter Buchstaben mit den zarten Kringeln über den *u.* Er trug den Brief hinaus und setzte sich auf eine Stufe vor der Kirche San Luca. Zwei Blätter, eng und beidseitig beschrieben, zog er aus dem Umschlag. Die ersten Absätze – Geplänkel, Weimarer Geschichten. Er las nur die Hauptwörter und die Namen und schenkte sich den Rest.

– Nun lass uns von Deinem Werke reden. Ich erhielt es vor kurzem.

Schopenhauer sprang auf, die Augen auf die Zeilen fixiert.

Goethe habe es mit großer Freude empfangen und augenblicklich begonnen, darin zu lesen. Aber, bevor sie weiter berichte, schrieb Adele, wolle sie kurz das Folgende einschieben: Quandts Vater sei verstorben, er habe dennoch zwei Exemplare auf den Weg gebracht, nur sei es mit den Postlaufzeiten so eine Sache, es sei auch ungewiss, ob die österreichische Zensur die Sendung nicht aufhalte. Aber Arthur solle sich gedulden, es sei heraus und unterwegs. Sie habe es übernommen, die Mitteilung zu geben, da sie ihm ohnehin noch Wichtiges zu sagen habe, davon weiter unten.

Schopenhauer lehnte jetzt neben dem Eingang zur Kirche; ein Heiliger sah ihm von seiner Nische aus über die Schulter.

Goethe lese eifrig, schrieb die Schwester, er habe sich gefreut, seine eigenen Worte als Motto auf dem Titelblatt zu finden. In dem Buch gefalle ihm vorzüglich die Klarheit der Darstellung und der Schreibart, obschon Arthurs Sprache von der der anderen abweiche, und man sich erst gewöhnen müsse, die Dinge so zu nennen, wie er es verlange. Auch gefalle ihm die ganze Einteilung gar wohl.

Nächstens hoffe sie ihn wieder allein zu sprechen; vielleicht äußere er etwas Befriedigerendes. *Wenigstens bist Du der einzige Autor, den Goethe auf diese Weise mit diesem Ernst liest; das, dünkt mich, muss Dich freuen.*

Tut es, dachte Schopenhauer, nur soll der Alte nicht der Einzige bleiben.

Er suchte die Zeilen nach weiteren Namen und Hinweisen auf Rezensionen ab, fand aber keine und setzte wieder an.

Die Vorrede erschreckte mich. Dann fand ich zu viele fremde Worte und Andeutungen, die ich nicht verstehen konnte. Wenn ich einen Freund hätte, der mir's erklärte, läse ich wohl das ganze Buch, –

Schopenhauer ließ die Blätter sinken und schaute in das Treiben auf dem Platz. Er registrierte ein ungewöhnlich mildes Gefühl für seine Schwester; sie war oft auf der Seite der Mutter gewesen, aber hatte sie das nicht sein müssen? Allein konnte sie nicht existieren – doch als Geschwisterpaar durchs Leben zu gehen, wie sie das von Zeit zu Zeit wohl gerne gehabt hätte – nein, niemals.

– läse ich wohl das ganze Buch, doch wollte ich lieber gestehen, das sittenloseste Buch gelesen zu haben als ein Werk dieser Art – Du kennst die Narren nicht, mit denen ich lebe. Jemand könnte mich verraten und ich wäre geliefert. Ich weiß wenig, doch zeige ich das schon nicht gern – und es ist auch gut so; denn uns Frauen kleidet vieles Wissen schlecht. Aber zu meinem weiteren Anliegen, das ich lange habe liegen lassen, Du weißt, wie ich manchmal bin und das Notwendige vor mir herschiebe, wiewohl das ein Zug unserer Familie zu sein scheint, –

Schopenhauer legte den Brief auf die Seite.

Es war also endlich erschienen. Über drei Monate zu spät. Er erinnerte sich dunkel, früher einmal ein paar schwärmerische Zeilen notiert zu haben: Vom Werk, das wachse und sich runde wie ein Kind im Mutterleib; und er selbst damals nicht fähig, das Entstehen dieses Werkes recht zu begreifen, wie die Mutter nicht das Entstehen des Kindes in ihrem Leib zu begreifen vermag. Und mit dem Amüsement des nunmehr mit einem originalen Werk publizierten Philosophen (die Dissertation, so gut sie war, zählte nicht in diese Kategorie), sah er die Notiz vor sich, im alten, zugeschmierten

Ideenheft: *Ich betrachte es und spreche wie die Mutter: ich bin mit Frucht gesegnet.*

Er lachte, glücklich und sehr zufrieden. Er sah die Eierschale aufspringen, das Küken schlüpfen: kaum heraus, schon auf den Beinen. Jetzt musste es flink laufen lernen, ein stolzer Hahn werden, den Misthaufen der gegenwärtigen Philosophie erklimmen und laut krähen. – Nun, was noch? Das Schwesterchen schrieb doch immer sehr umständlich.

Dein Mädchen in Dresden ist guter Hoffnung.

Guter Hoffnung?, dachte Schopenhauer, den Nachhall des gerade Erinnerten noch im Kopf und eine Hitze im Gesicht, als wäre vor seiner Nase eine Ofenklappe aufgeflogen.

Wenn Du diesen Brief in Händen hast, dann ist der vierte Monat vollendet oder überschritten. Verzeih mir und zürne nicht, dass ich nicht früher schrieb, doch was hätte es geändert? Ich habe sie, Dein Einverständnis ungefragt vorausgesetzt, in Dresden aufgesucht.

Er dachte gar nicht daran zu zürnen; zu verzeihen gab es auch nichts. Und keinen Grund zur Freude, der ihm spürbar gewesen wäre, nicht in diesem Moment. Karoline. *Mein Mädchen in Dresden,* wie seltsam das klang. Er hatte sie fast vergessen.

Die andere Annehmlichkeit der Hofbibliothek, dachte er, und: Das darf ich nicht sagen, das ist nicht gerecht, nur leider wahr, denn, natürlich, die Gehilfin des Buchbinders konnte nicht die Frau des Philosophen sein; sie konnte schön sein, reizend sein, da sein. Aber nicht bleiben. Karoline. Die zarte Gestalt. Der Indische Schrank. Bücher, Gedanken, Hypothesen. Die Stufen hinab, zwei, drei auf einmal. Ihre Kellerkammer, Dunkelheit und Wärme. Der Geruch von

Papier. Spiel, Scherzworte, ihr sanfter Dialekt. Kopf gegen Körper. Der Geruch von Papier an ihr. Lachen vergeht, Lächeln verschwindet. Nah und näher. *Die Lust ist die ernsteste aller Leidenschaften.*

Was für ein Ernst ist das?

Der Ernst der Tierheit.

Die Tiere lachen nicht.

Das hatte er nur dem Manuskriptheft anvertraut. Weil der letzte Beweis noch ausstand? Wirklich? Oder weil er für ein prüdes Zeitalter schrieb, dem man nicht alle Türen in die dunklen Kammern der Menschenseele aufstoßen musste, wenigstens nicht sofort? Er schüttelte den Kopf, wartete einen Augenblick, dass die Worte gingen und das rechte Gefühl sich einstellte; aber es zog sich zurück wie eine Schnecke, der man auf die Fühler klopft, tief in die Spiralwendel.

– Sie ist ein gutes Kind, ganz ergeben in das, was ihr blüht. Bald wird sie nicht mehr arbeiten können. Sie ist allein, Du wirst ihr helfen müssen. Ich habe keinen Zweifel, dass Du Deine Pflichten anerkennst. Mir ist die Sache ganz entsetzlich, kann ich jedoch für das Mädchen irgendetwas tun, so sage es unverhohlen.

Eine Melodie fing ihn ein, sie trat durch sein schlechtes Ohr, denn das bessere hielt er mit der Hand bedeckt, die den Kopf stützte und irgendwie den ganzen Mann, wie er auf der Stufe vor dem Kirchenportal saß und weit und leer über den Platz starrte. Ein Bursche schlenderte vorbei, rezitierte (mehr als dass er sang) die ersten beiden Zeilen und pfiff weiter, wo das Textgedächtnis endete, schrill und auch zu schnell, aber erkennbar: *Lascia la spina, cogli la rosa… quando nol crede il cor.*

Selbst ohne ein vor dem Pfaffen abgelegtes Brautexamen hatten sie doch gewusst, dass das, was sie taten, Folgen haben konnte. Beide hatten die Rose gepflückt; der Dorn hatte nur sie gestochen.

Sie trägt das Unglück aus dem Leichtsinn, ich aber die Schuld, dachte er, denn der Mann befriedigt seine Lust auf Kosten des Glücks anderer – falls dies nicht im Zeichen der Ehe geschieht, die dies alles regelt, nur nicht die Liebe. Vorstellbar war ihm weder das eine noch das andere. Nicht mit Karoline.

Sicher, er würde ihr Geld zukommen lassen, so bald als möglich, so viel wie nötig, das war sicherlich irgendwie, irgendwo festgesetzt. Er würde das Kind alimentieren, so lange wie nötig. Er könnte es, vielleicht, sogar lieben.

Unwillig nahm er den Brief Adeles auf, überflog die restlichen, unerheblichen, vermischten Nachrichten. Im Postskriptum schrieb sie:

Neulich verbreitete sich das alberne Gerücht, dass Muhl nicht mehr sicher stehe, die ganze Sache klärte sich sehr schnell auf; es war ein Missverständnis. Einige trübe Tage hat mir die Sache gemacht, denn die weite Entfernung verzögerte die Gewißheit, daß es bloßer Krämerquatsch sei. Nun sind wir jedoch ganz beruhigt.

Abraham Muhls Handelshaus in Danzig war der Familie Schopenhauer seit langem verbunden. Johanna und Adele hatten ihr gesamtes vom Vater ererbtes Vermögen bei Muhl stehen, er selbst den größten Teil. Er nahm Adeles Mitteilung zur Kenntnis, froh, dass wenigstens diese Sache ohne bittere Folgen geblieben war.

Auf dem Weg in die Calle dei Volti gewann die Freude

über das Erscheinen des Buchs die Oberhand. Bald würde er eines in der Hand halten. Wie viele andere Leser auch. Von wegen Makulatur, Brockhaus.

Das andere – so weit weg, so lange her. Und Teresa in der Wohnung; vielleicht, denn sie kam und ging nach eigenem Plan. Karoline dagegen, sie war immer da gewesen.

Admittitur

Als das Buch endlich auf Albuin Hochkoflers Tisch lag, waren nur wenige der gefalzten und gebundenen Bögen aufgeschnitten. Der Zensor hatte die Nase hineingesteckt und einige Eselsohren geknickt, bevor er den Stempel *Admittitur* auf das Titelblatt gepresst hatte. Er war einer der gemütlicheren Beamten dieser Abteilung und beim Aushändigen des Buches hatte er gesagt: War mir zu mühsam. Wird man den Händlern eh nicht im Dutzend von den Regalen reißen.

Dann saß Hochkofler eine Weile und betrachtete es. Seine Reise nach Hause begann – jetzt. Am Abend würde er die vier Kisten zunageln, die noch offen in der Stube standen, gefüllt mit dem wenigen, das er weiterhin besitzen wollte: zwei Dutzend Bücher, ein paar Landkarten, ein kleiner Globus, ein Teleskop, ein Satz feiner Werkzeuge, farbige Gläser und Linsen, chemische Substanzen, zwei Laternen mit Reflektor, ein klappbares Messer, zwei Brillengläser, viele leere Hefte (für seine eigenen Gedanken künftig), Bleistifte, Federn und Tinte. Am kommenden Morgen würde der Fuhrmann klopfen, die Kisten übernehmen und einlagern, bis in den Spätwinter oder an die ersten Frühlingstage, sobald Ochsenkarren die Passage in das südliche Tirol mit Aussicht auf glückliche Ankunft wagen konnten. Hochkofler würde fürs Erste nur einen großen Rucksack packen.

Metternichs Standpauke war nicht nur glimpflich, sondern als Lobrede ausgefallen. Magister Hochkofler habe Fiktion und Realität in einer Weise vermischt, dass ein überaus glaubhaftes Dossier entstanden sei. Worin eine interessante Zukunft der Intelligenzabteilung liegen könne: Hochkofler erhalte einen Brocken ungeformter, lückenhafter Erkenntnis zugeworfen, einen Klumpen Ton, bildlich gesehen, den setze er auf seine Drehscheibe und unter der Manipulation geschickter Finger und schneller Rotation entstehe daraus – ein hohler Körper, hatte Hochkofler gedacht – die Form, über die man sich im Vorhinein im Groben verständigt habe.

Er hatte höflich auf eine Atempause des Staatsministers gewartet und erklärt, er müsse den Dienst quittieren. Dass dies sein plumpes, ausgebranntes Herz befahl, sagte er nicht; dass er nie wieder ein Dossier für die Zwecke eines anderen schreiben würde, sagte er auch nicht. Ein großes Unglück habe die Familie getroffen, seine Hand werde gebraucht. Metternich kappte ihm ungeduldig das Wort: Man werde einen klugen Kopf hier vermissen, doch entweder mit Feuereifer dabei oder – Reisende dürfe man nicht aufhalten. Falls er zurückkehren wolle, jederzeit.

Er begann die Seiten zu trennen, so wie er das mit Hunderten von Büchern getan und sich mit ihnen beiläufig bekannt gemacht hatte. Danach wusste er, ob ein Werk sofort oder später vorzunehmen oder besser ins Regal einzustellen wäre. In alter Gewohnheit las er den ersten und den letzten Satz.

Dann machte sich Albuin Hochkofler auf seine Reise.

Im Gehen bedachte er das, was er am Wirtshaustisch, auf einer Holzbank oder einem Stein sitzend, an einen Baum gelehnt oder rastend im Heulager gelesen hatte. Die Postillione bliesen ihn von der Straße, Extraposten drängten ihn in den Graben, weil er, tief versunken oder vor sich hin redend, nicht Landschaft, Leute noch Verkehr beachtete. Sobald er ein Pensum verdaut hatte, hielt er an, um aus dem Buch neue Wegzehrung aufzunehmen.

Der Kopf entdeckte, dass er einen Leib besaß – zumindest mit einem solchen verbunden war. In den Jahren des Kanzleidaseins war dieser wenig beansprucht worden; nun meldeten sich Beine und Rücken, zuerst schmerzhaft. Mit zunehmender Kraft stellten sie die alte, vertraute Verbindung zwischen dem Kopf und dem Erdboden her, den Hochkofler unter den Füßen spürte, hart oder weich, steinig oder staubig, willkommene Rückversicherung während philosophischer Spekulation.

Wo er pausierte, um zu lesen, hob er einen Stein auf, den er bei der nächsten Rast ablegte, um dort einen anderen für die kommende Etappe einzustecken. Er wählte einen Kiesel, wenn er glaubte, ein einfaches Stück vor sich zu haben, einen Brocken, wenn die Lektüre schwerfiel, und einen noch schwereren, wenn er einen Weg – gedanklich – wiederholen musste. So bewegte er entlang seines Pfades viel Gewicht und dennoch wurde ihm immer leichter: Albuin Hochkofler war ein glücklicher Sisyphos; er sah nicht den einen Felsen wieder und wieder hinabrollen, er nahm sich neue, wieder und wieder. Von Zeit zu Zeit baute er seitlich des Weges einen Steinmann und steckte ein zusammengerolltes Stück Papier dazwischen, auf dem geschrieben stand, was er bis dahin von Schopenhauers Werk verstanden hatte.

Hochwasser

Drei Tage hatte es Anfang Februar bei ungewöhnlicher Wärme geregnet. Dann begann der Scirocco die Wellen der südlichen Adria vor sich herzutreiben, vom Stiefelabsatz über den Sporn den ganzen Schaft hinauf. Als würde man einen Badezuber an einem Ende anheben, floss das Wasser am anderen zusammen; dazu gossen die angeschwollenen Ströme Po, Etsch, Brenta, Piave, Tagliamento und Isonzo ihre Fluten: Den Venezianern schwappte es bis unter die Nase. Der Scirocco stürmte weiter, überwand in wuchtigen Brechern die Mauern am äußeren Lido, zerstörte die Salinen und die Röhrichtzäune um die Fischzuchten (wodurch Abertausenden Zuchtfischen die Flucht gelang) – und hielt vor allem den Abfluss all der Wassermassen ins adriatische Becken verschlossen, ein Stöpsel aus Wind.

Schopenhauer erwachte im Pfeifen und Brausen des Sturms frühmorgens durch das Geräusch zerbrechender Dachziegel und dringlich geläuteter Glocken. Vom Fenster sah er den Quartiersvorsteher hastig die Öffnungen des Brunnens auf dem Campo dei Gesuiti mit einer lehmartigen Masse zuschmieren. Kurz darauf lief der Platz von Norden, von den Fondamenta Nuove her, zu, und wenige Minuten später erreichte die Flut den Kanal unterhalb von Schopenhauers Fenster, füllte und überfüllte ihn, bis brauntrübes Wasser links und rechts des Brückenabgangs überquoll und sich mit der vorausgeeilten Flut am Fuß des Brunnens vereinigte.

Schon bevor die Flut die Säume ihrer schwarzen Gewänder nässen konnte, hatten die Ordensmänner einen schmalen Steg gebaut, der, immer nahe an den Fassaden und mit einigen Abzweigen, bald den ganzen Platz überbrückte. Später hantierten die Patres und Fratres mit markierten Holzbrettern, die exakt in die senkrechten Schlitze der steinernen Türpfosten passten. Fünf der Bretter übereinandergefügt, die Ritzen mit Hanf und Lehm verschlossen, bildeten eine wasserdichte Barriere bis auf Brusthöhe, hielten die braune Flut aus den Häusern.

Schopenhauer legte den Kopf schief, um die Buchstaben auf den Brettern der nächstgelegenen Barriere zu entziffern. Vom Untersten war nur noch ein Halbkreis zu sehen, vermutlich ein O, dann A, dann M und D, zuoberst G. Es brauchte eine Weile – aber dann lachte er laut auf: *Omnia ad maiorem Dei gloriam*.

Er zog sich einen Stuhl ans Fenster.

Eine weitere halbe Stunde später stand der Campo bis über den Sockel des Brunnens unter Wasser, ein nervöser Spiegel, aus zittrigen Reflexionen gestückelt. Jesuiten eilten über den Steg, schwarze Ameisen auf einem dünnen Zweig, brachten Säcke, Taschen und Kisten aus den Nachbarhäusern in ihre feste Burg. Drei von der Flut vertriebene Hunde lagen eng zusammengerollt auf dem höchsten Punkt der Brücke. Das Wasser stieg weiter.

Teresa verließ das Bett, kam zum Fenster, gähnte, öffnete es einen Spalt und schnüffelte.

Aria da Levante, sagte sie und legte sich wieder hin.

Er blieb am Fenster und sah zu, wie der Buchstabe A im Wasser verschwand, dann das M. Zwischen M und D schien es langsamer zu steigen, aber das G ging in einer einzigen, schwellenden Welle unter, die von der Fondamenta anrollte, die Stufen der Brücke hinaufschwappte und sich mit ein paar Spritzern nach den Hunden reckte. Einer sprang auf und bellte gegen das Wasser. Danach stieg es nicht weiter.

Schopenhauer machte Feuer und schaute gelegentlich nach dem Wasserstand. Teresa lag schlafend, ihre Haare, über das Kissen ausgebreitet, glänzten. Über ihr, an der Wand, saßen auf dem Bücherbord, Seite an Seite, das schöne *Oupnek'hat* (den Buchstabendreher im Titel sah er schon lange nicht mehr; vielleicht wollte er ihn auch gar nicht sehen) und die in runzliges Schweinsleder gewandeten *Sermones fideles* des Francis Bacon. Die hatte er damals aus Mitleid (und ja: Dankbarkeit) gekauft.

Seine beiden, in graue Pappe vorläufig gebunden, sahen in dieser Gesellschaft ärmlich aus. Vielleicht würde er sie demnächst einmal zu Quadri bringen. Die Bücher waren vor zwei Wochen angekommen, ein überraschend kleines, bescheidenes Paket. Er hatte sie eher mit Erleichterung als erfreut in die Hand genommen, geschweige denn jubelnd oder triumphierend, und sich darüber gewundert, aber die (wenig überzeugende) Erklärung gefunden, dass er jede Seite, jede Zeile, jedes Wort darin kannte und es nicht darauf ankomme, dass er es nun besitze, sondern dass es Wirkung entfalte bei seinen Lesern. Wenigstens waren die Bücher nicht mit weiteren schlechten Nachrichten aus Deutschland angereist, war nichts beigepackt, was ihn an das erinnern konnte, was er beständig auf die Seite zu drängen suchte, Karoline und seine Vaterschaft – aber auch keine Mitteilung über Rezensionen oder Hinweise auf irgendein Echo.

Sie standen da, stützten sich gegenseitig, zwischen einem geliebten und einem vergessenen Buch. Nicht ein einziger Bogen war aufgeschnitten. Nicht einmal die Zensur hatte sich dafür interessiert. Nicht einmal der Form halber. Ein Zettel lag bei, mit dem verwischten Stempel *Admittitur*.

Er hätte seinem Plan folgen, die Empfehlung nehmen, gar das Buch einstecken können, sich bei Byron melden lassen – Ah, Mr. *Sk-Sho*-Schopenhauer, Sir, Sie sind wohl ein Bekannter Goethes? Ihr, uhm, väterlicher Freund? Ah, *indeed*. Umstürzendes philosophisches Werk geschrieben? Von der Zensur unverändert passiert? *Well*. Das sollte mir einmal passieren! Wie geht's dem alten Goethe? So, lange nicht gesehen. Habe ihm ein Werk gewidmet, *Manfred*. Faustischer Stoff. Schon lange in Venedig? Wohin dann? Nun gut, ich werde im Casino erwartet. Sie wissen schon. Lassen Sie gelegentlich von sich hören –

– Schopenhauer sah: Man brauchte es sich nur als ein absurdes Theaterstück vorzuführen, und die Idiotie der ganzen Angelegenheit, in ihrer rituellen Formalität, so, wie sie nun einmal ablaufen würde und müsste, trat ins helle Licht des Tages: Was anderes als seine Philosophie kann einen Philosophen empfehlen? Was anderes als die Kühnheit und Klarheit seiner Gedanken? Fast schämte er sich für die Idee, eine Karte Goethes könnte ein Ersatz dafür sein.

Die Vorrede. Adele hat sich von ihr erschreckt gefühlt; aber dazu gehört nicht viel. Habe ich es dennoch übertrieben?, dachte er, und vor allem an diesen einen Satz: *Daher mein Rat ist, das Buch nur wieder wegzulegen.*

Wenn sie, die Leser und Rezensenten, das nun wirklich taten, ergrimmt über die maßlosen Forderungen des Autors und dessen Hang zum koketten Scherz, *welchem eine Stelle zu gönnen in diesem durchweg zweideutigen Leben kaum irgendein Blatt zu ernsthaft sein kann?*

Aus Dresden, Leipzig und Weimar kamen keine Nachrichten; bis auf eine belanglose Notiz von Quandt. Brockhaus schrieb natürlich keine Zeile. So wusste Schopenhauer nicht, ob der Verleger die Sortimentsbuchhändler beliefert und die Rezensenten versorgt hatte. Ein wenig Anpreisung wäre nicht schlecht gewesen. Die Händler besonders in den Universitätsstädten könnten das Buch auf einem Tischchen nach vorn rücken, den Abdruck einer Rezension dazulegen, egal ob Lob oder Tadel. Damit es in der Flut der anderen Werke, periodischen Blätter und Zeitungen nicht ersaufe. Goethe, wenn er nicht nur mit Adele darüber spräche, könnte es propagieren; eine solche Empfehlung ginge rasch von Mund zu Mund, wäre Goldes wert.

O ja, die Vorrede (statt einer erklärenden Einleitung, welche eine sanfte Rutschbahn in das Werk hinein hätte sein können) war alles andere als bescheiden. Leser wollen umschmeichelt, angenehm gekitzelt sein und nicht gepiesackt werden, schon gar nicht auf den ersten Seiten. Man soll ihnen nicht sagen, dass sie ein Buch zweimal zu lesen haben, damit sie es – *möglicherweise* – verstehen; das hätte er (bei jedem anderen als seinem eigenen) auch als Zumutung empfunden. Dessen durchaus bewusst, lege er das Werk zwar *mit innigem Ernst* vor; gab aber ein Achselzucken dazu:

Früher oder später werde es sein Publikum schon erreichen: *Das Leben ist kurz und die Wahrheit wirkt ferne und lebt lange – sagen wir die Wahrheit.*

Sobald das G auf dem Flutschott zur Gänze sichtbar wurde, nahm er die Karte aus dem *Oupnek'hat* und tat sie an ihren alten Platz, die Innentasche seiner schwarzen Weste. Unmittelbar stellte sich das alte Gefühl des Schutzes ein. Möglicherweise war das ihre eigentliche Aufgabe, oder: ihre Aufgabe war Möglichkeit im eigentlichen Sinne – indem die Begegnung mit Byron niemals vollzogen werden sollte –

Was ist das?

Teresa war bei der Trattoria unten im Haus gewesen und gerade zur Tür hereingekommen, mit zwei Schüsseln dampfender Pasta.

Ein Wechselbrief, sagte Schopenhauer, ich will zu Goldschmid Söhne am Rialto gehen. Ich habe kein Geld mehr, und morgen kommt der Jesuitenfrater über die Planke getrappelt, die Miete holen.

Das Wasser steht zu hoch. Setz dich zu mir.

Sie aßen die Pasta, einander zugewandt auf dem Bett sitzend wie die Schneider.

Turo?

Dimmi, sagte er, sprich.

Erklärst du mir dein Buch?, sagte sie und gestikulierte mit dem Löffel in die Richtung des Bücherbretts.

Diese Frage. Er wäre wohl ein wenig beleidigt gewesen, wenn sie niemals gefragt hätte. Aber darauf gewartet hatte er auch nicht. Manchmal saß sie neben ihm, wenn er mit zusammengezogenen Augenbrauen irgendwohin starrte und eine Stunde lang kein Wort herausbrachte. Sie beendete das meist mit einem Stoß in die Rippen und einer Bemerkung: Den Mann, der zu lange nichts sagt, den verlassen entweder die Worte oder die Frauen, oder: Zu tiefe Denkerfalten leiten den Regen auf die Nase, oder was immer ihr gerade einfiel. Seltsam, dachte er, bei einem Professor der neueren Philosophie hätte ich Zweifel, aber sie wird es verstehen.

Es ist nur ein einziger Gedanke, sagte er.

Dafür ist es ein dickes Buch geworden.

Ich sage: Die Welt ist im Kopf.

Teresa blickte unwillkürlich aus dem Fenster. Dann fühlte sie nach ihrem eigenen Kopf, fuhr durch ihr Haar und sagte mit einem triumphierenden Lächeln:

Der Kopf ist in der Welt.

Das Buch sagt, warum der Kopf, der in der Welt ist, behaupten kann, dass die Welt im Kopf ist.

Und warum?

Weil der Kopf auf einem Leib sitzt.

Warte, warte, ich habe Köpfe ohne Körper gesehen – in den Kirchen, Engelsköpfe über kleinen, weißen Flügeln.

Erst die Anschauung, dann der Begriff, das ist gut so, sagte Schopenhauer. Du gibst besser Kontra als ein Hegelianer.

'eghel was?

Eghel egal!, rief er.

Teresa schmollte und murmelte mit gesenktem Kopf:

Ich bin ungebildet, ich habe nur unseren Buratti, *la note xe bela fa presto Nineta,* lalala, du hast diesen Eghel, Ariosto und Dante und Petrarca und wie sie heißen.

Petrarca meint: Bildung ist nur ein äußerlicher Schmuck –

Was soll denn gegen Schmuck zu sagen sein?

Er betrachtete sie eine Weile. Nichts war gegen Schmuck zu sagen; aber vieles über das, was bleibt, wenn der Schmuck abgelegt, der Glanz abgewetzt ist. *Dann bleibt nämlich nur der natürliche Verstand, und der kann fast jeden Grad von Bildung ersetzen.* Aber nicht umgekehrt. Warum tat ein jeder so, als wollte er fein gebildet sein? Um im wichtigsten Buch von allen, dem Buch der Welt, zu lesen, brauchte man nicht einmal das Alphabet zu kennen. Überhaupt: Seit einem halben Jahr hatte er mit niemandem ein philosophisches Gespräch geführt (gut, über die indischen Dinge, in fahrlässiger Oberflächlichkeit allerdings, mit Fidelis), dann kam ein venezianisches Mädchen und entlockte ihm mit ein paar klug gestellten Fragen und Einwänden das Ganze seines Werkes, so dass es in eine Nussschale passte. Allein dafür war das Mädchen verehrungswürdig, sie hatte wahrlich den Mut, keine Frage auf dem Herzen zu behalten: Das *macht den Philosophen.*

Ich kenne einen wundergleichen Engelskopf, sagte er, nachdem er seine Rührung ausgekostet hatte, der schmückt einen wunderschönen Leib, und der Engelskopf spricht mit einem Mund, aus dem ein Buratti graziler tönt als Petrarca, Ariost und Dante in heiliger Dreieinigkeit.

Du verdammter Schmeichler, sagte Teresa, und wie küsst der Engelskopf?

Wie eine *diavolessa*.

Als das D im vierten Brett der Reihe sichtbar wurde, nahm Schopenhauer die Karte aus der Weste und steckte sie zurück zwischen die Seiten des *Oupnek'hat*. Er nannte sich leise einen Idioten.

Sobald das Wasser das M freigegeben hatte, zog er die Karte heraus und verstaute sie wieder in der Westentasche. Dann nannte er sich erneut leise einen Idioten, und zwar einen großen, und beendete den Abzählreim, indem er die Karte ins Buch legte.

Rausch

Valabrègue stand auf einer Planke vor dem Café Florian und hatte das starke Gefühl, ein Resümee seines Aufenthaltes in Venedig ziehen zu müssen. Es war ein Gefühl, das er in jüngster Zeit eher mit einer Art Besoffenheit in Verbindung brachte; nicht die alkoholische, sondern eine, die von steter Zufuhr des Erfolgs herrührte. Aber bald wäre der Rahm hier abgeschöpft, es war absehbar.

Sie logierten jetzt in einem der besten Häuser, vorne an der Riva degli Schiavoni, bewohnten eine ganze Zimmerflucht. Madames und Fidelis' Räume verband eine Tapetentür, die mit leisem Quietschen ging; und Valabrègue hörte es oft quietschen. Er hatte sich längst abgefunden. Niemals war das Verhältnis zwischen ihm und seiner Frau freudvoller und friedvoller gewesen. Sie versicherte ihn andauernd ihrer zärtlichen Gedanken, lobte, wie er sich in seine Rolle gefügt hatte, wie würdig er seinen eigenen Vergnügungen nachging und sie unbehelligt ließ.

Wie auch immer – das mit *Lascia la spina* hatte er großartig aufgezogen; da half alle vornehme Bescheidenheit nichts, das sagte jeder, auch Madame. Die Einkünfte aus dem Absatz des Schnickschnacks sprudelten. Der Cafetier des *Florian* hatte sogar (nach einer Idee Valabrègues) Catalanis Konterfei auf Tassen malen lassen, servierte die angeblich besondere Röstung namens *Cafétalani* stets mit einer roten Zuckerrose – dazu einen Treberschnaps: *la spina,* der Dorn. Junge Nordeuropäer soffen dies in Quantitäten, so lange, bis sie mit rasend pochenden Herzen und aufgestachelt unter die Prokuratien taumelten, wo die Mädchen und ihre Schlepper nur warteten.

Wenn alle Sonntage die österreichische Militärmusik auf dem Markusplatz das Lied tutete, pressten die Venezianer theatralisch die Hände auf die Ohren, aber in die Konzerte gingen sie zahlreich. Die Catalani gastierte in allen Häusern, nach dem *Fenice* im *San Benedetto* und im *San Samuele*. Die Menschen umringten sie in Massen, manche haschten sogar mit Scheren nach ihren Locken. Alle Salons standen ihnen offen, bei der Albrizzi und der Benzoni spazierten sie ein und aus, gelegentlich bei der Gräfin Goëß – nur aus politischen Gründen allerdings, denn dort herrschte eine ungute Endzeitstimmung. Und nun, da der Karneval rasanter wurde, schickte Valabrègue seine Frau in die Palazzi, zu den Maskenbällen.

Kurz: Das Unternehmen Catalani & Valabrègue schwamm im Erfolg, war umspült von Zuneigung und ertrug den warmen Geldregen in nobler Duldsamkeit. So würde es wohl doch noch etwas werden mit dem Landgut in den Marken. Denn warum sollte das, was in Venedig funktionierte, nicht auch in Florenz und Rom glücken?

Für ihre Abreise, die in wenigen Tagen bevorstand, hatte die Catalani einen genauen Plan gesponnen und Valabrègue hatte sich verpflichtet, alle Vorbereitungen zu treffen. Am Molo waren sie vor langer Zeit angekommen, die Catalani war zwischen den beiden Säulen hindurchgegangen – und

Glück hatte es gebracht, nicht Pech. Sie hatte den Bann gebrochen. Vom Molo wollte sie, sobald der Karneval vorbei war, auch wieder aufbrechen. Auf einem richtigen Segelschiff, mit Haltung und Noblesse. Mit der ablaufenden Flut. Unter knatternden Segeln und dem Salut der Mittagskanone. Am Heck stehen und winken. *So* verließ eine Diva die Stadt. Valabrègue würde schon das passende Schiff auftreiben. Er hatte es beim heiligen Markus geschworen, schwören müssen.

Ja, sagte er, leicht auf der Planke schwankend, und für die richtige Brise will ich auch sorgen. Mir glückt jetzt alles.

Nur nichts bewundern

Am Tag, an dem die Österreicher mit einer Kanone auf den Elefanten schossen, entschied Byron den *Don Juan* zu publizieren.

Das Lavieren und Taktieren seiner elenden Freunde hatte er endgültig satt. Der zweite Canto mit zweihundertundsiebzehn Stanzen in Reinschrift war unterwegs zu Murray, und diesem blieb die Entscheidung überlassen, auf dem Titel den Autor zu nennen oder nicht. Auf Wunsch würde Byron ein Vorwort liefern: dass Verleger und Freunde von der Veröffentlichung abgeraten hätten, der ruhmsüchtige Anonymus sich jedoch nicht habe abbringen lassen.

Byron wollte keine Kürzungen, Streichungen und Entstellungen dulden, nicht eine einzige über das hinaus, was er bereits zugestanden hatte: Schonung für die Schurken Castlereagh und Southey (allerdings nur aufgeschoben: diese beiden würde er bei nächster Gelegenheit und mit offenem Visier züchtigen). Murray würde selbstverständlich anonym publizieren, kein Zweifel, um das heuchlerische Zeitalter wenigstens mit der Andeutung schamhafter Zurückhaltung zu besänftigen. Auch egal – Byron mochte in Maske unerkannt durch Venedig laufen – aber seine Dichtung maskieren durch die Weglassung seines Namens? Lächerlich: Den Löwen erkennt man an der Tatze, den Esel an den Ohren und den Elefanten am Rüssel.

Das Hochwasser überschwemmte die Piazza nur noch bei Flut. An vielen Fondamenta und Plätzen hatte man begonnen, die Stege und Plankenwege zu entfernen. Dem Elefanten hatte das kalte Wasser einen Tag lang bis zum Bauch gestanden. Die Pfosten seines Geheges fußten nicht mehr sicher im aufgeweichten Boden des öffentlichen Gartens, ganz am östlichen Ende der Riva dei Sette Martiri. Er hatte sich nur ein wenig gegen die Pfosten gelehnt, und sie waren umgefallen. Der Elefant marschierte los, zerstörte einen Gemüseladen (nachdem er alle Ware gefressen hatte), lief durch die östlichen Viertel bis vor die Kirche San Francesco della Vigna und richtete weitere Verwüstung an. Die Wärter blieben ihm stets auf den Fersen, versuchten ihn mit Stockhieben und mit Leckereien einzufangen, auf welche Letztere der frisch gesättigte Elefant jedoch nicht ansprach. Die Hiebe der Wärter wurden immer grausamer (auch schlugen sie mit Eisenhaken), so dass das Tier in seiner Not die Kirchenpforte durchbrach. Es trampelte Stühle und Bänke nieder, riss ein Standbild des heiligen Franz von Assisi um. Der Pfarrer, anstatt dem Beispiel des Kirchenpatrons zu folgen und der gepeinigten Kreatur Asyl zu gewähren, alarmierte seine Messdiener. Vor einem Dutzend heftig geschwenkter Weihrauchfässchen floh der Elefant hinaus und rannte ohne Halt durch das Gassenlabyrinth bis an die Riva degli Schiavoni. Dort wollten ihm Soldaten mit Gewehren zu Leibe rücken, doch der wütend trompetende Bulle trat zum Angriff an. Nach einigen schlecht gezielten Schüssen ließen die Männer die Waffen fallen und nahmen die Beine in die Hand.

Von den umlaufenden Gerüchten animiert, hatte Byron die Feder weggelegt und traf per Gondel ein, als der Elefant sich bereits hinter die Mauer eines Holzlagers zurückgezogen hatte. Von Zeit zu Zeit schleuderte er einen Baumstamm in Richtung der Gaffer. Es war fast dunkel, da rollten die Österreicher aus dem nahen Arsenal eine Feldkanone. Der erste Schuss legte die Mauer um, der zweite ging fehl, der dritte traf den Elefanten hinter dem Schulterblatt. Als er fiel, zitterte die Erde.

Am nächsten Tag ging Byron noch einmal an die Riva, den Kadaver ansehen. Den Rüssel etwas eingerollt, lag der Elefant im glänzend rostroten Gelee seines gestockten Blutes. Das Auge war geöffnet, gelb wie ein Feueropal, doch ohne Feuer. Byron empfand bei diesem Anblick tiefe Traurigkeit; mehr noch, als er von einem der Wärter erfuhr, dass das Tier nicht allein des Wassers wegen ausgebrochen sei. Brünftig sei der Bulle gewesen, gesucht habe er eine Elefantenkuh, die er aber niemals hätte finden können, als einziger Elefant in der Stadt.

Abends vollendete Byron seinen Brief an Murray: Nie habe er zum Vergnügen seiner Landsleute geschrieben; falls sie Gefallen daran gefunden hätten, schön, ihre Wahl. Er habe ihren Ansichten nie geschmeichelt, nie ihrem Stolz – und werde das auch niemals tun. Sie hätten ihn zum Idol gemacht, das Idol auf den Sockel gehoben – und gestürzt. Ja, er sei gefallen. Aber nicht gebrochen. Der exilierte Dichter in Venedig wählte die Worte des Kaufmanns von Venedig: *Ich kauf von euch, und ihr von mir, ich steh mit euch und geh mit euch, und was nicht noch. Doch weder werd ich mit euch essen, noch trinken, und nicht beten.*

Byrons Dekameron hatte zehn und einen halben Tag gedauert und war unvermittelt in die Ewigkeit gemündet: in jenem Augenblick, als Teresa unter den forschenden Augen des Conte in die Gondel gestiegen war. Es bedurfte eines Kanonenschusses auf einen Elefanten, um seinen Geist zu beleben und trübe Gedanken zu verscheuchen – auf kurze Zeit.

Sein Leben floss zäh. Es gab nichts zu lachen. Alles lief langsam, die Briefe füreinander gar schleichend; ein alter Diener, eine Zofe, ein Gondoliere und ein eingeweihter Priester gaben sie von Hand zu Hand und zuletzt in großer Heimlichkeit der Contessa, damit der Conte nichts von dem verbotenen Verkehr bemerke.

Byron küsste das Papier jedes Mal, bevor er es in den Umschlag schob, und hoffte, auch sie würde es an ihre Lippen führen. Falls Nachrichten von ihm ausblieben, solle sie eher annehmen, er sei tot als treulos oder undankbar. Sie schrieb ihm, er sei ihre erste wirkliche Liebe – er antwortete: Du wirst meine letzte Leidenschaft sein. Und lieber wolle er mit ihr in Dantes Inferno enden, als ohne sie im Paradies.

Alles erinnerte ihn an sie, alles war gleich, sie fortgegangen, er nicht. Sein Gestern blieb sein Heute und sein Morgen. Benzonis Salon schien ihm öde, dieselben Gesichter und Stimmen, dasselbe Sofa (nur nicht die Teresa, die einst darauf gesessen und so herrlich gegen alle Etikette *mio Byron!* gerufen hatte). – Von den noch viel reizenderen Orten und Betätigungen nicht zu reden.

Meine Teresa – über Jahre habe ich versucht, die starken Leidenschaften zu vermeiden; zu sehr habe ich unter der Tyrannei der Liebe gelitten. Nur nichts bewundern – mich selbstgenügsam zu erfreuen, ohne das Erfreuen selbst wich-

tig zu nehmen – das Treiben der Menschen gleichgültig zu sehen – viele verachten, aber niemanden hassen, dies war der Grundton meiner Philosophie. Weder hoffte ich zu lieben, noch, geliebt zu werden. Du hast all diese Entschlüsse in die Flucht geschlagen – jetzt bin ich ganz Dein – und werde sein, was Du wünschest.

Es bedurfte eines formellen Schreibens, eines, das vor den Augen des Conte Guiccioli passieren konnte. Byron formulierte wie verabredet: Leider sei es ihm, der nicht ein einziges seiner gedruckten Werke zur Hand habe – und diese in Venedig auch nicht käuflich seien – nicht möglich, Signor Cavaliere und Signora Contessina solche zu widmen und zu übersenden. Er könne jedoch aus Anlass der lange geplanten Reise nach Bologna einen Abstecher nach Ravenna einlegen, um besonders die großartigen Altertümer zu bewundern – aber auch, um seine Aufwartung bei Signor Cavaliere und Signora Contessina zu machen und beide des größten Respekts und seiner immerwährenden Freundschaft zu versichern, et cetera, et cetera. Gezeichnet – *your very obedient and very humble servant, Byron.*

Entweder er fügte sich in das Regime des *serventismo* mit allem, was dieses verlangte, oder er sähe Teresa nie wieder. Es war so einfach.

Sei so glücklich, als du kannst

Er hatte keine Maske gewollt, sich aber von Teresa überzeugen lassen; zumindest hatte er irgendwann den Widerstand eingestellt. In einem kleinen Laden hatte er auf eine Wand leerer Augenlöcher in tellergroßen, modellierten Scheiben aus Wachs, Pappmaché und Gips geschaut und dabei verstanden, was ein Gesicht lebendig machte. Die Extravaganten in greller Farbe und glitzerndem Anstrich, die Verzerrten, die Grimassen und die Charaktere der Commedia schieden aus. Er wählte die einfache *larva* aus weißem, lackiertem Pappmaché, die von einem Stoffband um den Hinterkopf gehalten wurde und unterhalb der Nase wie in einer übergroßen, vorspringenden Oberlippe endete. An diesem Vorbau wurde eine Art Vorhang eingehängt, der das Kinn und die Brust verdeckte.

Als er das erste Mal in diesem Aufzug auf die Gasse trat, war ihm, als würde er von der Stadt eingesaugt, als könnte er jeden Moment in einer Wand, einer Säule, einem Brunnen aufgehen. Oft durchstreifte er in den letzten Tagen des Karnevals alleine und unsichtbar Venedig, der maskierte philosophische Beobachter, der seinen eigenen Lehrsatz lebte – *dasjenige, was alles erkennt und von keinem erkannt wird, ist das Subjekt. Es ist der Träger der Welt* – und er trug die Welt nicht wie Atlas mühsam unter Last, sondern in gelassener Anschauung, eher so, wie man eine Seifenblase durch die Luft pustet.

Einmal saß er auf einer Kanalbrücke nicht weit vom Campo Carlo, ließ die Beine baumeln und betrachtete sein Spiegelbild im träge schwappenden Wasser. Seitdem er Teresa getroffen hatte, musste er oft an den letzten Gruß seiner Mutter denken. *Lebe und sei so glücklich, als du kannst.* Sie hatte dies wohl als Fluchwort gemeint, unterstellend, ihr Sohn, der Zauderer, Grämliche, Grübler, Verschlossene, so wie dessen Charakter nun einmal sei, könne kaum je glücklich werden, so wenig wie eine Schnecke ein Stöckchen überspringen kann.

Wie glücklich kann einer überhaupt sein?, dachte Schopenhauer, wie glücklich ich? Ist es eine Ressource des Körpers, kann ich es vermehren wie die Kraft der Muskeln, oder kommt es von außen? Ist es ein Topf, aus dem man schöpfen muss, oder wird es zugeteilt wie bei der Armenspeisung: Wenn man an der Reihe ist, hält man sein Schüsselchen hin; und wer teilt aus, und was, wenn man niemals aufgerufen wird?

Vor bald fünf Jahren, zu Beginn der Dresdner Zeit, hatte er in ein Notizheft geschrieben: *Um zu wissen, wie viel Glück einer im Leben empfangen kann, darf man nur wissen, wieviel er geben kann.* Fürs große Werk hatte er diesen Gedanken nicht ausgearbeitet; es hatte nicht ins System gepasst, nicht so jedenfalls, denn darin war das Glück immer negativ gedacht – weil es immer fehlt. Sicher, gelegentlich wird ein Wunsch erfüllt, ein Bedürfnis gestillt: das Individuum empfindet Glück; aber nur, weil der eigentliche Zustand des Menschen Leiden ist, Bedürftigkeit und Mangel. Kommt dann ein bisschen Glück dazu, schön, genieße es: denn es wird nicht von Dauer sein. Ob sein Volumen (musste man es sich nicht als raumausfüllend vorstellen?) auch über ein Geben und Empfangen reguliert werden könnte, das wäre eine Untersuchung wert; doch das Experiment mit Arthur S. und Teresa F. lief bereits. Dass der Philosoph dabei Teilnehmer und Beobachter zugleich war, machte die Resultate ein wenig fragwürdig – im streng wissenschaftlichen Sinne, das war ihm klar. Aber im Sinne von *so glücklich als Du kannst* fand er: viel mehr, als du für möglich hieltest, Mutter.

Hatte er jedenfalls in der Stunde, die er auf der Brücke sitzend vertrödelte, gedacht und nicht ohne Verwunderung dazu noch festgestellt: auch mehr als ich für möglich hielt.

Später am Tag zog er dann sein nur mehr selten benutztes Reisebuch hervor. Manche Gedanken mussten in einen geformten Satz gezwungen werden, noch bevor sie sich in Verwirrung aufwirbelten. Er schrieb: *Eben weil alles Glück negativ ist, kommt es, dass, wenn uns endlich einmal vollkommen wohl wird, wir es gar nicht recht gewahr werden, sondern alles eben nur so leicht und sanft an uns vorüberzieht, bis es vorbei ist und nun der positiv gefühlte Mangel das verschwundene Glück ausdrückt: dann merken wir, dass wir es festzuhalten versäumt haben, und zur Entbehrung gesellt sich die Reue.*

Als er den Absatz noch einmal las, klang es ihm wie eine Warnung, beim zweiten Lesen schon wieder wie eine klare, kühle, aus der Distanz gemachte philosophische Beobachtung; und so war es ihm lieber.

Das Schwein

Wenn nur das Schwein nicht gewesen wäre. Gouverneur Goëß hatte das Beste für sich und das Volk beabsichtigt. Einen spektakulären alten Karnevalsbrauch hatte er beleben wollen. Damit man ihn in guter Erinnerung behalte, und nicht als Statthalter Spaßverderber. Denn der Karneval hatte durchaus gelitten; unter den schlechten Zeiten, den Franzosen und jetzt den Österreichern, welche das Spektakel in erster Linie als Eruption wider die Ordnung sahen und dagegen vorgehen mussten; zuletzt mit verschärften Razzien, bei denen man die Menschen zwang, die Masken abzunehmen, ihr Woher und Wohin zu bekennen.

Nachdem bisher (für venezianische Verhältnisse) alles recht manierlich abgelaufen war, hatte Goëß auf die verbleibende Karnevalszeit eine Lockerung aller Vorschriften angeordnet; gegen Vogels Rat. Ja, ob dieser denn neue Erkenntnisse habe, hatte Goëß gefragt und wieder die alten Antworten bekommen.

Der Gouverneur, bedrückt durch andauernde häusliche Missstimmung und beseelt von dem Wunsch, eine gute Tat zu tun, wischte die Bedenken des Polizeidirektors beiseite. Er hatte ein halbes Dutzend Stiere schlachten lassen, deren Fleisch gemäß der Tradition an Strafgefangene und Arme verteilt werden sollte. Damit dürfte die Katzenfleischaffäre wohl endgültig überstanden sein, denn natürlich hatten sich die Gerüchte nicht unterdrücken lassen (eine Bemerkung Metternichs wurde dem Gouverneur hinterbracht: Solange sie dort unten in Venedig nicht die größte aller Katzen, den Markuslöwen, einkochten, sei ihm alles recht.)

Ein Gemälde hatte den Gouverneur auf die Idee gebracht, als er dieser Tage durch öffentliche und private Galerien gestreift war; auf der Suche nach einem versöhnlichen Geschenk für Madame Gräfin. In der Sammlung der Querini Stampalia fand er das Gesuchte nicht, wohl aber sah er dort ein Gemälde Gabriel Bellas: *Der Giovedì grasso auf der Piazzetta*.

Er hatte den Major der im Arsenal kasernierten Genietruppe noch am selben Tag antreten lassen: Was Goëß auf Bellas Bild so fasziniert hatte, das müssten sie nachbauen, fertig und bereit für den Donnerstag vor Aschermittwoch: Das bekämen sie wohl hin – oder sie verdienten ihren Namen nicht. Der Geniemajor schlug die Hacken zusammen, eilte in den Palazzo Querini Stampalia, machte eine Skizze, eilte zurück, nahm Haltung an und pumpte ein knappes Zu Befehl, Exzellenz, ist machbar! heraus.

Seit über zwanzig Jahren, seit dem Ende der glorreichen Republik Venedig, hatte niemand die Konstruktion gewagt. Niemand konnte dem Geniemajor mit bewährtem Entwurf oder Ratschlag helfen. Er hieß seinen Mathematicus Höhen und Distanzen messen, Winkel und Lasten berechnen. Er rief einen erfahrenen Festungsingenieur aus dem Tirolischen nach Venedig. Perfekter denn je war der Plan, den der Dessinateur zeichnete. Doch die Perfektion fraß die Zeit auf.

Noch am Vormittag des *giovedì grasso* versenkten die Leute des Majors in aller Eile einen riesenhaften Kalksteinblock vor dem Molo. Von dem Block lief ein Seil bis in die Aussichtsetage des Campanile und von dort hinunter an die Arkaden des Dogenpalastes.

Im Geschirr eines Seilwägelchens sollte ein Mann, wie zu Zeiten der Republik ein Arbeiter des Arsenals, durch die Luft zum Campanile hinaufgezogen werden, dort umsteigen, und hinunter zu den als Doge und Dogaressa verkleideten Auserwählten sausen, sanft gebremst werden und einen Blumenstrauß überreichen. (Für diese Rollen hatte Goëß zunächst sich selbst und seine Gattin ins Gespräch gebracht, aber man hatte es ihm ausgeredet.)

Das Volk strömte schon am Vormittag des bewussten Donnerstags zusammen, lief den Geniesoldaten ständig vor die Füße und störte bei den Arbeiten allenthalben durch Neugier und Zahl. Mit knapper Not nur vollendete der Major den Aufbau. Der Gouverneur, die Edlen, die Würdenträger trafen auf dem Balkon der Markuskirche ein, von wo man sich den besten Blick auf das sensationelle Ereignis erhoffte. Goëß konnte es kaum erwarten und empfing ungeduldig, aber entzückt Lob auf Lobeshymne: Das werde in die Annalen der Stadt eingehen, der Gouverneur als der Mann, der eine großartige Tradition fortführte, der den Venezianern im Karneval ihre Würde zurückgab, und so fort.

Der Major hatte noch keine Gelegenheit gehabt, die Funktion der Konstruktion zu prüfen, als Gouverneur Goëß das Zeichen gab.

Doch alles lief nach Plan.

Der Major hätte nur rechtzeitig den Plan ändern müssen.

Der Adjutant des Majors riss eine Fahne hoch. Dies sah der Signalist auf dem Turm und schwenkte die seine. Am unteren Ende des Seils schnappte ein Genie-Sousleutnant das Schwein, das eingegurtet für den Probelauf, der niemals stattgefunden hatte, in seinem Pferch grunzte.

Das Dröhnen und Rauschen auf dem Platz setzte aus, für den sekundendehnenden Moment, wenn Tausende Augen dasselbe sehen, aber Tausende Gehirne nichts verstehen, wenn Tausende Kehlen sich synchronisieren und einen Aufschrei anstimmen, der im Crescendo anschwillt und im Fortissimo kulminiert. Und dann wirft der Dirigent seinen Taktstock weg und flieht vom Pult.

Jetzt brüllten alle, ein jeder wie es ihm gefiel, nur möglichst lauter als der Nachbar. Das Schwein hing in der Luft, mehr als zwei Drittel des Weges hatte es zurückgelegt. Am unteren Ende des Seils zuckten Signalflaggen blau, grün, rot, gestreift und kariert über den Hüten und Mützen, im hektischen Gespräch mit den Flaggen am oberen Ende.

Mangels klaren Befehls ließen die Offiziere das leise quiekende Schwein im sachten Hauch eines vorfrühlingswarmen, zu Ende gehenden Tages hängen; die Sonne stand tief, aber nicht so tief, um Goëß' Schande nicht noch um die Projektion eines riesigen Schweineschattens auf die Fassade des Dogenpalastes zu vergrößern. Sollten sie das Tier nun das letzte Drittel hinaufziehen oder besser über zwei Drittel der Strecke abseilen? Das Erste würde die schändliche Tat vollenden, wäre jedoch rasch erledigt. Das Zweite würde länger dauern und das Corpus Delicti in Reichweite der erregten Menge bringen (eigentlich war das Schwein zum Festbraten der erfolgreichen Genietruppen bestimmt gewesen). Noch immer schwenkten die Signalisten ihre Fähnchen, und ein jeder sah, dass sie Fragezeichen schrieben. Auf dem Balkon der Markusbasilika wagte es der Geniemajor nicht, vor dem Gouverneur anzutreten.

Um Goëß herum wucherte kreisrund, schnell und bösartig die Leere. *Horror vacui,* murmelte er und starrte vor sich hin, *horror vacui.* Das Rauschen der schreienden Masse überlagerte erst leise und dann deutlicher ein Rhythmus: Vom Molo wanderte er in Wellen die Piazzetta hinauf; die Masken skandierten einen Vers.

Jetzt schon, dachte der Gouverneur, so schnell?

Die, die näher am Dogenpalast standen, riefen: *Wenn, ja wenn die Schweine flögen* – und die auf der Seite der Marciana antworteten: *Die Vögel wärn die Ersten, die die Hüte zögen.* Wollte er nicht allein auf dem Balkon der Basilika zurückbleiben, das sah Goëß schon ein, musste er etwas tun. Er pfiff den Geniemajor zu sich, in der Tat mit einem recht ordinären Pfiff, durch die Zähne gepresst und begleitet von einer unwirschen Handbewegung. Der Major kam näher, stand stramm, der Gouverneur winkte ihn noch näher, so nah, dass er bequem damit beginnen konnte, den Offizier wie einen Weihnachtsbaum abzudekorieren. Mit dem korrekten Prozedere einer Degradierung war Goëß nicht vertraut, vermutlich überschritt er sogar seine Zuständigkeit. Gleichgültig – das Volk dürstete nach einem Opfer.

Das sollt ihr haben, dachte der Gouverneur, was ihr wollt, nur mich nicht.

Also riss er alles ab, was da an der hellblauen Ausgehuniform baumelte und blitzte: Kragenspiegel, Epauletten, Tressen, Orden, Abzeichen, sogar einen gelben Knopf, den er zwischen die Finger bekam. Das Publikum verfolgte die Demontage des Geniemajors mit freundlichem Interesse, beklatschte jedes abgepflückte Stück, das vor die Füße des Majors fiel.

Oben im Campanile holte einer still und unbeachtet das inzwischen erschlaffte Schwein ein, vorsichtig, damit es nicht wieder anfinge zu schreien. Es schrie auch nicht, als der Hammer es, mit mehr Wucht als nötig, zwischen die Augen traf.

Teresa drückte Schopenhauers Hand und hüpfte vor Aufregung. Sie standen in der Mitte der Piazzetta, genau unterhalb des Seils. Unter der Maske staute sich die Hitze seiner Wangen und der Stirn. Die Masse der Körper drückte ihn bald in die eine und bald in die andere Richtung. Er hätte genauso gut der Mann dort drüben sein können, oder jener oder dieser da, alle mit den gleichen Masken und dem gleichen schwarzen Dreispitz und Umhang angetan. Wie er sie wiederfände, falls er sie verliere, hatte er Teresa gefragt, und ob sie beide nicht einen Ort verabreden sollten, für den Fall. Sie sagte nur: Sorge dich nicht, ich finde dich. Das glaubte er zwar, aber es beruhigte ihn nicht; er hielt weiter ihre Hand und versuchte sich das Muster ihres Schultertuches einzuprägen.

Nachdem das Schwein getötet und der Geniemajor gerupft war, verließen Teresa und Schopenhauer die Piazzetta, vorbei an Buden, an denen das Stierfleisch ausgegeben wurde. Miau! Miau!, riefen nicht nur die Armen und streckten die Hände aus, um einen Fetzen Fleisch zu ergattern.

Die Venezianer kannten keine Gnade im Spott; obwohl dem Gouverneur gewisse Anerkennung zuteilwurde: Rein als Spektakel betrachtet, hatte es schon etwas gehabt, das fliegende Schwein. Als Anschlag auf den geheiligten Karneval allerdings war es ein unverzeihliches Sakrileg, und der Gouverneur konnte sich nicht einfach durch eine öffentliche Degradierung seines Geniemajors reinwaschen. Zwischen dem Café Florian und dem Café Quadri auf der anderen Seite der Piazza flogen bald Beschimpfungen. Offiziere und Beamte verhöhnten die Patrioten gegenüber, die Venezianer seien unfähig, eine solch kühne Konstruktion aus eigener Kraft zu errichten. Die brüllten zurück, vor lauter angestrengten Bemühens um die Aufrichtung hätten die Österreicher die Verrichtung verpasst; wer dauernd mit den Zähnen knirsche, könne nicht lächeln, Uniform allein mache keine *bella figura*. Worauf die Österreicher schrien, ohne ihr straffes Regiment würden noch viel mehr Venezianer Katzenfleisch fressen.

Eine Weile hatten Schopenhauer und Teresa auf dem Platz gestanden und den Wortgefechten zugehört. Dann zog sie ihn aus dem Niemandsland zwischen den feindlichen Fraktionen, bevor ein zu kurz gegangenes Wurfgeschoss auf sie niederging, denn die ersten Untertassen und Zuckerrosen flogen bereits über ihre Köpfe.

Knödelfresser! brüllten die einen, Katzenfresser! die anderen.

Einen Augenblick glaubte Schopenhauer, nun stünde er vor ihm, hier im großen Saal eines Ridotto nahe Santo Stefano, denn Fidelis hatte sich das Haar in Wellen legen und tief schwärzen lassen, die Locken nach vorne über Stirn und

Schläfe gekämmt, und sich in flatteriges Hemd und Hosen vermutlich byronesker gekleidet als der wahre Lord es je getan hätte. Alle paar Minuten blickte er entrückt zum Fenster und strich mit schlanken, nervös bebenden Fingern über seine Augenbrauen. Er war stets von wenigstens einem halben Dutzend weiblicher Masken umsummt.

Genau das sei ja der Zweck seiner Umgestaltung, erklärte er. Und nein, die Damen glaubten nicht ernstlich, er sei der andere: Besser ein Hänfling im Käfig als ein Falke auf freiem Feld. Vor allem, da der Falke das Jagen aufgegeben hatte, das sei überall zu hören. Vor kurzem noch, mit etwas Glück und Bemühen, hätte die eine oder andere zum Beutestück werden können – heute musste Lord Fidelis von Morgenrot zum Vergnügen genügen. In dieser Hinsicht stelle er sich allerdings jedem Vergleich, sagte Fidelis, er liefere in Wirklichkeit das, was die Dame in ihrer Vorstellung ergänze, zu beiderseitigem Nutz und Frommen. Ach, die Catalani? Die habe seinen Byron genauso freundlich in ihrem Bett begrüßt wie all die anderen. Die Welt ist meine Vorstellung, das sei es doch, was Schopenhauer behaupte?

Ja, sagte dieser knurrend, aber nicht mit der Betonung auf meine, eigene, höchstpersönliche, Vorstellung. Dann ließ er Fidelis stehen und erkundete das Haus.

Das Haus nimmt alles auf sich, dachte er, die Maske kommt pur und rein, sie geht pur und rein, und hat mit all dem nichts zu tun. Nichts mit dem Klackern der Würfel im Becher, dem Flappen der Karten, den Münzen, die zu Türmchen geschichtet werden, den umgeworfenen Gläsern, den raschelnden Stoffen, dem keuchenden Atem und den nassen Fingern, gedämpften Stimmen, der rauchigen, heißen Luft.

Er setzte etwas Geld beim Pharao, behauptete trotz mäßigen Blattes ein Paroli und *six et le va* dazu – blamieren konnte er sich nicht, er war eine Maske, nur verlieren. Das aber schmerzte ihn, so hörte er nach fünf Runden auf.

Im Ballsaal spielten sie zum Tanz, venezianische Lieder aus der großen Zeit des Karnevals. Fidelis hielt noch immer Hof und sortierte seine Eroberungen; vielleicht käme ja noch etwas Besseres. Teresa wirbelte herum. Die Sorge, er könne sie nicht erkennen, trieb Schopenhauer nicht mehr. Selbst wenn sie nicht das Kostüm einer Diavolessa getragen hätte, die pechschwarze Maske und die beiden roten Hörnchen, die auf dem Haarreif saßen und zwischen ihren Locken herausspitzten, selbst wenn man über alle Menschen im Saal den gleichen Sack gestülpt hätte, er hätte sie doch gefunden, so sicher, wie er mit geschlossenen Augen den Finger auf die eigene Nasenspitze legen konnte. Mit dem Vokabular des Körpers sprach sie, so, wie sie sich ihm zuwandte, ihn in den Blick nahm und freigab, Handbewegungen, das Spreizen der Finger, der prüfende Griff an die Kleidung, das gelegentliche Innehalten im Schwung; jedes Einzelne wäre beliebig, aber zu einem Satz zusammengesetzt konnte es nichts anderes heißen als: Teresa. *Meine Teresa.*

Irgendwann wurde Schopenhauer alles zu viel, die Musik, der Rauch und Lärm, stoßende Ellenbogen und reibende Schultern. Bevor er den Saal verließ, sah er sich nach Teresa um. Er winkte ihr zu, spreizte den Zeigefinger vom Daumen weg, wie der Minutenzeiger dem Stundenzeiger vorausläuft, um die Viertelstunde anzudeuten, für die er nun das Ridotto verlassen würde, um reine Luft zu atmen und etwas Stille zu suchen. Sie winkte zurück, und er sah, wie sich ihre

Lippen zum Text eines Liedes bewegten: *Ich will dich küssen, doch weiß ich nicht, wie: Wo soll mein Kuss dich treffen, auf den Mund oder auf die Augen?*

Masken

Ein Mann in Maske kam die Stufen hinunter auf den kleinen Platz bei der Piscina San Samuele. Ein anderer, der dort saß, zählte die Schritte, neun für neun Stufen.

Es ist nicht eigentlich ein Campo, auch kein Campiello; es ist nur ein spitzwinkliges Dreieck, an dessen Spitze kaum eine Taube sitzen könnte, und dessen Basis vielleicht zwei Körperlängen misst. Diese Fläche ist eingeklemmt zwischen einer Backsteinmauer und einem Stück Kanal, ein Becken, das noch nicht Rio di Ca' Garzoni und nicht mehr Rio di Sant' Angelo heißt. Wenn man sich an die Spitze vortastet und um die Ecke lugt, kann man ein Stück des Canal Grande sehen, wahrscheinlicher aber fällt man ins Becken. Im Dunkeln sind leicht die in den Platz eingelassenen Stufen zu übersehen, die ans Wasser führen.

Beim herrschenden Wasserstand waren drei davon sichtbar, an der vierten leckten ab und zu zarte Wellen. Der Mann in Maske, der zu der Spitze des kleinen Platzes hinsteuerte, übersah die Eintiefung zwischen den Steinplatten, fand erst auf der zweiten, aber glitschigen Stufe Tritt, doch nicht genügend Halt. Er fluchte noch, bevor er aufschlug.

Solange er sich um seine Blessuren kümmerte, bemerkte er den anderen Mann nicht, der nahe des spitzen Winkels an die Mauer gelehnt saß, ein Bein angewinkelt, das andere ausgestreckt. Von irgendwo wehte ein Fetzen Musik.

I cannot stand this goddamn ›Lascia la spina‹ anymore, stöhnte der gestürzte Mann. Er sah sich um und sagte: *Mi scusi,* verzeihen Sie meine Ausdrucksweise.

Der Sitzende antwortete auf Englisch: Das geht mir ebenso.

Landsmann?, fragte der andere zurück.

Eine Rotte Masken zog lärmend vorbei, die Stufen hinauf. Der sitzende Mann hielt die Hand ans Ohr und sagte:

Niemandes Landsmann.

Der andere kauerte nun auf der obersten Stufe der schmalen Wassertreppe und rieb sein Knie mit beiden Händen. Er sagte: In ein paar Minuten, wenn es nicht mehr so weh tut, gebe ich Ihnen Ihre Einsamkeit zurück.

Das ist ein verwunschener Ort, sagte der andere.

Mir ein verwünschter, sagte der Gestürzte.

Sie sind schon lange in Venedig?

Lange genug, um fortzugehen. Und Sie?

Lange genug, um hierzubleiben.

Was haben Sie denn gefunden?

Ich nichts. Alles mich.

Ich weiß es seit neuestem: Sobald man aufhört zu suchen, geschieht es.

Alles wird möglich.

Wohl wahr, ich sah heute ein Schwein fliegen.

Das bedeutet, der Frühling kommt, nicht?

Das Lachen des gefallenen Mannes verhallte zwischen den hohen Mauern. Ein nachgeliefertes Echo kam von irgendwoher; Gelächter über eine spät verstandene Pointe.

Als es still war, sagte er: Nur wenn sie in Schwärmen fliegen.

Eine weitere Rotte Masken zog lärmend durch, diesmal die Stufen hinab. Eine der Masken schlug ihren Mantel zur Seite und pinkelte ins Wasser. Dann huschte sie ihren Leuten hinterher. Der gefallene Mann sprach wieder.

Mögen Sie den Karneval?

Ja. Weil ich endlich keine Maske trage.

Sie haben eine auf.

Nein. Ich bin es. Was alles erkennt, von keinem erkannt.

Sie spielen mit den Worten.

Die Worte spielen mit uns.

Sie sind ein Geist, der stets verneint.

Ja.

Ist das ein Paradoxon?

Ein Spiel bloßer Worte.

Der Gestürzte hatte aufgehört, sein Knie zu massieren und sagte: Was sind bloße Worte?

Solche, die nicht nach Erde riechen, sondern nach Pergament oder, schlimmer, nach Weihrauch.

Solche kann ich auch nicht brauchen.

Welche denn?

Die nach dem ganzen Leben, nach Schweiß, Blut und anderen besonderen Säften riechen.

Sie lieben die Anspielungen.

Wie sonst käme ich der Wahrheit nahe?

Und dies zu welchem Zweck?

Wiederum das Leben.

Danach entstand eine lange Pause. Der, der gefallen war, versuchte sich aufzurichten. Der andere konnte nicht erkennen, ob der Versuch aufgegeben wurde, weil der Gefallene Schmerz empfand oder weil er es sich anders überlegt hatte. Er sagte: Was machen Sie mit Worten?

Feinde, wie es aussieht. Der Mann lachte sein hallendes Lachen, und wieder kam, als es schon fast verklungen war, das eine, verspätete Echo.

Sie schreiben.

Wer, der Besseres zu tun hat, würde schreiben?

Wer?

Das Wort ist nur mächtig, wenn es gehört wird.

Man gebrauche es als Schwert, das öffnet die Gehörgänge.

Und Sie gewinnen Feinde.

Unvermeidlich, die Wahrheit hat viele Feinde.

Und was ist Ihnen die Wahrheit?

Die Worte flogen zwischen ihnen. Einander zugewandt saßen sie, zwei blasse Masken, erstarrte Mimik bis auf ein gelegentliches Funkeln hinter den Augenlöchern. Der an der Spitze des Platzes sprach weiter:

Die Wahrheit ist mein Beruf, die Welt mein Stoff, das Wort mein Werkzeug.

Ich tausche Wahrheit gegen Leben und behaupte das Gleiche.

Aber Leben ist Wahrheit.

Und Wahrheit ist Leben.

Wohin hat uns diese Erkenntnis gebracht?

In einsame Höhen.

Auf den Höhen muss es freilich einsam sein.

Und doch ist von Zeit zu Zeit ein verwandter Geist anzutreffen.

Eine Weile schwiegen sie. Von fern wehten ein paar Töne

Lascia la spina. Vielleicht aber hatten sie sich schon im Ohr eingenistet, um bereits auf die bloße Vermutung einzuschwingen. Jedenfalls stießen beide Männer gleichzeitig einen Laut ähnlich *Boahh* aus. Dann lachten sie.

Derjenige, der in der Spitze des Dreiecks saß, fuhr mit der rechten Hand unter seinen Umhang, öffnete ein paar Knöpfe der Jacke und fühlte hastig nach der Innenseite. Er streckte den Oberkörper, atmete hörbar aus und fiel zurück gegen die Wand. Der andere erhob sich, schüttelte leicht das eine, dann das andere Bein. Er sagte: Ich habe Sie lange genug gestört. Leben Sie wohl, Sie verneinender Geist.

Dann ging er mit einem leichten Hinken in Richtung Campo San Samuele.

Ein – Rätselwort noch, rief der andere. Der Hinkende blieb stehen und wandte ihm sein leeres Maskengesicht zu.

Einmal, als Dante sich ins Gewühl des Karnevals verloren hatte, sandte der Herzog von Medici Diener aus, Dante zu suchen. Doch jene wussten nicht, wie sie diesen unter all den Masken finden sollten. Der Herzog gab ihnen auf, jede auch nur entfernt an den Gesuchten erinnernde Gestalt zu fragen: Wer erkennt das Gute? Sie erhielten viele alberne und dumme Antworten, aber den Dante fanden sie. Wie hatte er geantwortet?

Er sagte: Wer das Schlechte erkennt.

Ja, daran erkennt man den Dichter.

Auch den Philosophen, sagte der Gehende, wieder lachend.

Der andere saß noch Minuten an seinem Platz. Und hieb immer wieder mit der Faust auf die Steinplatten.

Ist zu lassen

Aus Aachen hatte Metternich einiges zurückgebracht, viel Papier, eine gewisse Kongressmüdigkeit und Zahnschmerzen. Sie offerierten dort einen harten Pfefferkuchen durchsetzt mit Splittern spröden Kandiszuckers. Beim ersten Bissen hatte es einen fürstlichen Backenzahn gesprengt und dies einen der raren Fälle verursacht, in denen der Meisterdiplomat kurz die Herrschaft über seine Mimik verlor – was für Backsteine, die haben sie wohl schon Karl dem Großen angeboten.

Der Schmerz war abgeklungen, aber der Fürst hatte sich angewöhnt, mit der Zunge die Bruchstelle zu befühlen, vornehmlich, wenn er in Gedanken war. Wien duckte sich dieser Tage im Ostwind, der aus den Pannonischen Ebenen herüberblies und wechselnd Schnee und Staub brachte. Metternich ließ tüchtig einheizen und überprüfte gelegentlich, wie groß die Eisblumen an den vom Kachelofen weit entfernten Fenstern schon gewachsen waren: Sie gaben dem Ausblick auf den leergefegten Ballhausplatz einen geradezu zauberhaften Rahmen.

Aachen war ein Erfolg gewesen, einerseits. Der Kongress hatte eine Resolution zur Abschaffung der Sklaverei auf den Weg gebracht. Mit Frankreich war man wieder vollständig im Reinen – die Festungen geräumt, die Reparationen erleichtert. Dem jenseits des Rheins weiterhin als Helden verehrten Bonaparte ließ man, um die Verbannung zu versüßen, ein paar Daunenkissen und einen Sekretär zur Niederschrift seiner Memoiren zuteilen. Sodann: Streitigkeiten zwischen europäischen Zwerg- und Kleinststaaten geschlichtet, die Bonner Universität zur Königlich-Preußischen Rhein-Universität erhoben, einiges zur Seeräuberei im südlichen Mittelmeer statuiert, die Heilige Allianz nochmals feierlich bekräftigt, und dergleichen Kongressallerlei mehr.

Metternich merkte, dass er wieder mit der Zunge den beschädigten Zahn befühlte. Er stand auf und sah nach den Eisblumen. In einem, dem wichtigsten Punkt war der Kongress von Aachen kein Erfolg gewesen: ein Feind vom Kaliber des ehedem korsischen Korporals war noch immer nicht in Sicht; und Heiligkeit allein würde die Allianz nicht zusammenhalten. Mit den Brachmanen konnte man vielleicht den Zaren erschrecken, die anderen Herrscher kaum.

Zwischen zwei Aktendeckeln fand Metternich den venezianischen Wochenbericht des Polizeidirektors. Darin war zwar immerhin von einem fliegenden Schwein die Rede; soweit es den englischen Lord betraf, war der Rapport allerdings ein schwacher Abglanz der früheren, die einen Byron im vollen Saft vorgeführt hatten. Es schien doch tatsächlich … Metternich las und lachte auf: Byron als *cavalier servente*. Stellte man sich so einen europäischen Freiheitshelden vor?

Den Brachmanen habe man noch, er betone: noch nichts nachweisen können, schrieb der Polizeidirektor in verbissener Prosa. Der Philosoph Schopenhauer habe sich bekanntlich eine Geliebte zugelegt, bei der Auswahl jedoch wesentlich tiefer gegriffen. Dies könne nur bedeuten, dass der eine die höheren, der andere die gewöhnlichen Kreise zu infiltrieren hoffe. Der Student Morgenrot sei inzwischen als Doppelgänger des Lords gesichtet worden, eine offenbare Verschleierungstaktik. Die polizeiliche Arbeit sei wegen des nahen Höhepunkts des Karnevals allerdings behindert; die *satelliti* wüssten nicht, wie sie unter all den Masken irgendjemanden finden sollten … und so weiter und so fort.

Waren die alle verrückt geworden, erst der Hochkofler, dann der Vogel?

Der Akt enthielt ein weiteres Dokument, und zögernd – ich sollte mich nicht zu sehr in die Einzelheiten verlieren – begann der Minister die Auszüge aufgehaltener Briefe von Schopenhauers Schwester zu lesen.

Ein wenig peinlich berührt legte er das Papier zur Seite.

Das war die Kehrseite der Liebe zum Detail, dieser seiner unglücklichen Neigung zum Aktenstudium: das Konkrete konnte schnell Geruch, Stimme, ein Gesicht erhalten; das Abstraktum Schopenhauer hatte bisher die Maske eines Brachmanen getragen, was immer das auch sei.

Im Licht dieser Briefe besehen, würde sich wenigstens ein Problem des Polizeidirektors und seines unsterblich blamierten Gouverneurs von selbst lösen; die Spitzel könnten mit größerem Nutzen auf andere Verdächtige angesetzt werden. Metternich nahm das Memorandenbuch, notierte Datum, Aktenzeichen und schrieb:

Venedig/ProvGouverneur Goëß u subalterne Stellen; per decretum Staatskanzlei. Besondere Beobachtung d Grp: Brachmanen ist zu lassen.

Die Eisblumen blühten weiter auf. Metternich legte die

hohle Hand über eine Ansammlung großer Kristalle. Seine Fingerspitzen saugten die Kälte vom Glas ein wie Lampendochte. Da glaubt man, eine schützende Hand über etwas zu halten, aber darunter gerät die beste Absicht zum Gegenteil.

Ging es mit dem alten Europa, jenem, das Metternich zu bewahren hatte, nicht ähnlich?

Er nahm die Hand weg und sah auf den nebelfeuchten Beschlag, in dem ein paar wenige Wassertröpfchen klebten. Dann wischte er mit der Manschette seines Ärmels darüber.

Später, beim Abschreiben aus Metternichs Memorandenbuch, unterliefen dem jungen Kanzlisten kleinere Fehler, da er die Schrift des Ministers nur schwer entziffern konnte. Er las ein *l* für ein *f*, fand andere Dinge verwirrend und brachte dennoch eine klare, schneidige Anordnung zu Papier; worauf er sehr stolz war.

Gerade hatte Gouverneur Goëß seinen letzten venezianischen Wochenbericht hinter sich gebracht. Er sah übernächtigt aus und blass, nicht nur wegen der Peinlichkeit vom *giovedì grasso,* sondern auch, weil er zuletzt öfter in einer Kammer neben dem Dienstzimmer hatte schlafen müssen.

Ja, in Venedig sei es wieder ruhig geblieben, hatte Vogel berichtet, er habe nach wie vor alles in fester Hand, durch vorsehendes Handeln Unruhen unterdrückt und gefährliche Personen in die Schranken gewiesen.

Papperlapapp, hatte Goëß gedacht, denn wirklich gefährlich ging es dieser Tage nur in der Residenz des Gouverneurs zu. Die Gräfin tobte immer wieder durch die Zimmerfluchten und ließ ihren Zorn an Kisten und Koffern aus, die für den Umzug nach Lemberg bereitstanden. Um sie zu besänftigen, hatte der unglückliche Goëß eine Menge Geld ausgegeben und einen Carpaccio gekauft; keinen echten zwar, aber eine feine, salontaugliche Kopie des gewaltigen *Wunders der Reliquie vom Heiligen Kreuz.* Madame jedoch vernahm einen ihr verhassten Klang in Carpaccio, begann augenblicklich *Karpatien! Transkarpatien!* zu heulen und spießte das Gemälde auf einen Kerzenständer.

Noch zwei Tage, hatte Goëß am Ende der Sitzung zu Vogel gesagt: Zwei Tage Ruhe, bitte sehr!, einfach nur Ruhe und Frieden, bis zu meinem Abschied, das schaffen Sie wohl, verehrter Polizeidirektor? Nur zwei Tage – bis Aschermittwoch – und *après moi le déluge*.

Dann hatte der Gouverneur tief geseufzt und, mehr zu sich selbst, angefügt: Aber geh. In Venedig ist eh jede Flut eine Sintflut.

Und jetzt lag diese Wiener Depesche vor Goëß:

Venedig/Prov. Gouverneur Goëß u subalterne Stellen; per decretum Staatskanzlei. Besondere Beachtung: Die Gruppe Brachmanen ist zu fassen.

Was wird das nur wieder werden, dachte er und wünschte sich auf der Stelle fort, nach Lemberg.

Ist zu fassen

Der zweiundzwanzigste Februar 1819 fiel mit dem Rosenmontag zusammen. Schopenhauer hatte für den Abend in eine Trattoria am Campo San Gallo eingeladen: Teresa, Carlo, Fonzo, Beppo und Luca, Tita und fünf befreundete Gondolieri. Es war sein einunddreißigster Geburtstag, aber das sagte er nicht.

Ich habe euch eingeladen, weil ich euch etwas Wichtiges mitteilen will, sagte Schopenhauer, zuerst aber denken wir an Ciccio, in den Worten Lord Byrons, mit einer kleinen Variation allerdings:

Nahe dieser Stelle liegen die Überreste eines Wesens,
Das Schönheit ohne Eitelkeit besaß,
Kraft ohne Anmaßung,
Wagemut ohne Grausamkeit,
Und all die Tugenden des Menschen ohne seine Laster.
Dieses Lob, diente es als Inschrift über menschlicher
Asche,
Es wäre bedeutungsloses Schmeicheln,
Doch hier gebührt es dem gerechten Andenken
Ciccios – eines Hundes.

Er sprach mit gehörigem Pathos, denn von seinen Gästen verstand niemand Englisch, und als er die letzten vier Zeilen erreichte, schnieften sie alle ein wenig. Unter Teresas Wimpern glitzerte es.

Und jetzt auf dich, sagte sie.

Auf den *dottor S'ciopòn*! Den gelehrtesten Gondoliere, den Venedig je gesehen hat!, rief Tita.

Dottor S'ciopòn! Vivat! Vivat! Vivat!, schrien alle durcheinander und verschütteten Wein beim Anstoßen ihrer Gläser. Dann ließ Schopenhauer auftischen: Polenta, gebratene Leber mit viel Zwiebeln, verschiedene Gemüse, in Öl gebackene Fische, eine Schüssel Muscheln, fette Wurst auf Linsen, Maccheroni aus Sarazenenmehl und mit schwarzem Sugo vom Tintenfisch, gesottene Kutteln und gebratene Hühnerkeulen, und was die Küche alles hergab. Der Wirt selbst, hoch geehrt durch illustre Gäste, brachte die Schüsseln, die so schnell über den Tisch sausten wie die Hütchen der Betrüger, die am Markusplatz die Fremden hinters Licht führten – war eine leer, kam sogleich Ersatz. Schopenhauer aß mit Genuss und schwieg, wie meist, wenn er unter vielen Leuten war, korrigierte nur hier und da, wenn die Legendenbildung um den ciceronefressenden, begnadeten Gondelruderer allzu wild geriet. Überhaupt schien die ganze lärmende Gesellschaft jedes Mal zu verschwinden, wenn er Teresa anblickte, und sie ihn. Aber ein Lidschlag, und Geschrei, Düfte und die Hitze der niedrigen Stube waren wieder da.

Der Campo San Gallo ist ein winziger Platz, eigentlich nur eine Verbreiterung der Gasse, die an ein meist verschlossenes rückwärtiges Tor der Alten Prokuratien leitet – nahe der Stelle, wo der Rio Orseolo zu einem Bassin verbreitert wurde. Dass diese Verhältnisse – und die Tatsache, dass ein Polizeileutnant den Schlüssel zu dem Tor mitzunehmen vergaß –, dass dies irgendwann von Bedeutung sein sollte, wusste Schopenhauer nicht, als er das Festmahl arrangiert hatte.

Der Wirt stellte einen Milchreis und einen goldgelben, öligen Malvasierwein auf den Tisch, da flog die Tür zur Stube auf, gerade als Schopenhauer sich erheben wollte, um seine angekündigte, wichtige Mitteilung an die Freunde zu machen.

Die Tafelrunde scherte sich nicht um den Mann mit Zweispitz, dessen malmende Kiefer die Muskelarbeit für Worte leisteten, die niemand hörte – wie auch, bei dem Radau. Er zog den Säbel blank; und dieses Geräusch, nicht unähnlich dem, welches die Klinge auf dem Wetzstein macht, verschaffte Anton von Vogel Aufmerksamkeit. Er plusterte sich und begann:

Im Namen Seiner Majestät Franz des Ersten, Kaiser von Österreich, König von Jerusalem, –

Jerusalem?, rief Tita und machte sich auf seinem Stuhl lang, da seid Ihr hier falsch.

Schopenhauer und seine Freunde schauten den Offizier interessiert an. Wenn das eine *Commedia dell'arte* aus dem Stegreif war, wo blieben die anderen Figuren? Diese hier schien eine Mischung aus Capitano und Hanswurst zu sein.

– jawoll, von Jerusalem, sagte Vogel, etwas aus dem Konzept gebracht, er hatte so schnell wie möglich zu der lange ersehnten Verhaftung kommen wollen – sowie von Ungarn und Böhmen, König von Dalmatien, Kroatien und Slawonien, –

Dauert das noch sehr lange, edler Herr Offizier?, fragte Teresa.

– der Lombardei und Venedigs –

Ah, *ecco,* sagte Carlo und rieb seine Hände, herzlich willkommen bei uns.

Vogel bekam glasige Augen. Er konnte nicht einfach aufhören, das wäre Verrat am Hause Habsburg. Bis zum allgemein üblichen *undsoweiter* musste er jetzt durch.

– von Galizien, Lodomirien und Illyrien, Erzherzog von Österreich, Großherzog der Toskana und von Krakau, Herzog von Lothringen, von Salzburg und der Steiermark, Großfürst von Transsylvanien –

Tita gähnte laut.

– Markgraf von Mähren, Graf von Habsburg – *undsoweiter!*

Fehlte da nicht: Herzog von Ober- und Niederschlesien?, fragte Schopenhauer.

Vogel senkte den Säbel.

Und riss ihn wieder hoch, fuchtelte herum und brüllte: Doktor Arthur Schopenhauer, Sie sind verhaftet, im Namen –

Nicht noch einmal die Litanei!, rief Tita.

Der Tisch schwebte einen Moment, ein Stuhl fiel und Teller und Töpfe kamen ins Rutschen. Der Bär rannte den Vogel um: so kam es dem vor, er glaubte sogar Haare im Mund gespürt zu haben; aufgerissen hatte er ihn jedenfalls umsonst, denn der Ruf *Halt!* kam nicht hinaus. Er lag am Boden, die Hand am Säbelgriff wie festgeschmiedet; einer, der nach Räucherwurst roch, stand auf der Klinge, und ein österreichischer Polizeioffizier lässt seine Waffe nicht fahren, niemals. Der Rest der Gesellschaft sprang über Vogel hinweg, der trotz seiner peinlichen Lage glaubte, denken zu dürfen: Lauft ihr nur, man erwartet euch.

So wäre es auch gewesen, wenn der Leutnant, der den Schlüssel vergessen hatte, von den Alten Prokuratien her mit seinen Leuten anmarschiert wäre. Die auf der anderen Seite des Campo San Gallo aufgezogenen Polizisten dachten, der Leutnant läge versteckt in Lauer, und hatten das weit offene Loch nicht gestopft. Durch dieses liefen Tita, Schopenhauer, Teresa und die anderen; Carlo, ein Fleischermesser immer dabei, schnitt einen Strick entzwei, der einen hohen Stapel Fässer band.

Die auf den Lärm herbeieilenden Uniformierten sahen ihren Polizeidirektor mit einem verbogenen Säbel auf die Fässer, die ihm den Weg versperrten, einschlagen:

Ihr landet alle, allesamt auf dem Spielberg, schrie er, das versprech ich euch.

Die Flüchtenden erreichten durch die Gasse das Ufer des Rio del Cavalletto. Titas Bande kräftiger Kerle begann Kisten vor die Mündung der Gasse zu schieben, doch Beppo kam eine bessere Idee, denn der Seifensieder an der Ecke hatte einen Kübel seines Produktes stehen lassen.

Schopenhauer versuchte, das Geschehene in einen Zusammenhang von Ursache und Wirkung zu bringen, vor allem, um daraus auf das Kommende zu schließen. Die Polizisten am anderen Ende der Gasse zertrümmerten und wuchteten die Fässer herum, Vogel schrie Kommandos, und von irgendwoher drang das Hämmern von Stiefelsohlen. Fensterläden klappten auf und zu, und hinter Türen fielen Riegel. Und jemand rief *Arturo*. Tita stand vor ihm, Bart- und Kopfhaare gesträubt, abstehend wie eine Aura.

Er ist verrückt, dachte Schopenhauer. Was ist, was jetzt?, rief er, das kann doch nicht gutgehen!

Tita schien vor guter Laune fast zu platzen.

Jetzt? Jetzt ist *regata!*, schrie er, und seine Gondolieri schrien mit. Er schob Schopenhauer an den Rand des Kanals: Spring!

Nein, lieber nicht, wollte Schopenhauer antworten, aber da unten lag ein Boot, und er hörte Tita sagen: *dottor S'ciopòn*, bitte zum Gondelruderexamen. Er sah aus dem Augenwinkel, wie ein Strom blauberockter Leiber aus der Gassenmündung quoll, wie die Leiber übers eingeseifte Pflaster glitten und wie eine Fuhre Kartoffeln in den Kanal rutschten. Schopenhauer sprang, Teresa gleich darauf. Vor ihm steuerte Tita seine Gondel, hinter ihnen folgten Beppo, Carlo, Fonzo und Luca in Booten, die Titas Freunde ruderten.

Der kleine *s'ciopòn* lag gut auf dem Wasser. Teresa hatte das zweite Ruder vorne aufgelegt, machte leichte ruhige Schläge.

Du kannst rudern?, fragte Schopenhauer.

Was hast du denn gedacht?, fragte Teresa zurück, ich bin die Tochter eines Gondoliere.

Sie folgten Tita unter dem Ponte dei Fabbri durch, weiter bis zu einem scharfen Knick nach links, am östlichen Ende der Alten Prokuratien. Schopenhauer legte eine saubere Kurve hin; etwas Wasser am Bootsboden gluckerte leise. Von Vogels Leuten war nichts zu sehen, nichts zu hören. Sie fühlten sich schweigend durch den Kanal, so wie man vorsichtig einen Handschuh überstreift. Der Mond war nachmittags untergegangen: Er hätte kaum geholfen, als dünner, schwindender Splitter.

Schwarze lotrechte Schlitze, blinde Enden von Gassen und Pfaden, lauerten zwischen den Häusern, manche verdeckt, und manche konnte Schopenhauer nur durch einen Luftzug erspüren, der ihn erschauern ließ, wie auch die Vorstellung, aus einem dieser Schlitze könnte eine große Hand greifen und sie beide aus dem Boot pflücken. Es war kalt, seinen Mantel hatte er Teresa gegeben.

Tita hob die Hand.

Siàda alta, murmelte Schopenhauer. Er legte den Ruderschaft an die oberste Kehlung der *forcola* und zog an. Der *s'ciopòn* glitt ein wenig nach links und stieß mit leisem Knacken an die Kanalwand.

Teresa, sagte er, wenn du wirklich rudern kannst, dann ist es vielleicht besser ...

Sie balancierten in der Mitte des Bootes aneinander vorbei, für eine Berührung so kurz, dass keine Uhr der Welt sie hätte messen können.

Tita verschwand unter einer Brücke, wie in ein Ofenrohr hinein.

Coraggio, Turo, nur Mut, flüsterte Teresa in pechschwarzer Dunkelheit.

Er spürte zuerst die Welle, die den *s'ciopòn* vorn hob. Dann hörte er ein Rauschen, das Sirren zweier schneller Ruderblätter; er sah sie aus dem Seitenkanal springen, wie die Wolfsspinne aus ihrem Loch, und Reflexe ihrer Laternen im polierten Schwarz böse glänzen, als hätte die Gondel Augen. Das Boot schnitt knapp vor dem Bug des *s'ciopòn* ein. Nun kapern sie uns, dachte er, doch die Polizeigondel tauchte mit steigender Schlagzahl ins Dunkel ein, und das konnte nur bedeuten ...

Hinter euch!, schrie Carlo, schneller!

Schopenhauer drehte sich nicht um, er legte den Schaft *sotomorso* und begann zu quirlen, als müsse er süßen Rahm binnen Sekunden zu Sahne schlagen, er erzeugte schäumende Wirbel, aber das Boot kam nicht vom Fleck. *Fahrt zu!,* brüllte Tita, weit entfernt, aus der Tiefe des Ofenrohrs.

Hast gut reden mit deinem Renner, dachte Schopenhauer, unser Klepper kommt nicht so schnell auf Trab.

Aber sobald das Ruder im *morso* drehte, lief es besser – erst recht, als er im Augenwinkel einen Bugbeschlag mit eingraviertem Kaiserwappen aufkommen sah.

Wir dürfen sie nicht vorbeilassen, rief Teresa.

Sie zog das Ruder scharf an und drückte das Blatt nach außen. Das Heck des *s'ciopòn* schwenkte vehement nach links und krachte in die Seite der Gondel.

Ah, das bringt sie vom Kurs, dachte er.

Wie einen Hasen trieben die Polizeigondolieri das Boot der beiden, und Teresa schlug Haken auf Haken, immer in die Flanke des anderen Bootes, wenn es zu nahe gekommen war.

Plötzlich rief er: Wohin?

Das Ofenrohr endete abrupt in einem trapezförmigen Becken – mit Ausgängen links, rechts, schräg geradeaus. Wo war Tita? Der Bugbeschlag kroch links heran. Noch etwas näher, und sie würden Teresas Ruderblatt einklemmen, sie manövrierunfähig machen.

Geradeaus, rief Teresa, so laut sie konnte, und dann zu Schopenhauer, leiser: Nur eine Finte – im letzten Moment fahren wir rechts –

– jetzt! Aus vollem Schwung riss sie das Ruder aus dem *morso* in die Senkrechte. Sie klammerte sich mit aller Kraft an den Griff, dicht vor die Brust gepresst, und versteifte ihren Oberkörper. Das Ruder krümmte sich wie ein Bogen, die *forcola* krachte in ihrer Verankerung. Wenn nur eines bricht, dann fliegt sie wie ein Stein vom Katapult, dachte Schopenhauer.

Der *s'ciopòn* wirbelte in eine Rechtsdrehung und versetzte der in höchstem Schwung heranschießenden Polizeigondel einen groben Stoß in den Bug; sie schoss vorbei, nach links versetzt, für Sekunden nicht steuerbar. Der Polizist fluchte gotteslästerlich, als er merkte, wohin sein Boot unterwegs war; wie ein Billardspieler, der dem Lauf einer unbeabsichtigt touchierten Billardkugel zusehen muss. Sein Gefährt traf gerade noch den mittleren Ausgang des Beckens und verkeilte den Bugbeschlag krachend im morschen Holz des nächsten Anlegestegs.

Die Polizeigondolieri brauchten nicht lange, bis sie wieder flott waren. Sie bekamen Verstärkung. Vogel setzte alles in Marsch, was er hatte, die Gondelstreifen sowieso, seine persönlichen Gondolieri, dazu ruderbegabte *satelliti*. Aber auch die Venezianer spielten mit, am inzwischen angebrochenen letzten Tag des Karnevals. Aus den Fenstern flog der Inhalt von Nachttöpfen und Müll auf die Uniformierten hinab. Sie löschten die Laternen und lockten Suchtrupps auf falsche Fährten, mal hierhin, mal dorthin, so dass den Polizisten bald die Zungen aus den Hälsen hingen und sie die angebotenen Weinflaschen gierig leerten; danach taumelten sie harmlos weiter. Eine Gruppe Kurtisanen tänzelte herum und blendete die amtlichen Gondellenker in Blitzgewittern von weißem Unterzeug, blankem Fleisch und unanständigem Gerede; sie provozierten so zwei Selbstversenkungen und drei schwer beschädigte Boote. Andere spannten Seile quer über Kanäle und schleuderten damit Ruderer aus den Booten. Unauffällig beisammenstehende Grüppchen auf den Brücken warfen Fischernetze aus und wieder andere ließen Boote treiben und verstopften die Wasserwege. Es war ein Aufstand für eine Nacht – nicht jener, den Vogel vorhergesagt hatte, nur ein Fest des Augenblicks im Karneval, das ohne Folgen blieb, denn die paar Carbonari, die es damals in Venedig gab, hatten sich zu einer ihrer endlosen Debattierrunden getroffen, ganz hinten in der Lagune, auf Torcello, und von allem nichts mitbekommen.

Nach dem jähen Dreh waren Teresa und Schopenhauer schnell weitergekommen, hinter sich das Boot, in dem Carlo saß – und, früher als erwartet, die genarrten Polizisten, die geschickt und entschlossen allen Seilen, Nachttöpfen, Netzen und Kurtisanen ausgewichen waren. Sie schienen nun auf Ermüdung und Einkreisung zu setzen; ihr Tempo blieb gleichmäßig, aber langsamer als zuvor. Carlos Boot versuchte die Verfolger auf Abstand zu halten, damit Schopenhauer und Teresa irgendwo ungesehen abzweigen könnten. Hätten sie die Verfolger nicht bald abgeschüttelt, wollten sie das Boot bei der nächsten Fondamenta, irgendeiner Calle oder einem Campo zurücklassen und zu Fuß verschwinden.

Aber als Teresa den nächsten Kanal nach links nahm, hatten sie ihre Schatten wieder – die Freunde waren nicht zu sehen; mussten irgendwo abgehängt worden sein. Die Häscher lagen nur noch drei Bootslängen hinter ihnen. Sie grinsten und ließen sich Zeit. Vielleicht dachten sie an ihre Belohnung.

Schopenhauer hatte genug. Seine Hände brannten, er war müde, sein Griff kraftlos. Das war eine andere Anstrengung gewesen, als gemütlich auf die Post zu rudern. Er hatte Teresa überreden wollen, dass sie irgendwo das Boot verließ, um dem unvermeidlichen Ärger zu entgehen, aber sie hatte sich geweigert: Vergiss es, sagte sie. Er sah sich um: Kein Platz, um anzulanden, hier konnten sie höchstens auf die Schwelle eines Wassertores springen und hoffen, dass es nicht versperrt war. Oder sich von den *poliziotti* abholen lassen. Ja, dachte er, morgen sitzen wir wohl in den Bleikammern, aber getrennt.

Die Verfolger hielten es für angebracht, die sichere Beute zu verhöhnen. Der eine strich über den Bauch, zeigte auf Teresa und leckte sich die Lippen. Der andere fuhr mit der Handkante über seine Kehle.

Wenn der Mistkerl Hand an Teresa legt, dachte Schopenhauer, dann –

Es krachte fürchterlich. Holzsplitter zischten durch die Luft und ein fliegendes Ruder kam gefährlich nah. Er zuckte zusammen, zog den Kopf ein und riss die Augen auf. Wie hieß das doch bei *dottor filosofo S'ciopòn – die Welt ist real und durchaus das, für was sie sich gibt?* Nämlich das:

Der verwischte schwarze Schatten einer Gondel fährt rasend schnell über, nein: quer durch das Boot der Verfolger. Dieses klappt mittschiffs ein: Vorne schleudert es den einen, hinten den anderen Polizisten ins Wasser. An diesem Punkt in der Zeit friert das Bild ein und bleibt für immer im Gedächtnis des Betrachters.

Sie trugen Masken und Hüte, Tita und einer seiner kräftigen Kerle in der Byrongondel; jene mit dem eisenverstärkten Bug und dem angeschärften *dolfin*. Sie kamen von links. Aus dem Rio dei Miracoli.

Siehst du, sagte Teresa trocken, ein Wunder.

Im Morgengrauen schlichen Teresa und Schopenhauer an die Ecke der Calle dei Volti. Zwei Uniformierte schliefen auf der Türschwelle. Vor dem Wassertor war keiner postiert. Er half Teresa hinunter auf das schmale Sims. Seitwärts, mit Bauch und Händen an der Wand, schoben sie sich hinüber zum Tor. Kleine Wellen schnappten nach ihren Füßen, und Teresa kicherte während der ganzen Zeit, in der sie wie unterkühlte Eidechsen an der Mauer klebten. Sie kicherte und lachte auch später noch, so dass er die Hand zart auf ihren Mund legen musste; sonst hätten sie vielleicht die Polizisten geweckt.

Wenn es das Herz nicht erwartet

Am Morgen nach dem höllischen Bootsrennen getraute sich Schopenhauer nicht zur Post. Er drückte einem Nachbarsjungen ein paar Centesimi in die Hand und ließ ihn das Losungswort dreimal wiederholen: *Come si bukstabire*.

Er wartete in der Deckung des Brunnens auf dem Campo dei Gesuiti. Von dort hatte er alle Zugänge zum Platz im Blick und auch die geöffneten Fenster seiner Wohnung. Sollte sich jemand Einlass verschaffen, würden die Vorhänge im Luftzug schwanken. Teresa und er waren so aus dem Haus verschwunden, wie sie es vor wenigen Stunden betreten hatten. Sobald sie ein vertrautes Gesicht unter den Gondolieri an der Anlegestelle entdeckt hätte, wollte sie nach Murano fahren; Schopenhauer sollte bald nachfolgen. Es würde kaum schaden, ein paar Tage flachzuliegen. Zuvor wollte er aber noch die Nachrichten aus Deutschland prüfen. Inzwischen *musste* doch irgendjemand irgendetwas über sein Buch geschrieben haben.

Ein kleiner brauner Streuner trabte daher und trank aus dem Wännchen am Fuß des Brunnens. Die Straßenkehrer mussten die Wannen sauber und gefüllt halten. Diese Vorschrift hatte das venezianische Gesundheitskomitee erlassen, just zu der Zeit, als die Franzosen einmarschierten, die Pferde vom Markusdom stahlen und die Akademie plünderten – und in der Stadt, die neunhundert Jahre nicht ein einziger feindlicher Soldat betreten hatte, sorgten sie sich darum, dass streunende Hunde keinen Durst zu leiden hatten.

Wenn das nicht Zivilisation ist, dachte Schopenhauer, was dann?

Er kraulte den Streuner hinter den Ohren und dachte an Ciccio. Der Tumult um das Gondelrennen würde sich legen; das ließe sich sicherlich regeln, notfalls mit Geld, zumal alles ein Missverständnis gewesen sein musste. Warum sollte man ihn verhaften wollen? Wegen des Pferdes am Semmering? Weil er den Cicerone ins Wasser gestoßen, den *satellite* bewusstlos geschlagen hatte? Seitdem hatte er doch wirklich nichts mehr angestellt. Nur das ruhige, abwartende, beobachtende Leben eines Philosophen gelebt, der sich gerne der *Meeresstille seines Gemüts* auslieferte.

Ich lasse mich doch nicht aus dieser Stadt treiben, dachte er, doch nicht jetzt, wo sich, wo mich alles gefunden hat.

Am Ende des Campo konnte er ein Rechteck graphitschimmernder Lagune erkennen, darüber schwebend ein Stück Murano mit Schornsteinen, die Schwarz ins Grau des Himmels pumpten. Es war einer der vernebelten Tage, die er mochte, trotz der Kälte und der Feuchtigkeit; sie machten die Welt klein, leise und bescheiden; Venedig stand krumm wie der degradierte Geniemajor, seiner Dekoration beraubt, nicht länger gefährlich, prächtig, einschüchternd.

Ich habe jetzt dieselbe Temperatur wie die Stadt, dachte Schopenhauer in Erinnerung an den ersten venezianischen Eintrag im Reisebuch, sie sieht mich aus Gesichtern an, blickt nicht mehr von Fassaden auf mich herab. Ich kenne meine

Wege, und ich weiß, warum ich sie gehe. Wenn ich schon keinen Erfolg habe, dann kann ich keinen Erfolg auch in Venedig haben, wo ich mich wohl fühle. Meine Bücher lasse ich von Quandt aus Dresden schicken, der Missiaglia besorgt mir die anderen. Dem Frater Procurator handle ich einen Vertrag ab, dass es ihm die Tränen in die Augen treibt. Die Karte werde ich aus dem *Oupnek'hat* nehmen. Mit meinem *s'ciopòn* werde ich ans Wassertor des Mocenigopalastes fahren und neben Titas Gondel festmachen. Einem Bedienten werde ich die Karte geben und ein Weilchen warten. Dann werde ich vorgelassen, in den großen Saal, und ich werde fragen: Wer erkennt das Gute?

Später werde ich sagen: Ich bin ein Philosoph, den keiner liest; ich habe Antworten, nach denen niemand fragt; ich habe spät begonnen und komme dennoch zu früh. Ich bin um meinen einzigen Gedanken gekreist und habe die Höhe gewonnen. Ich habe die letzte Stufe der Wendeltreppe erreicht und trete aus dem dunklen Gehäuse ans Licht. Ich habe die freie Sicht. Diese Reise ist zu Ende, die nächste steht noch lange nicht bevor. Ich bin so glücklich, als ich kann.

Der Bote trat auf die Brücke und sah sich um. Schopenhauer wartete ein paar Sekunden, pfiff und winkte den Jungen heran.

Zwei Briefe von Adele.

Er riss das erste Kuvert auf, ohne auf den Datumsstempel zu sehen. Es ließ sich zu leicht öffnen; die Zensur sparte beim Wiederverschließen am Leim: ein finsterer Gruß aus Metternichs Schwarzem Kabinett.

Viele Zeilen, wiederum freundliches Geklimper, muntere Geschichten aus der kleinen Herzogsstadt Weimar.

Adele kann doch nie das Wichtige an den Anfang setzen, dachte er und überflog die angestrengte, geduckte Schrift: Besuch der Kaiserin-Mutter; Adele habe sich vom Singen aufs Klavierspielen verlegt; Quandt habe endlich geheiratet; Minister Gersdorf habe das Werk gelesen, zeige sich sehr erbaut – wenn er Erbauung will, soll er lieber Johanna Schopenhauer lesen –; Mutters Hausgenosse Müller wolle es auch, doch Adele gebe es ihm nicht – Bravo, Schwester! – aber hier: eine Besprechung in den *Jahrbüchern der Litteratur*, angeblich teils lobend, teils tadelnd, sie habe es noch nicht lesen können – verdammt! – *Dein Mädchen in Dresden –*

– hat einen Abortus erlitten.

Adele nimmt Zuflucht ins Fremdwort, stellte er fest und fühlte – Gedanken nach vorne drängeln, der Vernunft einen Weg bahnend, das Mitgefühl, das sich mit leiser Stimme meldete, zur Seite rempelnd: Das ist die beste Lösung. Eine Mutter, die keine sein wollte, ein Vater, der dazu keine Absicht hatte, ein Kind –

Es tut mir leid, schrieb Adele, *ich habe das alles viel zu spät erfahren, die Nachricht ging zu viele Umwege, und es tut mir leid wegen Dir. Das Kind hätte Dir Freude gemacht. Du wärst nicht so allein gewesen. Du hättest für jemand zu sorgen.*

Freude, Einsamkeit und Fürsorge, dachte Schopenhauer, ein jedes besitzt seinen Gegenpol: Verdruss, Gesellschaft, Abhängigkeit. Hätte ich das Kind denn lieben können? Müsste es nicht wenigstens die Eigenliebe, die jeden Menschen erfüllt, von mir erhalten? Meine Hälfte und die Hälfte Karolines, und macht das ein Ganzes?

Adele schrieb weiter: Es sei in natürlicher Weise geschehen – und Karoline oft krank und trotz Adeles Versprechen und der im Namen Arthurs gegebenen Versicherungen sehr betrübt gewesen über ihren Zustand, dem selbst ein guter Ausgang keinen glücklichen Ausweg gewiesen hätte –, an etwas anderes wolle sie gar nicht denken.

An der Brunnenfassung schlugen die blechernen Eimer wie gebrochene Glocken an. Die Wasserträgerinnen, meist junge Frauen, stammten vom Festland; die Stange, an deren Enden die Kübel hingen, lag wie ein Joch hinter dem Nacken auf. Von weitem ähnelten sie stummelflügeligen Käfern. Schopenhauer las, ohne die Worte aufzunehmen, weiter in Adeles Brief, in dem es, nachdem das Schwierige gesagt war, schon wieder um Weimarer Begebenheiten ging.

Welchen Schmerz verursacht der Verlust dessen, was man nie gehabt hat? Keinen, solange man es nicht gewollt hat: Nur wer will, leidet. Die Menschen kaufen um ein Geringes ein Lotterielos, weil sie den großen Preis erlangen wollen. Sie gewinnen nicht, fühlen sich um das gebracht, was sie nicht gehabt, doch so sehr gewollt haben. Wer kann nicht wollen? Heilige, Asketen.

Nur, was hilft mir das jetzt?, sagte er leise, faltete den Brief zusammen und schob ihn in den Umschlag. Einen Moment erwog er, Karoline zu schreiben; aber ihr jetzt den Trost der Philosophie anzubieten: reichlich absurd. – Da war noch der andere Brief.

Er sah hin und dachte unsinnigerweise, *sie kann es doch:* Das Wichtige nach oben.

– vielleicht erhältst Du diesen Brief zwei Tage später als den anderen, in diesen zwei Tagen liegt die ganze Umwälzung meines Erdengeschicks: Muhl hat falliert –

Lieber Himmel!, entfuhr es ihm; obwohl er von dort nichts erwartete.

– entsetzlich ist's, dass Muhl nicht einmal die fälligen Zinsen geschickt hat. Wir sind ganz ohne Geld, obendrein noch manches schuldig. –

Abraham Ludwig Muhl war bankrott. *Pleite.* Hatte sich an Geschäften im Baltikum verhoben. Das ihm anvertraute, zur Mehrung anvertraute Vermögen eingesetzt. Und verloren. Johanna und sie, schrieb Adele, seien auf dem Weg nach Danzig und bereits dort angekommen, wenn Arthur diesen Brief erhalte. Sie hätten sofort gepackt, reisten unter dem Vorwand eines lange überfälligen Verwandtenbesuchs, damit ihre Lage in Weimar nicht ruchbar werde. Der Kaufmann werde ihnen wohl einen außergerichtlichen Vergleich anbieten; sie müssten nur stillhalten, einstweilen verzichten und warten. So hofften sie, dreißig Prozent ihres Vermögens retten zu können. Ebenso gut, im Falle des Muhl'schen Konkurses, könnte viel mehr, gar alles verloren gehen. Sie, Adele, würde dann alles hinter sich lassen, den Rest ihres Lebens als Gouvernante in Russland verbringen.

Schopenhauer stemmte die Absätze in eine Spalte zwischen den Platten und presste den Rücken mit aller Kraft gegen den Brunnen. Hinter ihm flogen die Blechkübel am Strick in den Schacht und prallten mit scharfem Klatschen auf.

Er sah den verschrobenen Krause am Indischen Schrank das Brot einweichen und kneten, seine Lehrer vom Gymnasium und den Weimarer Gräzisten, wie sie einem schnöseligen Hamburger Kaufmannssohn, der wünschte recht gelehrt zu werden, aber nebenher noch reiten und fechten ging, seine Freunde großzügig aushielt und bei der Mutter ständig frisches Geld anforderte, in geduldiger Resignation das Nötigste zur Erreichung der Universitätsreife eintrichterten. Er sah sich als beamteten Professor Gottesbeweise und ähnlichen Unsinn lehren, *ancilla theologiae,* die Philosophie als Magd der Theologie, sich selbst als Knecht eines frömmelnden Landesherren, eines Ministers. Er wäre vielleicht sogar verpflichtet, den Irrsinn Fichtes, den Unsinn Hegels zu verbreiten.

Es war der ultimative Schrecken, das Ende eines Lebens, das noch nicht einmal richtig begonnen hatte: Er hätte sich die Universität ausgesucht, seine eigene Lehre vorgetragen. Sein Vermögen hätte ihm die Unabhängigkeit gegeben. Er wäre nicht auf das Hörgeld angewiesen, nicht auf staatliches Salär. Niemand könnte ihn zwingen, seine Wahrheit anzupassen, zu verbiegen.

Muhls völliges Erlöschen würde ihn mehr als die Hälfte seines Vermögens kosten, zwei Drittel gar, ihm ein Bein aus dem Rumpf reißen und das andere beschädigen. Wo er jetzt bequem und sicher stand, würde er künftig schwanken, bei jedem Stoß wanken und bestimmt keine Sprünge mehr machen. Es wäre das Ende seiner philosophischen Freiheit.

Kein Glück ohne Freiheit.

Keine Freiheit ohne Geld.

So einfach war das. Schopenhauer richtete sich auf und starrte in den Brunnen hinunter. Die Wasserträgerinnen riefen ihm Scherzworte zu, die er nicht hörte.

Wenn aber, wie Adele schrieb, Muhl das gerichtliche Konkursverfahren unbedingt vermeiden wollte und einen Vergleich für irgendwann in Aussicht stellte – dann rechnete er sich davon einen Vorteil aus. Er würde fürs Erste die Herrschaft über sein Geschäft behalten und die Gläubiger per Accord abspeisen, sobald er das wenige Geld dafür beisammen hätte, um selbst möglichst heil aus dem Schlamassel herauszukommen. Natürlich, natürlich: Muhl wollte handeln. Bitte, der Mann würde seinen Atem im Nacken spüren. Jeden Tag, viele Tage lang, so viele es brauchte. Er würde dem Mann auf den Stiefeln stehen, wohin auch immer er ginge.

Nun gut, dachte Schopenhauer und entwarf den Brief, den er noch am heutigen Tag schreiben und absenden würde, höchstpersönlich und vom Postamt, und wenn die gesamte Geheim- und gewöhnliche Polizei davor Spalier stünde: *Man kann Philosoph sein, ohne deshalb ein Narr zu sein, Muhl. Der, welchen Sie vor sich haben, ist ein Kaufmann noch dazu. Sie werden verstehen, dass ich mir nicht nehmen lasse, was mit dem größten und unbestrittensten Recht mein ist und worauf mein ganzes Glück, meine Freiheit, meine gelehrte Muße beruhen, ein Gut, das auf dieser Welt Meinesgleichen so selten zuteil wird, dass es gewissenlos und schwach wäre, es nicht auf das Äußerste zu verteidigen und mit aller Gewalt festzuhalten.*

Vom Grund des Brunnens kam ein Echo: … *festzuhalten*. Schopenhauer wurde schwindlig, weil er auf einmal einsah, was das alles bedeutete. Er musste gehen. Wenn er es nicht tat, dann kam ihm bei Muhl ein anderer zuvor und salvierte sich auf seinem, Schopenhauers, Rücken. Er musste schnell entscheiden. Nicht für oder gegen Byron. Nicht für oder gegen Venedig. Für oder gegen Teresa. Loslassen, um festzuhalten.

Oh, wie roh trieb es das Schicksal mit Byron. Eine vom Nacken ausgreifende Gänsehaut sträubte die Haare auf seinem Unterarm bis zum Handrücken. Das Papier stank höllisch, denn der priesterliche Bote hatte den Brief versteckt im Weihrauchfass getragen. Teresas Schrift stand schön und rein und streng, ihre Worte tönten wie Flüstern in einer Kirche; es war die Einladung nach Ravenna, in aller Form und allen Formeln der Höflichkeit: Der Conte fühle sich aufs höchste geehrt, falls der Lord seine Gastfreundschaft in Anspruch nehmen wolle; der Lord möge das Haus des Conte jederzeit als das seine betrachten.

Und meine Frau als die Ihre, dachte Byron, irritiert von dem scharfen Geruch des Weihrauchs, der dennoch einen gar lüsternen Gedanken zuließ – oder herausforderte. Er legte den Umschlag auf das Kohlebecken. Noch so einen Brief ohne … Gefühl, noch so eine kalt ausgestreckte Hand, noch so ein Gesicht ohne Lächeln ertrage ich nicht.

Binnen Sekunden wellte sich der Umschlag und ging mit einem leisen Puffen und einem zarten Flammenblitz in Rauch auf.

Byron öffnete ein Fenster und sah auf den Canal Grande hinunter. Tita saß breitbeinig auf dem Anleger, die Spitze der Gondel zwischen den Knien. Er klopfte mit einem Hammer auf dem Bugbeschlag herum. Eine der Zinken stand ab wie ein krummer Finger.

Adieu, dachte Byron, Aschermittwoch denn: Die Bedienten sollen den Haushalt hier einwintern und meine Kutsche aus der Remise in Fusina holen.

Triumph der Zeit und der Ernüchterung

Schopenhauer fand das Programmheft, das er im Teatro Fenice gekauft hatte, an jenem Abend, den er Byron in der Loge gesehen hatte. Madame Catalani lächelte vom Titelblatt, in der Hand hielt sie eine Rose, und sie tippte mit der Fingerspitze kokett an einen Dorn. Er setzte sich aufs Bett. Neben ihm, in der Tasche, lag das *Oupnek'hat* verstaut, Deckel an Deckel mit dem eigensinnigen Bacon (den er nie wieder geöffnet hatte, aus Sorge, das Buch wolle ihm noch etwas Wichtiges mitteilen). Er blätterte ein wenig in dem Heft, unschlüssig, ob er es wegwerfen sollte. *Triumph der Zeit und der Ernüchterung* hieß das Oratorium, aus dem das von Valabrègue so ausgemolkene Stück stammte. Er brauchte nur daran zu denken, schon summte es schmeichelnd in seinem Ohr. Das gesamte Libretto war in dem Heft abgedruckt; so füllt man billig Seiten, dachte er.

Der Triumph der Zeit und der Ernüchterung, sagte er laut, um die Melodie zu übertönen, und sie triumphieren über wen oder was?

Natürlich – über die Schönheit und ihren unbesonnenen Kumpanen, das Vergnügen. Fast hätte er gefragt: Warum muss immer die Vernunft gewinnen? und darüber sinniert, wenn nicht eine gereizte Antwort nach vorn gesprungen wäre: Weil du ein Philosoph bist; denn würdest du die Vernunft nicht ehren, so wärest du ein Metzger mit stumpfen Messern, ein Fiedler ohne Bogen, ein Drucker ohne Schwärze; deshalb gewinnt die Vernunft, und nicht irgendein Gefühl: Du kannst nicht anders.

Nie hätte er geglaubt, die Philosophie könne eine so eifersüchtige Freundin sein; erst Teresa hatte sie herausgefordert, sich neben sie gestellt und ihm das Gefühl gegeben, er könne beide besitzen, sich beiden zuwenden. Solange die Philosophie ungefährdet im Mittelpunkt stand, raunte sie ihm mit den Stimmen des ungetrübten Vergnügens und der selbstgewissen Schönheit ins Ohr. Jetzt, wo alles auseinanderzufallen drohte, krächzte sie den Text der Ernüchterung, souffliert von der neunmalklugen Zeit, und es klang ihm allzu vertraut:

Nicht länger kümmert das dunkle Tal den Weisen, der vom Berg erkennt, wie es unten im Grauen liegt, sagte die Ernüchterung.

Dumm ist der Steuermann, der den Kurs nicht ändert, obwohl eine verräterische Brise aufkommt, sagte die Zeit.

Von Rezitativ zu Arie zu Ritornell sprang Schopenhauer vor und zurück durch das Libretto und hörte sich selbst in vier Zungen reden.

Ihr sprecht die Wahrheit, spät habe ich es verstanden, sagte die Schönheit, doch in meinem Gram und Schmerz – ich will und will doch nicht, *voglio e non voglio.*

Mit großem Genuss verbrannte Gouverneur Goëß zuletzt die *Gazzetta Privilegiata* und ihre hämischen Berichte über die *regata;* im Kamin lag noch die Asche der Zeitung vom

Tag nach dem peinlichen *giovedì grasso*. Polizeidirektor von Vogel hatte gerade den Raum verlassen, im Gesicht röter noch als sonst und unter strikter Order, von sofort an bis zur fünften Stunde nach Abreise Goëß' nichts, aber auch gar nichts an polizeilichen Maßnahmen durchzuführen. Heute hatten die Taschendiebe auf dem Markusplatz freie Wahl, die Patrioten im Café Florian die freie Rede und alle Spitzel einen freien Tag. Graf Goëß wollte nur noch das Dampfboot nach Triest besteigen, und zwar in Würde und Frieden und unter den Klängen eines Kärntner Ländlers.

Einmal noch setzte er sich hinter seinen Schreibtisch, wie er es immer getan hatte, Kopf in die Hände gestützt, und betrachtete den ganzen, ballsaalartigen Raum, vom polierten Terrazzoboden bis zum vergoldeten Stuck an der Decke, vor sich die Kathedralenfenster, dahinter in diesiger Sonne ein Stück Venedig, nein: eigentlich eine Lücke Venedigs, denn der Palazzo jenseits des Kanals war nie übers Erdgeschoss hinaus vollendet worden. Drei Jahre lang hatte Goëß auf ein Symbol des Scheiterns geschaut. Allerdings, so hatte er es bisher nie verstanden, ein reichlich komisches; ein Palaststumpf, breit und prächtig begründet – geblieben als ein Sockel ohne Denkmal.

Lieber Gott im Himmel, lachte er, was freue ich mich auf Lemberg.

Dann verließ er den Saal, ohne sich noch einmal umzudrehen, denn es schien ihm, als habe er die Pfeife des Dampfbootes gehört.

Valabrègue sah den orange-roten Sonnenschirm seiner Frau am entfernten Ende der Piazzetta, just als der Campanile ein paar Glockenschläge hören ließ. Sie hatte ihren Mann und Fidelis mit dem Gepäck und einer Liste von Erledigungen vorausgeschickt, um selbst das Hotel durch den Hinterausgang zu verlassen. Durch den Umweg über zwei, drei Gassen, hatte sie ihm erklärt, könne sie die Piazzetta dei Leoni an der Nordseite der Markuskirche betreten, den bronzenen Löwen noch einmal zärtlich über die blank gescheuerten Schnauzen streichen und den Blick geradeaus über den schönsten Platz der Welt genießen, so herrlich zwischen Palazzo Reale und den Prokuratien gefasst; einmal kurz auf das Knattern der drei Fahnen an ihren turmhohen Masten lauschen und sich vergewissern, dass der Wind stramm hinaus aufs Meer wehte; und bei der Gelegenheit auch den Campanile dort oben grüßen, der, wenn sie ihren Weg pünktlich wie geplant begonnen hatte, mit ein paar Glockenschlägen antworten würde. Sodann hatte Madame geplant, eine knappe Viertellinksdrehung zu machen und die Piazzetta in südliche Richtung abzuschreiten, aufs gleißende Wasser hin. Das war der Moment, in dem Valabrègue den Sonnenschirm erspähte.

Sie kommt, sagte er zu Fidelis, der seine Pfeife stopfte und mit zusammengekniffenen Augen über den Platz spähte.

Angelica Catalani machte alles genau so, wie sie es sich vorgenommen hatte; Valabrègue hatte drei Mal den Repetitor für die Proben zum großen Abgang machen müssen. Sie nickte den vier Pferden über dem Portal der Markuskirche zu; dann schritt sie weiter, genau auf die Mitte der beiden ominösen Säulen zu, geleitet durch die Bahn gleichförmig hellgrauen Pflasters zwischen zwei Ornamentbändern aus blassrotem Stein, vorbei an den schwarzgelb gestreiften Schilderhäuschen vor dem Dogenpalast. Valabrègue merkte, dass sie immer langsamer wurde, von ihrer Linie abwich, nach rechts und links blickte, doch die geometrischen Muster aus rotem Stein sahen so labyrinthisch aus, als könne man sie nicht einfach überschreiten; und am Ende der Bahn hielt sie an, sie sah den Valabrègue und Fidelis am Molo stehen, neben den Koffern und Kisten, hinter ihnen zwei Schiffsmasten. Sie winkte. Valabrègue winkte lustlos zurück, seine Handbewegung eher eine solche, die einem Dienstmann gilt. Hoffentlich ist die Vorstellung bald zu Ende, dachte er, ein *da capo* wird es jedenfalls nicht geben.

Dieselbe Bettlerin saß am Fuß der Säule des San Teodoro und brabbelte immer noch blasenspuckend das Sprüchlein, das sie bei Catalanis unglückseliger Ankunft aufgesagt hatte: Geh niemals zwischen den Säulen!

Valabrègue stemmte die Arme in die Seiten und sah, wie Madame Catalani tief einatmete und das Kinn vorschob, sie hielt den Sonnenschirm grazil, aber fest in der Hand. Sie schritt energisch aus, so energisch eine Diva schreitet, wenn es noch elegant und zierlich wirken soll, und sah streng geradeaus. Sobald die beiden Säulen aus ihren Augenwinkeln entschwunden, das Gemurmel der Bettlerin nicht mehr zu hören war, atmete sie aus.

An diesem Punkt erkannte Valabrègue, dass etwas nicht nach dem ausgedachten Plan verlief.

Die Catalani stand starr, sie holte hör- und sichtbar wieder Luft, sie füllte ihre Lungen, bis die Rippen schmerzen mussten und die Kleidernähte knarzten, als wollte sie für eine ganze Arie Atem speichern, sie sah auf das Schiff, das verdammte, an Valabrègue vorbei, der sich darauf einstellte, dass sie schreien würde; denn sie hatte in diesem Moment ihr Glück verspielt, es zwischen den Säulen herausgefordert und verloren; das Vernünftigste war jetzt doch wohl: alle Wut und Enttäuschung hinausschreien und das Glück mit dem nächsten Atemzug wieder hereinsaugen; weit konnte es ja nicht sein, in diesen wenigen Sekunden.

Der kleine, schäbige *trabàcolo* wiegte sich in den Wellen und guckte aus seinen hellblauen Augen. Noch immer duftete er zart nach Tran und Käse.

Madame Catalani schrie.

Und Valabrègue dachte nur immer: Schone deine Stimme, schone um Gottes willen deine Stimme. Wir haben doch nur deine Stimme.

Sie zuckten alle zusammen, wie sie da standen und sich nicht voneinander trennen konnten, auf dem Molo vor der Münzanstalt. Carlo sah drein, als könnte er das Kreischen in den Zähnen fühlen, Teresa presste die Hände auf die Ohren. Die Musikkapelle, die dort, wo der Dampfer rauchte, irgendeinen Würdenträger verabschiedete, setzte aus; nur die Tuba stolperte zwei Takte weiter. Die aufgeschreckten Tauben flogen ihre Schleife und setzten wieder zur Landung an. Tita legte den Kopf schief, als müsse er Wasser aus den Ohren entfernen. Dann ging er auf Schopenhauer zu und presste ihn an die Brust. Schopenhauers Gesicht verschwand in Titas Bart.

Dottor S'ciopòn, es war mir eine Ehre, sagte der Gondoliere.

Mir ebenso, sagte Schopenhauer und blies ein Haar von der Lippe. Tita nahm seinen Strohhut ab und hielt ihn Schopenhauer hin.

Du hast alle Gondelexamen bestanden, du darfst nun mit

Recht und Stolz den Hut eines venezianischen Ruderers tragen.

Carlo überreichte eine eingewickelte Wurst: Meine Beste. Komm gut nach Hause und vergiss uns nicht.

Niemals, wollte Schopenhauer antworten, aber etwas steckte im Hals. Stattdessen nickte er und schüttelte abwechselnd den Kopf, verwirrt über die Frage, ob es grammatikalisch richtig sei, Carlos Wunsch zu bejahen oder zu verneinen.

Ich hätte dich gerne nach Fusina gefahren, sagte Tita, aber Milordo braucht mich, er geht noch heute nach Ravenna, zu seiner Contessa.

Oh, dachte Schopenhauer, so ist das.

Tita schob zwei seiner Kollegen vor: Sie werden dich begleiten.

Schopenhauer blickte auf die Gondolieri, als seien sie angetreten, ihn über den Styx zu rudern.

Übrigens hat Teresa geholfen, diese Wurst zu stopfen, sagte Carlo.

Ja?, sagte Schopenhauer. Seine Stiefel klebten am Boden. Warum stürzten jetzt nicht zwanzig Polizisten herbei? Sie könnten sie allesamt verhaften und in die Bleikammern werfen. Er müsste nicht abreisen. Er dürfte nicht. Er hätte nicht die Last der Entscheidung zu tragen.

Wir verschwinden, sagte Carlo zu seinen Freunden, lasst die beiden Abschied nehmen.

Die Militärkapelle spielte wieder. Der ehemalige Gouverneur Goëß stand an der Dampferreling und salutierte dem Markuslöwen, als die Matrosen die Leinen einzogen; der Markuslöwe zeigte Goëß das Hinterteil. Eine Dame, die gerade noch mit einem Schirm auf zwei Männer eingeschlagen hatte, lief höchst undamenhaft zur Ablegestelle des Dampfers, winkte und rief, als wollte sie ihn aufhalten. Polizeidirektor von Vogel trat aus dem Schatten der Arkaden unter dem Dogenpalast und zog seine Taschenuhr hervor.

Das wolltest du haben, Turo, sagte Teresa und gab ihm ein gefaltetes Papier, aber ich schreibe nicht so gut.

Er entfaltete das Blatt und las einen venezianischen Text. *La note xe bela.*

Was wolltest du eigentlich sagen, bei deinem Fest, weißt du, bevor der Polizist kam?, fragte Teresa.

Das war erst zwei Tage her – nur zwei Tage? Er hätte fast seine Finger zu Hilfe genommen, um das Unglaubliche nachzurechnen.

Ich wollte euch sagen, dass ich mich entschlossen hatte, in der Stadt zu bleiben, bei euch. Nicht für immer, wahrscheinlich, aber für lange.

Oh. Wirst du mich vermissen?

Hier in Venedig hatte sie ihm schon nach ein paar Stunden gefehlt. Aber in Berlin, Dresden, am Hof irgendeines Duodezfürsten, oder wohin es ihn verschlagen würde; könnte sie dort fehlen, wo sie nie hingehört hatte und niemals existieren könnte?

Was glaubst du?

Du bist schwierig zu kennen, Turo. Vielleicht. Vielleicht nicht.

Das war die schwerste Entscheidung meines Lebens, Teresa, ich – sie unterbrach ihn; er war dankbar, denn der begonnene Satz klang so, als sei er einem mittelmäßigen Roman entnommen, und hätte er ihn zu Ende gesprochen, wäre es wohl ein schlechter Roman gewesen.

Sag mir das, sobald du zurückkehrst.

Was meint sie?, dachte er. Am Abend vor der *regata* hatte Carlo gesagt: Sobald du aufhörst die Polenta zu rühren, ist sie verdorben.

Wenn ich nicht komme?

Ist es nicht gesagt, und keinem von uns tut irgendetwas weh.

Er hätte noch ewig dastehen und sie ansehen wollen.

Ich bin kein Standbild, Turo, sagte Teresa lächelnd.

Ein geflügelter Engelskopf?

Sie wollte sich nicht mehr auf Wortspiele einlassen und umarmte ihn. Sie ging ein paar Schritte fort.

Nicht. Warte.

Geh oder geh mit.

Die beiden Gondolieri wählten den Weg durch den Canal Grande, um ihm eine Freude zu bereiten, aber Schopenhauer verspürte wenig Lust, noch einmal die Parade der Palazzi abzunehmen. Es war ihm ungewohnt geworden, als Passagier in einem venezianischen Boot zu sitzen. Zwei- oder dreimal glaubte er, Tita am Ruder zu sehen, einige Gondellängen voraus, und am Bug stehend eine Gestalt im schwarzen Mantel, Arme verschränkt, Kopf erhoben. Aber er konnte das Bild nie lange genug festhalten.

Unter dem Rialto holte er den Umschlag aus der Westentasche. Mit zwei Fingern zog er die Empfehlungskarte heraus und legte an ihrer Stelle das Blatt ein, das Teresa ihm gegeben hatte. Als der Umschlag wieder in der Tasche steckte, fühlte er sich anders, etwas weniger fest an, doch viel mächtiger. So, dachte Schopenhauer, jetzt ist mein Herz wieder bewacht.

Er legte die Karte auf den Bootsrand. Sie wippte leicht mit dem Schaukeln des Bootes, aber sie fiel weder auf die eine noch auf die andere Seite.

Er sah dem eine Weile zu.

Dann schnippte er die Empfehlung ins Wasser. Sie sank nicht gleich. Wie Geister flohen die Buchstaben von der Karte; als hätten sie niemals dort gestanden, als wären sie niemals durch ein paar Tintenstriche verbunden gewesen, Goethe, Byron und ein unbekannter Philosoph namens Arthur Schopenhauer.

Sonnen und Milchstraßen

An einem sonnenwarmen Spätwintertag erreichte Albuin Hochkofler, angeschoben von einem starken Föhnwind, das Städtchen Klausen und die dreihundertvierundachtzigste Seite der *Welt als Wille und Vorstellung*. Der Fluss führte das milchigblaue Wasser geschmolzenen Schnees. Hochkofler stand hier am Scheideweg: entweder er ginge weiter stromabwärts, auf Kaiserstraße und Kaufmannspfad bis in den Bozner Kessel, von dort über Steig und Saumpfad durchs düstere Marterloch nach Sarnthein und weiter talaufwärts; oder er nähme den kurzen Weg über die Villanderer Alm, was die Überwindung des Bergrückens bedeutete, der Eisacktal und Sarntal trennt. Er suchte in der Stadt nach einem Bauern oder Hirten, der ihm über die Schneelage berichten könnte; nach allem, was er vom Winter in diesem Jahr, in diesen Bergen, gesehen hatte, dürfte die Passage wohl möglich sein, vorausgesetzt, das ruhige Wetter hielte an und er bekäme ein Paar Schneereifen, um sie unter die Stiefel zu schnallen.

Er trat einfach ein. Die Brüder schauten kurz auf, rückten zusammen und machten einen Platz unter dem Kruzifix frei. Die Mutter brachte einen Löffel. Beim Essen sprach niemand, wenn nicht der Bauer sprach. Der schwieg, wie er es immer getan hatte.

Die kommenden Wochen flickte Hochkofler Zäune, reparierte den Pflug, der bald wieder auf dem steilen Buchweizenfeld eingesetzt würde. Er mischte eine Heilsalbe, um den schwärenden Huf des einzigen Pferdes zu kurieren. Er ging mit den Brüdern Lärchen schlagen, sägte und spaltete das Holz und schlichtete es im Stadel auf. Er schärfte die Sensen, molk die Kühe, Ziegen und Schafe.

Er ging die Talfer abwärts ins Dorf, besuchte den Pfarrer, der den Heimkehrer misstrauisch ansah, und den Lehrer, der ihn als seinen allzeit besten Schüler pries. Hochkofler sagte nicht, dass er einen anderen Lehrer gefunden hatte und verschwieg, dass er nicht mehr in die Kirche kommen würde.

Er begann die Wege und die Steige auszubessern, immer höher hinauf, weichendem Schnee und Eis folgend. Bei Frühlingsvollmond ging er über die Anteranalm. Schmelzwasser in kleinen Lacken schillerte wie Perlmutt, die Wiesen gurgelten unter seinen Schritten, die Lawinenrinnen lagen blank und ausgefegt. Hier ist alles Anfang, dachte er.

Seine Hände waren schwielig geworden. Wenn er in dem Buch blätterte, spürte er die Seiten kaum mehr unter den Fingerspitzen. Er hatte es aufgegeben, kleine Zettel zu beschreiben und unter Steine zu legen oder in Astlöcher zu stecken. Eines Abends gegen Ende des Grasmonats saß er, in ein Schaffell gewickelt, auf einer Holzbank, mit dem Rücken zur weiß gekalkten Mauer, neben sich das Buch und eine Kerzenlaterne.

Er war bereit, den letzten Satz noch einmal zu lesen, weil er aus allem anderen glaubte verstanden zu haben, dass es darauf ankomme, nichts zu begehren, nichts zu bewundern, nichts zu ergreifen, nichts festzuhalten, nichts zu erhoffen, nichts zu erwarten, und dass dies alles bedeutete: nicht zu wollen, sondern diesen bohrenden, nagenden Willen, der tief unten im Menschen und für den ganzen Kosmos die ewige aufgezogene Triebfeder ist, in sich aufzuheben, stillzulegen. Ob je einer so leben könne, wusste er nicht; vielleicht würde er es über die Jahre erfahren.

Ein frischer Halm steckte zwischen den Seiten; an dieser Stelle schlug er das Buch auf und las laut:

Aber auch umgekehrt ist denen, in welchen der Wille sich gewendet und verneint hat, diese unsere so sehr reale Welt mit allen ihren Sonnen und Milchstraßen – nichts.

Ein schönes Nichts, sagte er nach einer langen Pause und blickte in den Himmel, wo sich die Milchstraße spannte, von der Sarner Scharte, deren rot porphyrne Kontur gerade noch im Licht der nächsten unter allen Sonnen geleuchtet hatte, bis zum Hirzer, dessen Gipfel er sehen würde, wenn er in wenigen Wochen mit dem Vieh hinaufziehen würde, Albuin Hochkofler, der Hirte von der Anteranalm, Arthur Schopenhauers erster – und auf fast zwei Jahrzehnte – einziger Schüler.

Kaum jemand kaufte das Buch. Noch weniger lasen es. Nach ein paar Jahren ließ Friedrich Arnold Brockhaus den allergrößten Teil der Auflage der *Welt als Wille und Vorstellung* einstampfen – makulieren.

Notiz zur Geschichte der Geschichte

Wahr ist, dass Arthur Schopenhauer im Herbst 1818 nach Italien reiste, auch, dass er Venedig besuchte und dass dort seit einiger Zeit Lord Byron lebte. Wahr ist, dass Schopenhauer in Venedig eine Geliebte namens Teresa hatte, so wahr wie dass Byron sich ebenfalls in eine Frau mit dem Namen Teresa verliebte. Wahr ist, dass Schopenhauer von Goethe ein Empfehlungsschreiben erhalten hatte. An wen, ist nicht ganz so sicher. Schopenhauer soll einem Besucher zwei Jahre vor seinem Tod erzählt haben, er sei damals, während der Italienreise, mit seiner »Dulcinea« am Lido von Venedig spazieren gegangen, als Lord Byron vorbeigaloppierte. Die junge Dame sei ob dieser Erscheinung sehr in Erregung geraten, und der Philosoph habe sich auf der Stelle entschlossen, seine Empfehlung an Byron nicht abzugeben, da er sich »vor Hörnern« gefürchtet habe. Und er soll noch erzählt haben, Byron habe er nie getroffen, und das habe ihn sein ganzes Leben lang gereut.

Wahr ist auch, dass Schopenhauer niemals leichtfertig etwas von der Hand des hochverehrten »G.« weggeworfen hätte, und dass zwar der im zweiten Kapitel dieses Buches zitierte Brief samt Umschlag im Nachlass des Philosophen aufgefunden wurde, nicht aber die dazugehörige Empfehlungskarte. Woraus sich die Frage nach ihrem Verbleib ergibt. – Der Rest der Geschichte ist erfunden; mehr oder weniger.

Übersetzungen der fremdsprachigen Zitate

S. 24

»Lascia la spina …«

Meide den Dorn, pflücke die Rose;
Du suchst deinen Schmerz.
Verborgene Hand bringt weißen Reif,
Wenn es dein Herz nicht erwartet.

Il Trionfo del Tempo e del Disinganno, Libretto: Benedetto Pamphili, Musik: Georg Friedrich Händel, 1707 uraufgeführt in Rom

S. 61

»I want a hero …«

Ich verlang nach einem Helden, ein ungewöhnliches Verlangen,
Wo doch alle Tag ein neuer auf die Bühne springt,
Bis die Journaille bald, nach Heucheln und nach Bangen,
Erkennt, dass auch ihm die Heldenpose nicht gelingt.

Aus: Lord Byron, *Don Juan,* Erster Gesang, 1

S. 178

»She walks in beauty …«

In ihrer Schönheit wandelt sie
Wie wolkenlose Sternennacht.
Vermählt auf ihrem Antlitz sieh
Des Dunkels Reiz, des Lichtes Pracht:
Der Dämmrung zarte Harmonie,
Die hinstirbt, wenn der Tag erwacht.

Übersetzt von Otto Gildemeister

S. 238

»La note xe bela«

Wie schön ist die Nacht!
Nimm schnell, Ninetta,
Mit mir die Barchetta,
Die Luft kühlt uns sacht.
Welch Wonne zu zwein,
Zu flüstern und schaukeln.
Es liegt die Lagune
Im Mondenschein.

S. 250

»My days of love are over…«

Die Zeit der Liebe ist dahin; nie mehr
Wird Weib noch Jungfrau – (Witwen sowieso nicht)
Mich so zum Narren machen wie bisher;
Mit einem Wort, es ist der alte Ton nicht,
Der Leichtsinn schöner Seelen wird mir schwer,
Und außerdem bekommt mir mein Bordeaux nicht;
Ich seh es schon, ich muss mich wohl bereits
Dem Laster alter Herren weihn – Geiz.

Lord Byron, *Don Juan*, Erster Gesang, 216; übersetzt von Otto Gildemeister

Wenn nicht anders angegeben, Übersetzungen von Christoph Poschenrieder

Bitte beachten Sie
auch die folgenden Seiten

Bernhard Schlink im Diogenes Verlag

»Schwungvoll geschriebene, raffiniert gebaute Romane, in denen die politische Aktualität und die deutsche Vergangenheit präsent sind.«
Dorothee Nolte / Der Tagesspiegel, Berlin

»Bernhard Schlink gehört zu den Autoren, die sinnlich, intelligent und spannend erzählen können – eine Seltenheit in Deutschland.«
Dietmar Kanthak / General-Anzeiger, Bonn

»Bernhard Schlink gelingt das in der deutschen Literatur seltene Kunststück, so behutsam wie möglich, vor allem ohne moralische Bevormundung des Lesers, zu verfahren und dennoch durch die suggestive Präzision seiner Sprache ein Höchstmaß an Anschaulichkeit zu erreichen.« *Werner Fuld / Focus, München*

Die gordische Schleife
Roman

Selbs Betrug
Roman

Der Vorleser
Roman
Auch als Diogenes Hörbuch erschienen, gelesen von Hans Korte

Liebesfluchten
Geschichten
Die Geschichte *Der Seitensprung* auch als Diogenes Hörbuch erschienen, gelesen von Charles Brauer

Selbs Mord
Roman

Vergewisserungen
Über Politik, Recht, Schreiben und Glauben

Die Heimkehr
Roman
Auch als Diogenes Hörbuch erschienen, gelesen von Hans Korte

Vergangenheitsschuld
Beiträge zu einem deutschen Thema

Das Wochenende
Roman
Auch als Diogenes Hörbuch erschienen, gelesen von Hans Korte

Außerdem erschienen:

Bernhard Schlink & Walter Popp
Selbs Justiz
Roman

Selb-Trilogie
Selbs Justiz · Selbs Betrug · Selbs Mord
Diogenes Hörbuch, 2 CD im MP3-Format, gelesen von Hans Korte

Patrick Süskind im Diogenes Verlag

Der Kontrabaß

Jeder Musiker wird Ihnen gern bestätigen, daß ein Orchester jederzeit auf den Dirigenten verzichten kann, aber nicht auf den Kontrabaß.
Normalerweise gehen Kontrabässe im Orchester unter, es gibt keine Soloparts, allenfalls ein Duett. Im Leben des Musikers ist der Kontrabaß Geliebte, Freund, Feind und Verhinderer des eigenbestimmten Weges. Patrick Süskind bietet das Porträt eines Normalbürgers als Künstler, und damit soziale Analyse, Slapstick und Milieukomik und einen fest gespannten Bogen, der monologisch und entschlossen den Schwingungen des menschlichen Zusammenspiel(en)s nachstreicht.

»Was noch kein Komponist komponiert hat, das schrieb jetzt ein Schriftsteller, nämlich ein abendfüllendes Werk für einen Kontrabaßspieler. Ein Gesamtkunstwerk, das in dieser Art zum Besten gehört, was man in letzter Zeit auf unseren Bühnen vorgesetzt bekam.« *Dieter Schnabel*

In den letzten Jahren das meistgespielte Stück auf deutschsprachigen Bühnen, übersetzt in 27 Sprachen.

Auch als Hörspiel mit Walter Schmidinger erschienen (Diogenes Hörbuch)

Das Parfum

Die Geschichte eines Mörders

»Ein erfreulicher Anachronismus im modischen literarischen Bla-Bla. Ein internationaler Dauerseller. Seit Erich Maria Remarques *Im Westen nichts Neues,* also seit 1929, gelang keinem deutschsprachigen Autor mehr ein so durchschlagender Erfolg.«
Der Spiegel, Hamburg

»Das erste Werk eines europäischen Autors – nach Ecos *Name der Rose* –, das das Interesse der amerikanischen Verleger derart geweckt hat, daß sie sich um die Rechte förmlich rissen.« *Corriere della Sera, Mailand*

»Kraftvoll und mitreißend. Seine Wirkung wird lange anhalten.« *Time Magazine, New York*

»Eine der aufregendsten Entdeckungen der letzten Jahre. Fesselnd. Ein Meisterwerk.«
San Francisco Chronicle

»Anders als alles bisher Gelesene. Ein Phänomen, das einzigartig in der zeitgenössischen Literatur bleiben wird.« *Le Figaro, Paris*

2006 von Tom Tykwer mit Ben Whishaw, Dustin Hoffman, Alan Rickman und Rachel Hurd-Wood in den Hauptrollen verfilmt.

Auch als Diogenes Hörbuch erschienen,
gelesen von Hans Korte

Die Taube

In fünf Monaten wird der Wachmann einer Pariser Bank das Eigentum an seiner kleinen Mansarde endgültig erworben haben, wird ein weiterer Markstein seines Lebensplanes gesetzt sein. Doch dieser fatalistische Ablauf wird an einem heißen Freitagmorgen im August 1984 jäh vom Erscheinen einer Taube in Frage gestellt.

»Ein rares Meisterstück zeitgenössischer Prosa, eine dicht gesponnene, psychologisch raffiniert umgesetzte Erzählung, die an die frühen Stücke von Patricia Highsmith erinnert, in ihrer Kunstfertigkeit aber an die Novellistik großer europäischer Erzähltradition anknüpft.« *Rheinischer Merkur, Bonn*

»Nicht nur riecht, schmeckt man, sieht und hört man, was Süskind beschreibt; er ist ein Künstler, auch wenn es darum geht, verschwundenes, verarmtes Leben in großer innerer Dramatik darzustellen. Eine Meistererzählung.« *Tages-Anzeiger, Zürich*

Auch als Diogenes Hörbuch erschienen, gelesen von Hans Korte

Die Geschichte von Herrn Sommer

Mit zahlreichen Bildern von Sempé

Herr Sommer läuft stumm, im Tempo eines Gehetzten, mit seinem leeren Rucksack und dem langen, merkwürdigen Spazierstock von Dorf zu Dorf, geistert durch die Landschaft und durch die Tag- und Alpträume eines kleinen Jungen…
Erst als der kleine Junge schon nicht mehr auf Bäume klettert, entschwindet der geheimnisvolle Herr Sommer.

»Patrick Süskind erzählt mit einer selbstverständlichen Leichtigkeit, die dennoch nichts vom Schmerz der frühen Jahre unterschlägt. Er trifft genau den richtigen Erinnerungston zwischen Komik und Sehnsucht.« *Frankfurter Allgemeine Zeitung*

Auch als Diogenes Hörbuch erschienen, gelesen von Hans Korte

Drei Geschichten

und eine Betrachtung

»Patrick Süskinds sprachlich-rhythmische Eleganz verleiht seinen Erzählungen eine Leichtigkeit, die – ohne je leichtgewichtig zu werden – dem Schweren das Bedrückende und dem Nebensächlichen das Belanglose nimmt. So witzig, anrührend und doch kunstvoll distanziert wird da erzählt.«
Konrad Heidkamp / Die Zeit, Hamburg

»Hat man einmal zu lesen angefangen, will man gar nicht mehr aufhören vor lauter unerhörten Begeben-

heiten, liest, wie man zuletzt als Kind gelesen hat, lauter Geschichten, die vor allem eins zu sein scheinen: altmodisch spannend.«
Heinrich Detering / Frankfurter Allgemeine Zeitung

Die Geschichte *Das Vermächtnis des Maître Mussard* ist auch als Diogenes Hörbuch erschienen, gelesen von Hans Korte

Über Liebe und Tod

Die Liebe und ihr ewiger Gegenspieler, der Tod, sind das Thema von Patrick Süskinds provokantem Essay. Mit Beispielen aus Philosophie und Literatur (von Platon über Kleist bis Thomas Mann) wie aus dem modernen Leben führt er uns die Liebe als Himmels- und Höllenmacht vor. Und er vergleicht die Schicksale von Jesus und Orpheus, die beide den Tod durch die Liebe zu überwinden versuchten.

»Die Geschichte des Orpheus berührt uns bis auf den heutigen Tag, weil sie eine Geschichte des Scheiterns ist. Der wunderbare Versuch, die beiden rätselhaften Urgewalten der menschlichen Existenz, die Liebe und den Tod, miteinander zu versöhnen und die wildere der beiden wenigstens zu einem kleinen Kompromiß zu bewegen, geht am Ende daneben.« *Patrick Süskind*

Lukas Hartmann im Diogenes Verlag

Pestalozzis Berg

Roman

Das Porträt einer faszinierenden Persönlichkeit: 1798 baut Johann Heinrich Pestalozzi in Stans im Schweizer Kanton Nidwalden, das von der französischen Revolutionsarmee verwüstet worden ist, eine Anstalt für Kriegswaisen auf. In einem baufälligen Flügel des Kapuzinerinnen-Klosters hat er zeitweise bis zu achtzig Kinder zu versorgen: ein nicht enden wollender Kampf gegen Kälte, Hunger und Verwahrlosung.
Da muss er das Kloster räumen: Es wird in ein Militärlazarett umgewandelt, Pestalozzi wird Unfähigkeit als Erzieher vorgeworfen. Er bricht zusammen.
Lukas Hartmann schildert den großen Erzieher als leidenschaftlichen, widersprüchlichen Menschen: seine Überzeugung, dass Bildung das Volk aus sozialem Elend befreien wird, seinen aufopfernden Einsatz für Arme und Schwache; aber auch sein heftiges Gemüt, seine Nöte, seine Schwächen.

»Gerade in der Darstellung der Ambivalenz von Pestalozzis Persönlichkeit liegt die Qualität dieses vorzüglichen Romans.« *Stuttgarter Zeitung*

Die Seuche

Roman

Ein Dorf im 14. Jahrhundert. Seit Wochen kursieren Gerüchte über eine schreckliche Krankheit. Dann erreicht sie das Dorf. Mit Glauben, Aberglauben und Magie versuchen die hilflosen Menschen dem Sterben Einhalt zu gebieten. Niemand weiß, warum so viele sterben und einige wenige überleben. Die junge Hanna und ihr Bruder Matthis begraben ihre Großmutter und fliehen verbotenerweise in den Wald. Unterwegs treffen sie einen ›Geißlerzug‹, Matthis schließt sich den religiösen Fanatikern an, Hanna flieht weiter. Sie kommt bei einem alten stummen Fischer unter, für den sie Fische auf dem Markt verkauft. Dort sieht sie immer wieder ein Kind, das ihr zulächelt. Schon bald hat sie das Gefühl, diesem geheimnisvollen Kind folgen zu müssen…

»Die Pest im 14. Jahrhundert. Eine scheinbar entlegene Zeit gerät ›zum fernen Spiegel‹: Ein großes, ein hinreißendes Buch ist anzuzeigen.«
Charles Linsmayer / Der Bund, Bern

Bis ans Ende der Meere

Roman

London 1781. Der Maler John Webber überbringt der Witwe von James Cook im Auftrag der Admiralität ein Porträt ihres Mannes. Doch die Witwe weist das Geschenk empört zurück: Sie erkenne ihren Mann darauf nicht. Webber ist schockiert, doch kann er die Frau verstehen. Schon bei der Rückkehr des Schiffes ›Resolution‹ verhängte die Admiralität ein absolutes Redeverbot über die näheren Umstände des tragischen Todes von Cook. Und auch das Porträt verfolgt nur einen Zweck: Das Andenken des großen Kapitäns muss ein heroisches bleiben, als nobler Entdecker für England sollte er in die Geschichte eingehen. Doch Webber kennt die Wahrheit dieser vierjährigen dritten und letzten Weltumsegelung Cooks, und all die quälenden Bilder, die er nicht zeichnen durfte, werden ihn Zeit seines Lebens verfolgen.

»Die unheimliche Zwangsläufigkeit, mit der die Schicksale seiner Figuren vorgegeben scheinen, stellt Hartmann mit der unspektakulären Virtuosität des Könners dar.« *Frankfurter Allgemeine Zeitung*